PRIESTESS OF STORMS & STONE

ABTRÜNNIGE DES EMPYREUMS
BUCH FÜNF

ANNIE ANDERSON

Priestess of Storms & Stone (*Abtrünnige-des-Empyreums*-Serie)
© Copyright 2024 Annie Anderson
ISBN: 978-1-960315-51-9
Veröffentlicht von Annie Anderson

Alle Rechte vorbehalten. Kein Teil dieses Buches darf ohne schriftliche Genehmigung des Herausgebers in irgendeiner Form, auch nicht elektronisch oder mechanisch, vervielfältigt oder weitergegeben werden, mit Ausnahme von kurzen Zitaten, die in Rezensionen oder Fachartikeln enthalten sind.

Dies ist ein Werk der Fiktion. Namen, Personen, Unternehmen, Organisationen, Orte, Ereignisse und Begebenheiten sind entweder der Fantasie der Autorin entsprungen oder werden fiktiv verwendet. Jede Ähnlichkeit mit tatsächlichen lebenden oder toten Personen oder realen Ereignissen ist rein zufällig.

Dieses Buch ist nur für dein persönliches Lesevergnügen lizenziert. Es darf nicht weiterverkauft oder an andere Personen weitergegeben werden. Wenn du dieses Buch mit einer anderen Person teilen möchtest, kaufe bitte für jede Person, mit der du es teilst, ein weiteres Exemplar. Wenn du dieses Buch liest und es nicht gekauft hast oder es nicht nur für dich bestimmt ist, solltest du es an den Verkäufer zurückgeben und dein eigenes Exemplar kaufen. Danke, dass du die Arbeit der Autorin respektierst.

Für jene, die verloren haben.

»Die Stimme des Teufels hört sich süß an.«

— *STEPHEN KING*

I

Es ist nie ein gutes Zeichen, um zehn Uhr morgens Bourbon zu trinken, aber nach der Woche, die ich hinter mir hatte, dachte ich, es sei angebracht. Eine Selbstmedikation mit Alkohol würde meinen Kummer zwar nicht lindern, sondern eher noch verschlimmern, aber ich brauchte eine klitzekleine Verschnaufpause von meinen Mitbewohnern. Nachdem die letzte Bombe der Wahrheit geplatzt war, musste ich mein neues Wissen definitiv erst mal mit Schnaps verarbeiten.

Ich spürte Dellas Blick auf mir – ihre scharfen Vampiraugen bohrten ein Loch in meine linke Gesichtshälfte. Sie wollte eine Antwort auf ihre Frage, und sie würde mich wahrscheinlich nicht in Ruhe lassen, bevor ich ihr eine gegeben hatte.

Wann brechen wir auf?

Diese Frage hallte mit einer solchen Wucht durch meine Gehirnwindungen, dass ich Kopfschmerzen bekam. Melody war am Leben. Sie war am Leben, und meine Schwester war tot.

Aber das ergab überhaupt keinen Sinn. Melody war direkt vor meinen Augen gestorben. Ich hatte zugesehen, wie Aurelia ihre Seele auf eine Art und Weise weitergeschickt hatte, wie es nur ein Phönix konnte. Ich hatte zugesehen, wie ihr Körper in den Flammen eines Scheiterhaufens verbrannt war. Ich brauchte selbst ein paar Antworten, bevor ich Dellas Frage beantworten konnte.

Denn ich würde nicht losziehen, um sie zu jagen, wenn ich nicht absolut sicher war, dass es sich nicht um eine Art Trick handelte. Man hatte mich in der letzten Woche schon zu oft verarscht, und ich würde nicht noch einmal auf so etwas hereinfallen.

»Melody ist tot, Della«, flüsterte ich, bevor ich einen weiteren Schluck Bourbon nahm, wobei ich mich weigerte, meinen weiblichen Vampir-Bodyguard anzusehen. Wenn ich sie ansah, würde ich entweder Mitleid oder Tadel ernten, und mit beidem konnte ich nicht umgehen.

»Warum ist ihr Sohn dann weg?« Della wies auf

eine große Lücke in dem ›Melody ist tot‹-Argument hin.

Scheiße, verdammt *und* verflucht. Ich hatte Melody versprochen, für die Sicherheit ihres Sohnes zu sorgen. Wenn es nicht Melody war, die ihren Sohn hatte – und das bezweifelte ich stark –, dann musste ich dieser Person hinterher.

Nach Faerie.

Träumchen.

Aber hatte ich mir nicht eine Pause verdient? Hatte ich mir nicht das Recht verdient, jemand anderen die Arbeit machen zu lassen?

Du hast ein Versprechen gegeben. Du hast es geschworen. Du kannst dich nicht abwenden, nur weil du verletzt bist.

Diese Worte durchschnitten meine Gedanken so heftig, dass mir die Tränen in die Augen stiegen. Das hatte ich getan. Ich hatte versprochen, dafür zu sorgen, dass Melodys Sohn in Sicherheit war. Und ich hatte vor, dieses Versprechen zu halten. Vielleicht würde meine Seele dadurch ein bisschen weniger brennen. Vielleicht würde der Verlust von Maria nicht mehr so wehtun, wenn ich diese eine Sache erledigte.

Ja, das bezweifelte ich.

Ich kämpfte gegen die Tränen an, kippte den Rest

des Bourbons hinunter und schaffte es, das Glas abzustellen, ohne es zu zerschmettern. Ich hatte zuletzt einen regelrechten Zertrümmerungsrausch gehabt, und mein Wohnzimmer hatte die Hauptlast davon getragen. Zu dieser Zeit hatte ich alles zerstören wollen, was Maria jemals angefasst hatte. Wenn ich es einfach zerschlagen, verbrennen oder zerstören könnte, dann wäre es vielleicht so, als hätte sie nicht jedes Molekül in meinem Haus mit ihrem Stempel versehen.

War das nicht bescheuert?

Als ob ich sie nicht jedes Mal sehen würde, wenn ich meine Augen schloss.

»Okay, da hast du recht«, murmelte ich und beantwortete endlich Dellas Frage. »Aber ich kann nicht einfach die Tür nach Faerie eintreten und sie finden. Wenn sie es überhaupt wirklich ist. Wir brauchen viel mehr als nur einen Hinweis und eine positive Grundeinstellung.«

Ich schaute an mir hinunter. Ich hatte schwarze Shorts und ein schwarzes Tanktop an. Das war gut genug für den Sommer in Denver. Ich brauchte nur noch ein paar Flip-Flops. Hatte ich mir heute die Zähne geputzt? *Kein Plan.* Hatte ich einen BH an? In meinem Tanktop war ein Bügel-BH eingearbeitet.

Das musste einfach reichen. Außerdem würde sich Barrett einen Dreck darum scheren, was ich anhatte. Ich entdeckte meine Flip-Flops an ihrem Platz neben der Tür, schlurfte mit den Füßen hinein und hob meine Hand, um mit den Fingern zu schnippen.

Aber Della stürzte sich auf meinen Arm, bevor ich mein Vorhaben beenden konnte.

»Was?« Mein ganzer Körper war in Alarmbereitschaft und mit den Augen suchte ich mein zerstörtes Wohnzimmer und die relativ unberührte Küche ab.

»So kannst du nicht rausgehen«, flüsterte Della wütend, auf ihrem Gesicht ein Ausdruck der Panik.

Stirnrunzelnd schaute ich wieder an mir hinunter. Jupp, alle meine wichtigen Teile waren bedeckt.

»Es ist Sommer. Kurze Hosen und ein Tanktop ziehen keine Aufmerksamkeit auf sich, egal wie viel Tinte zu sehen ist.«

Eine dämmernde Erkenntnis erhellte Dellas Züge, bevor sie zusammenzuckte. »Du hast dich seit deiner Rückkehr nicht mehr im Spiegel angeguckt, oder?«

Meine Augen verengten sich und ein kalter Schauer lief mir den Rücken hinunter. Ich versuchte, mich an die letzte Woche seit meiner Rückkehr aus der Hölle zu erinnern. Das meiste davon war mir entfallen, und aufgrund der Dinge, die ich noch wusste, konnte ich mit Bestimmtheit sagen, dass es nicht zu meinen Lieblingsbeschäftigungen gehörte, mich im Spiegel zu bewundern.

»Ich kann nicht behaupten, dass ich das getan habe«, sagte ich und wartete darauf, dass sie mir das erklärte, damit ich es nicht selbst herausfinden musste. Wer wollte schon geschwollene Augen und dunkle Ringe darunter sehen? Und noch schlimmer, wer wollte die Person anstarren, die ihre Schwester umgebracht hatte?

Nein, danke. Meine Psyche war ohnehin schon zerbrechlich genug.

»Du musst in den Spiegel gucken, Max.«

Ich wollte nicht, aber ich schleppte meine Füße ins Schlafzimmer. Sicher, es gab noch andere Spiegel, die ich benutzen konnte, aber der im unteren Badezimmer lag direkt gegenüber von Marias Schlafzimmer, und das konnte ich einfach nicht ertragen. Ich würde es nicht aushalten, all das zu sehen, was sie berührt hatte – ihre Lieblingsseife, die Schminkpinsel, die sie auf dem Regal stehen hatte. Ich fragte mich, ob die Pinsel immer noch nach ihrem Make-up rochen, ob die Hortensienblüten, die sie verzaubert hatte, damit sie nie verwelkten oder starben, immer noch in ihrer Vase auf dem Tresen standen. Ob ihr Handtuch noch ordentlich gefaltet auf dem Gestell lag.

Ich würde es nicht aushalten, da drin zu sein. Ich war mir nicht sicher, ob ich es jemals schaffen würde.

Ich war mir auch nicht sicher, ob ich es schaffen würde, in den Spiegel zu schauen, denn trotz des Gemurmels hinter mir, hatte ich den Mut dazu noch nicht aufgebracht. Warme Arme schlangen sich um meine Mitte und ein stoppeliges Kinn legte sich auf meine Schulter.

»Willst du den ganzen Tag da stehen, my Love?« Alistair grummelte mit tiefer Stimme in mein Ohr. Ich konnte mir nicht erklären, wie seine Stimme so beruhigend auf mich wirken konnte. Mein Körper schien vor Erleichterung zu seufzen.

Ja, ich könnte ihm Vorwürfe machen. Es war sein Vater, der mir meine Schwester gestohlen hatte. Ja, es war Alistair, der mich aus der Hölle geholt und mich davon abgehalten hatte, meiner Schwester in den Tod zu folgen. Ich könnte ihm Vorwürfe machen, aber ich tat es nicht. Der rationale Teil meines Gehirns weigerte sich, ihm die Schuld in die Schuhe zu schieben.

»Vielleicht. Wäre das schlimm?«

»Es gibt nichts auf dieser oder der nächsten Welt, was dich schlecht aussehen lassen könnte. Aber du musst es sehen, my Love. Du musst es wissen.«

Das hörte sich unheilvoll an. Innerlich zählte ich bis drei, und zwang mich, meinen Blick zum Spiegel zu lenken. Aber die Frau, die mich anstarrte, war nicht ich.

Ihre Haare waren zwar blau, aber es war eine Farbe, die man aus keiner Tube bekommen würde, selbst wenn man es versuchte. Ihre Augen hatten einen leuchtenden Goldton und ihre Haut schimmerte förmlich. Auch ihre Gesichtszüge waren markanter, ihre Wangenknochen glichen einer Messerklinge, ihre Augen waren leicht nach oben geneigt und ihre Lippen waren etwas breiter. Und ihre Ohren ... Sie waren zu einer abgerundeten Spitze geformt.

Diese Frau war eine Fae. Ich war eine Fae. Weder eine Hexe noch ein Dämon. Nichts von dem, was ich gedacht hatte, zu sein.

»Ich sehe aus wie ein Glühwürmchen«, murmelte ich und sah zu, wie das Licht in diesen seltsamen Augen aufflackerte.

Das war mir dann doch ein bisschen zu viel. Ich befreite mich aus Alistairs Armen, verließ das Badezimmer und lief die Treppe hinunter. So konnte ich nicht nach draußen gehen, denn ich sah genauso aus wie das, was ich war.

Eine verdammte Fae.

Ich musste Barrett holen. Ich musste Marcus holen. Ich musste ein ernstes Wort mit meiner Mutter darüber reden, was zur verdammten unheiligen Scheiße hier vor sich ging. In meiner Brust gärte ein Schrei, der sich danach sehnte, losgelassen zu werden.

Panik. Das war eine waschechte Panikattacke.

Ich brauchte Barrett. Und ich brauchte ihn jetzt sofort, sonst würde ich ausflippen. Und dann spürte ich die Anziehungskraft – fast die gleiche Anziehungskraft, die ich gespürt hatte, als ich versehentlich Alistair herbeibeschworen hatte. Es fühlte sich ähnlich an, wie wenn ich mich selbst transportierte ... aber anders. Es war nicht so, als würde ich mich durch den Raum schieben, sondern eher, als wäre mein Geist bereits dort, wo ich sein wollte, und mein Körper würde nur noch nachziehen.

Bevor ich genau wusste, was los war, stand ich mitten auf einem Perserteppich und beobachtete, wie Barrett kreischte, als wäre er ein kleines Mädchen. Popcorn flog, Barrett rutschte von der Couch, und wenn ich nicht so panisch gewesen wäre, hätte ich wahrscheinlich laut gelacht.

»Was zum allumfassenden verfluchten Teufel, Maxima?«, schrie Barrett vom Boden hoch. Er war zwischen der Couch und dem Wohnzimmertisch eingeklemmt, wobei noch ein paar Popcorn-Reste in seinen Haaren klebten.

Ich gestikulierte zu meinem Gesicht, meinem Körper und meinen spitzen Ohren. »Du hast mich gesehen, als ich zurückgekommen bin, und mir nicht gesagt, dass ich so leuchte? Ich sehe aus wie ein Knicklicht.«

War das meine Stimme, die wie die einer sterbenden Hyäne klang? Vielleicht. Aber ich sah aus, als hätte ich ein Bad in Leuchtfarben genommen und mich danach einer Glitzer-Gesichtsbehandlung unterzogen.

Okay, ich übertrieb etwas, aber trotzdem.

Barrett zupfte mit seinen grazilen Fingern Popcorn aus seinen Haaren, während er mich mit einem so vernichtenden Blick ansah, dass mein Ausraster in sich zusammenschrumpfte.

»Du siehst aus wie eine Fae, Max. Du siehst aus wie die Verkörperung von Magie, die so stark ist, dass sie aus deiner Haut heraussickert. Du bist wunderschön, und nur weil du jetzt anders aussiehst, heißt das nicht, dass du anders *bist*. Du bist dieselbe, die du schon immer warst: eine gigantische Nervensäge.

Also schalt verflucht noch mal einen Gang runter und reiß dich gefälligst zusammen«, befahl er und hielt dann inne. »Bitte.«

Den letzten Teil fügte er hinzu, um meine Gefühle nicht zu verletzen, und ich konnte nicht anders, als zu lachen.

Dann stellte ich die Frage, die mich innerlich verbrennen würde, wenn er sie mit Ja beantwortete. »Wusstest du es?«

»Dass du eine Fae bist? Auf keinen Fall. Ich hätte es dir ganz bestimmt gesagt. Wobei ich gestehen muss, dass es einige Dinge erklärt. Eine ganze Menge. Es lässt mich denken, dass wir verdammte Idioten sind, dass wir nicht schon früher darauf gekommen sind. Außerdem würde ich deine Mutter am liebsten an einen Stuhl fesseln und ihr den Kopf abreißen. Was diese Frau alles für Geheimnisse hat.« Barrett schüttelte den Kopf und ich erschauderte bei dem Anblick.

»Sag mir, was du wirklich empfindest, Barrett.«

»Oh, das werde ich. Zum Beispiel empfinde ich im Moment eine gewisse Antibegeisterung für den Klunker an deinem Finger. Ist das ein Ehering?«

Ich prustete kurz auf und dann registrierte ich seine Worte in meinem Hirn. Mein Blick wanderte hinunter zu meinen Händen, und ich entdeckte einen großen schwarzen Diamanten an meinem linken Ringfinger. Erschrocken versteckte ich meine Hand hinter meinem Rücken wie ein Kleinkind.

Bei meiner ›So was von schuldig‹-Aktion weiteten sich Barretts Augen und er spuckte seine Worte förmlich aus: »Bist du verheiratet?«

War das ein schrilles Kreischen? Ja, das war es.

Ich presste meine Lippen zwischen die Zähne und sagte kein Wort, aber ich war mir ziemlich sicher, dass mein Zusammenzucken mich verriet. Der Diamant an meinem Finger war ganz sicher ein Ehering, denn ich hatte Alistair auf unserem kleinen Ausflug in die Hölle geheiratet – oder zumindest war ich an ihn gebunden. Natürlich nur, damit ich nicht in die Sklaverei verkauft oder von einem Minotaurus gefressen worden war, aber trotzdem.

Verheiratet war verheiratet.

Es gab einen Berg von Scheiße, die ich Barrett noch nicht erzählt hatte, aber ich hatte mich in der letzten Zeit erst einmal selbst ganz langsam, Schritt für Schritt, mit besagter Scheiße herumgeschlagen.

»Wie konnte ich das nicht wissen? Wann? Wie? Und vor allem, wer?«

In diesem Moment kam der *Wer* zur Tür herein und ich spürte, wie sich meine Augen verengten.

Alles, was Alistair erwiderte, war ein reueloses Grinsen.

»Was zur Hölle?«, fragte ich und wedelte mit meiner Klunkerhand in seine Richtung.

»Was zur Hölle was?« Das Grinsen auf Alistairs Gesicht wurde noch breiter. Dieser hinterhältige kleine Scheißer. Wann hatte er mir den Ring an den Finger gesteckt?

Ich knurrte kurz und widerstand dem Drang, mit dem Fuß aufzustampfen. »Wann hast du mir das Teil an den Finger gesteckt, Alistair?«

Sein Grinsen verblasste und er durchquerte den Raum in einer gefühlten Millisekunde. »Gefällt er dir nicht? Du kannst ihn abnehmen, wenn du willst.«

Sein leises Flüstern verursachte etwas in meinem Bauch und ich wurde getroffen von einem Stich ... von ... Es war keine Traurigkeit und es war auch kein Bedauern, aber es war so etwas wie Verlustangst bei dem Gedanken, den Ring abzunehmen. Ich schaute auf meine Hand hinunter und betrachtete ihn genauer. Der runde, schwarze Stein hatte drei, vielleicht vier Karat und war mit winzigen weißen Diamanten und einem weiteren Ring aus schwarzen Diamanten umringt.

Er war perfekt. Wenn ich jemals an Heirat gedacht hätte – was nicht der Fall war –, dann hätte ich gehofft, dass jemand diesen Ring für mich aussuchen würde.

»Ich will ihn nicht abnehmen. Er ist hübsch«, murmelte ich mit einem Schmollmund und runzelte die Stirn. »Ich wusste nur nicht, dass er da ist. Wann hast du mir den angelegt?«

»Als du vor dem Spiegel ausgeflippt bist. Ich dachte, wenn dir nicht gefällt, was du siehst, dann gefällt dir vielleicht der Ring. Der Plan ging ein bisschen nach hinten los, aber ich wollte nicht, dass du denkst, ich würde nicht ehren, was wir getan haben. Und ich hab einfach nicht den richtigen Zeitpunkt gefunden, um ...« Er stockte.

Er hatte nicht den richtigen Zeitpunkt gefunden, um mir den Ring zu geben, weil ich zu sehr damit beschäftigt gewesen war, mein Haus zu zerstören.

Ich strich ihm über die Wange. »Womit habe ich einen Mann wie dich verdient?«

»Ist das ein gutes Verdienen oder ein schlechtes Verdienen? Das weiß man bei dir nie so genau.« Seine Lippen waren wieder zu einem teuflischen Lächeln verzogen.

»Ein gutes, aber zwing mich nicht, meine Meinung zu ändern.«

Ein Schnipp-schnipp-Schnipsen riss Alistair und mich aus unserer kleinen Liebeswelt und wir drehten uns zu einem fassungslosen Barrett um, der uns halb anglotzte und halb in einen Tobsuchtsanfall verfiel.

»Verheiratet. Erklären. Jetzt.«

Ich verzog das Gesicht, aber fing an zu erklären, während ich Alistairs Hand festhielt. »Also, da war dieser Minotaurus …«

2

»Mal sehen, ob ich das richtig verstanden habe. Ihr seid auf einen Basar gestoßen, der von Taurus geführt wurde, der Seelen an Soren verkauft hat. Er hat dann herausgefunden, dass du eine Fae bist, und gedroht, dich entweder zu fressen oder in die Sklaverei zu verkaufen, also hast du geheiratet?« Barrett beendete sein Resümee mit einer Frage, als ob er es immer noch nicht verstanden hätte.

»Ja«, antwortete ich zum dritten Mal. So kompliziert war es nun auch wieder nicht, aber Barrett war entweder *tatsächlich* verwirrt oder er spielte seine Verwirrung nur vor. Ich würde mein Geld auf Tor Nummer zwei setzen.

Barrett kniff sich in die Haut zwischen seinen

Augenbrauen, während er sichtlich versuchte, seine Wut zu zügeln. »Und das hat rein gar nichts mit der arrangierten Ehe zu tun, die ihr beide führen solltet.«

Ah. Da war es. Barrett sorgte sich um mich. Das konnte ich ihm nicht vorwerfen. Aber wenn Barrett wüsste, wie sehr Alistair seinen Vater hasste, würde er das nicht in Frage stellen.

Alistair versteifte sich an meiner Seite. »Nein, das hat es nicht. Taurus hat nicht geglaubt, dass sie meine Frau ist, und ehrlich gesagt weiß ich nicht, warum er uns den Bund hat schließen lassen. Zu dem Zeitpunkt schien es die einzige Möglichkeit zu sein, Max zu beschützen.« Er stand auf und stampfte auf und ab, was er immer tat, wenn er sehr aufgebracht war.

Ich warf Barrett einen tadelnden Blick zu.

»Jetzt, wo ich darüber nachdenke, bin ich einfach nur froh, dass er Max hat gehen lassen. Vielleicht war es eine von meinem Vater inszenierte List. Vielleicht war es aber auch etwas anderes. Ich weiß es nicht und ... ich wollte sie einfach nur in Sicherheit bringen.«

Alistair blieb stehen, aber ich konnte sehen, wie ihm Dampf von den Schultern aufstieg. Das Feuer, das er in sich aufgestaut hatte, drohte, aus seiner Haut zu platzen, wenn ich nicht irgendetwas tat –

irgendetwas sagte. Ich war so sehr mit meinem eigenen Schmerz und meiner eigenen Trauer beschäftigt gewesen, dass ich nicht daran gedacht hatte, was unser Ausflug in die Hölle ihm angetan haben könnte. Was es ihn gekostet hatte. Was er vielleicht befürchtete wegen dem, was es mich gekostet hatte.

Ich erhob mich von der Couch, ging die drei Schritte zu ihm und drückte ihm einen Kuss auf die Lippen. »Das hast du. Du hast mich beschützt. Du hast mich am Leben erhalten. Du hast mich nach Hause gebracht. Keiner hätte mehr tun können. Du hast alles getan, was du versprochen hast, und noch mehr.«

Als er sich weigerte, mir in die Augen zu sehen, nahm ich sein Gesicht in beide Hände und versetzte ihm einen kleinen magischen Stoß. Seine Augen blitzten auf, und das glühende Feuer in ihnen verdrängte das Blau seiner Iriden.

»Es tut mir nicht leid.« Ich fixierte ihn mit meinem Blick, und wenn meine Augen sich mit Tränen füllten, dann war das eben genau das, was passiert, wenn man seinem Mann sagt, dass man es nicht bereuen kann, ihn geheiratet zu haben.

Auch wenn der Sieg bittersüß war.

»Du hast zu viel verloren«, antwortete er. »Ich

habe meine Freiheit von meinem Vater gewonnen. Wir haben ihn aufgehalten, und du hast Maria verloren. Das ist nicht fair. Wie kannst du mich *nicht* hassen?«

Er hatte recht – ich hatte zu viel verloren. Aber er hatte auch unrecht.

»Aber du warst nicht schuld daran, dass ich sie verloren habe. Du hast mich davon abgehalten, ihr zu folgen. Und dafür kann ich nicht sauer auf dich sein.«

Auch wenn es sein Vater war, der sie uns weggenommen hatte. Auch wenn er nicht hatte verhindern können, was passiert war.

»Hass ist das Letzte, was ich für dich empfinde.«

»Das ist einfach zu niedlich, um es in Worte zu fassen«, schnaufte Barrett, verschränkte die Arme und ließ sich auf die Sofakissen fallen. »Was zum Teufel soll ich mit euch beiden nur machen? Ich kann nicht einmal sauer auf dich sein, weil du es mir nicht gesagt hast, weil du dich mit ... Dingen beschäftigt hast.« Er stieß ein ärgerliches Knurren aus.

»Falls es dich beruhigt, du hast es vor meinen Eltern erfahren.« Ich warf diese kleine Information wie einen Rettungsanker in die Runde.

Barrett dachte eine Sekunde darüber nach und

lächelte dann. »Ja, jetzt fühle ich mich tatsächlich etwas besser.«

Ich atmete erleichtert auf und lenkte die Aufmerksamkeit wieder auf das Wesentliche. »Jetzt, wo du beschlossen hast, mir zu verzeihen, können wir also zu der Tatsache zurückkehren, dass ich so nicht nach draußen gehen kann? Ich meine, ich finde es super, dass ich mir nicht mehr die Haare färben muss, aber ich glaube, der Rest wird Aufmerksamkeit erregen.«

Barrett rollte mit den Augen, aber es war Alistair, der für ihn antwortete. »Du kannst einen Glamour benutzen, Max. Viele Empyriale tun das. Glaubst du, dass Gorgon so nach draußen geht?«

Ich dachte an den spindeldürren, locker zwei Meter zehn großen Hexenmeister. Alistair hatte nicht ganz unrecht.

»Okay, das kriege ich hin.« Ich nickte und gab mein Bestes, um nicht wieder auszuflippen.

Bevor ich auch nur den Versuch eines Zaubers starten konnte, stürmte Marcus mit Aidan und Della im Schlepptau durch die Tür. Im Gegensatz zu seinem Mann, der immer noch mürrisch auf der Couch saß, schloss Marcus mich in seine Arme und drückte mich, bis ich keine Luft mehr bekam.

»Ich habe dich vermisst, Kind«, murmelte er in meine Haare. »Ich bin froh, dass du wieder da bist.«

Ah! Ich liebte den großen Mann verdammt noch mal. Er und Barrett waren wie die Eltern, die ich nie wirklich gehabt hatte. Sicher, meine Eltern waren langsam nicht mehr die absolut schlimmsten Personen, die es je gegeben hatte – abgesehen von der Sache mit dem ›mir nicht sagen, was ich war‹ und den Lügen, die sie mit jedem Atemzug von sich gaben. Barrett und Marcus waren einfach besser darin, eine Familie für mich zu sein, als die anderen beiden.

Marcus schnupperte einmal, zweimal, dann zog er sich zurück und schaute mich neugierig an. »Du riechst anders.«

»Ja, und ich sehe auch anders aus.« Ich grinste. »Anscheinend bin ich eine Fae. Überraschung!«

Marcus nickte. »Das ... ergibt eine Menge Sinn.« Er hielt inne, als ihm die Auswirkungen meiner Spezies auf einmal klar wurden. »Deine Eltern sind scheiße, Kind.«

Ich schnaufte zustimmend. »Wem sagst du das? Andererseits hat Andras meinen Glamour entfernt, bevor ich in der Hölle verbrannt wäre. Das ist doch zumindest etwas.«

»Okay, genug von dem Fae-Scheiß«, schimpfte

Della. »Erzähl ihnen von dem Zettel. Von dem Baby. Von Melody. Du bist eine Fae, du hast spitze Ohren, *tot el que*. Lass uns zum wichtigen Scheiß kommen.«

Ah, der wichtige Scheiß. Della hatte durchaus ein gutes Argument.

»Letzte Woche, als der Angriff aufs Aether passiert ist, war da ein Inkubus im Club. Er war auf der Suche nach Striker und er hat erzählt, dass seine Familie Ronan, den Sohn von Melody, adoptiert hat. Offenbar hat jemand den Jungen entführt und einen Zettel hinterlassen. Auf dem Zettel stand ...« Ich verstummte und dachte nach. »Hast du den Zettel wirklich gesehen?«, fragte ich Della.

»Nein, aber ich kann riechen, wenn jemand lügt, und dieser Junge hat nicht gelogen. Auf dem Zettel stand, dass die Person den Jungen mit nach Faerie genommen hat.«

Barretts Augen weiteten sich. »Das ist nicht gut.«

»Ich will sicher sein, dass es Melody ist, die ihn hat. Ich muss mich vergewissern. Ich habe ihr versprochen, dass ich ihren Sohn beschützen werde.«

»Das ist buchstäblich die schlechteste Idee, die du je hattest, und das will echt schon was heißen. Vor allem, wenn man bedenkt, dass du diejenige warst, die alleine in ein verlassenes Haus gegangen ist, in dem ein Corax-Dämon gehaust hat«, knurrte Aidan, bevor er die Hände in die Luft schmiss. »Du bist fest entschlossen, Bernadette dazu zu bringen, mich anzuzünden, oder?«

»Okay, erstens wusste ich nicht, dass ein Corax-Dämon in dem Haus war, als ich da angekommen bin. Und zweitens habe ich deinen Arsch vor einem Dämon gerettet, den du nicht sehen konntest. Gern geschehen.«

Und während mir Aidan und seine Meinung ziemlich egal waren, war mir die von Alistair und Barrett besonders wichtig.

»Ich weiß nicht, my Love. Das scheint mehr als nur ein bisschen waghalsig zu sein, und wir hatten schon genug Wagnisse für ein ganzes Leben. Faerie ist kein Ort für Dämonen.« Alistair verkündete diese Meinung nicht lautstark. Stattdessen murmelte er sie mir ins Ohr.

»Ich habe ein Versprechen gegeben«, flüsterte ich zurück. »Was ist, wenn die Person, die ihn entführt hat, nicht Melody ist? Und ich meine, wie könnte sie es sein? Ich habe sie sterben sehen. Ich habe gesehen, wie Aurelia ihre Seele weitergeschickt hat.«

Alistair zog die Stirn in Falten und nickte mir kurz zu. Es gefiel ihm nicht, aber er würde mich nicht aufhalten. Falls ich überhaupt ging. Ich hatte zu viele Fragen, als dass ich mich einfach kopfüber in die Sache stürzen wollte.

Barrett hingegen war kurz davor, lila anzulaufen.

»Nein.« Er schüttelte den Kopf. »Nein, nein, nein, nein und nein. Wir haben dich gerade aus der Hölle zurückgeholt, wo du mit deinem Fae-Arsch definitiv nicht hättest sein sollen. Ich stimme Aidan zu. Das ist deine schlechteste Idee überhaupt.«

Jetzt war ich diejenige, die ihre Hände hochwarf. »Es ist nicht meine Idee. Und ich habe nicht gesagt, dass ich nach Faerie gehe. Ich sammle Informationen, um eine fundierte Entscheidung zu treffen, wie eine rationale Erwachsene. Hör auf, mich wie eine Idiotin ohne Hirn im Kopf zu behandeln. Ich bin traurig, nicht dumm.«

»Leute machen dummes Zeug, wenn sie trauern. Glaub mir«, konterte Aidan, und in diesem Moment fiel mir ein, dass er einen Bruder hatte, der genau wie ich um Maria trauerte. Seit ich zurück war, hatte Aidan seinen Bruder nicht mehr erwähnt, außer dass er die größte aller Schlagzeilen über Ians Abstammung verkündet hatte.

Ich wollte ihn fragen, wie es Ian ging, aber ich wusste nicht, ob jetzt der richtige Zeitpunkt dafür war.

»Ich weiß. Aber ich bin nicht wie die anderen. Ich

will mit Caim und Aurelia reden. Sehen, was sie wissen. Ich kann mir nicht vorstellen, dass Melody noch am Leben sein könnte. Es sei denn«, ich schnaubte, als mir die dümmste Erklärung aller Zeiten in den Sinn kam, »sie hat sich auf magische Weise in einen Sukkubus verwandelt oder so.«

Ich sah, wie sich Alistairs Augen ein wenig weiteten.

»Warte, gibt's so was?«

Alistair wackelte mit der Hand und verzog dann das Gesicht. »So was in der Art. Ich muss mehr über ihre Situation herausfinden, um sicher zu sein. Wir müssen mit Caim sprechen. Er ist der Hüter der Aufzeichnungen. Er wird es genau wissen.«

In diesem Moment öffnete sich die Tür erneut und Hideyo kam hereinspaziert. Seine Gesichtszüge waren gezeichnet und meine Besorgnis um den Mann nahm um drei Stufen zu. Ich hatte Hideyo noch nie mit etwas anderem als einem enigmatischen Lächeln im Gesicht gesehen.

»Cinder ist zurück. Der Rat versammelt sich im Arbeitszimmer und hat Gäste mitgebracht.«

Das hörte sich ominös an. Natürlich war ich froh, dass Cinder endlich aus dem menschlichen Gefängnis entlassen worden war, aber wenn ich mir

Hideyos Gesicht so ansah, waren die Gäste nicht willkommen – und sie würden es auch nie sein.

Marcus und Barrett folgten Hideyo aus dem Wohnzimmer, und der Rest von uns folgte – ich zwischen Alistair und meinen Paladinen, als ob sie mich vor irgendetwas beschützen würden.

»Könnt ihr mal damit aufhören?«, zischte ich, als Aidan versuchte, mich davon abzuhalten, als Erste um eine Ecke zu gehen. »Wir sind hier *nicht* in einem Kriegsgebiet und ich bin *kein* zartes Pflänzlein. Hört. Auf!«

Nachdem ich alle drei zurückgewiesen hatte, holte ich Barrett schnell ein. Ich schob mich hinter ihm durch die Tür des Arbeitszimmers und ließ die anderen hinter mir herdackeln.

Die ganze Gang war da. Caim und Aurelia diskutierten heftig auf einer der Chaiselongues. Gorgon saß in seinem üblichen ledernen Ohrensessel. Kyle stand am Getränkewagen und schenkte sich einen Whiskey ein. Und Striker und seine Mutter standen neben der Couch – die beiden waren der Tür am nächsten.

Als ich Strikers Gesicht sah, hatte ich nur einen Gedanken im Kopf, den ich ohne zu zögern in die Tat umsetzte. Von all den übernatürlichen Gestalten in diesem Raum wussten nur zwei, was ich vorhatte, bevor ich es tat. Aurelia, weil sie eine verdammte Hellseherin war, und Alistair.

Aurelia stieß sich von der Chaiselongue ab und stand schneller, als mein Blick folgen konnte, und Alistair versuchte, nach meiner Hand zu greifen. Ich ignorierte sie beide.

Ich stürmte auf meinen ehemals besten Freund zu, holte mit der Faust aus und schlug Striker mitten ins Gesicht.

3

Vor langer Zeit hatte ich Striker vertraut. Er war einer der einzigen Leute gewesen, die ich gehabt hatte, also war es selbstverständlich gewesen, dass ich mein Vertrauen in ihn gesetzt hatte. Er war einer der wenigen Empyrialen, denen ich begegnet war, die nicht versucht hatten, mich zu töten, sobald sie erfahren hatten, dass ich ein Abtrünniger war. Striker hatte auch keine Familie gehabt und war so verschlossen gegenüber allen und jedem, dass auch er jemanden an seiner Seite gebraucht hatte. Wir hatten uns gegenseitig vertraut – oder zumindest hatte ich ihm vertraut.

Aber rückblickend wurde mir klar, dass Striker nie ein guter Freund gewesen war. Er hatte mich in

Schwierigkeiten gebracht. Er war egoistisch. Er nahm zu viel und gab nie genug zurück.

Und er hatte Geheimnisse.

Aus diesen Gründen – und aufgrund der Tatsache, dass er bei dem Gespräch, das ich mit Caim führen musste, nicht dabei sein sollte – hatte ich mich in Sekundenbruchteilen entschieden, ihn auszuknocken. Als meine Faust seinen Kiefer berührte, erwartete ich nicht, dass ich ihn auf Anhieb ausschalten würde. Scheiße, ich hatte gedacht, ich müsste meinen Schlag mit einem Schlafzauber würzen, um das zu bewerkstelligen.

Offensichtlich hatte Striker ein Glaskinn.

Ich begutachtete seine bewusstlose Gestalt und unterdrückte ein Kichern. Er war schon echt ein super Paladin.

Im Raum um mich herum brach Tumult aus. Okay, er brach nicht ganz so sehr aus, als dass es eher Caim war, der die Fassung verlor.

»Hast du auch den letzten Rest deines Verstandes verloren, Maxima? Du hast gerade den Waffenstillstand vor den Augen aller Mitglieder des Rates gebrochen.«

Ich rollte mit den Augen. Die Tatsache, dass ich gerade wie eine Discokugel mit spitzen Ohren aussah, hätte ihn eigentlich zum Schweigen bringen müssen, aber leider nein.

»Wenn ich ein Dämon wäre, klar. Aber da ich kein Dämon bin, kannst du dir den Waffenstillstand, zu dessen Schutz du mich das ganze verdammte letzte Jahr beschwatzt hast, dahin schieben, wo die Sonne nicht scheint.«

Für eine Sekunde färbte der Schock färbte sein Gesicht, bevor es sich zu einer strengen Maske verhärtete. Tja, das würde bei mir nicht funktionieren.

»Als Hüter der Aufzeichnungen hätte dein gefiederter Arsch wissen müssen, dass ich nicht das leibliche Kind von Teresa und Andras bin. Waffenstillstand am Arsch. Du kannst mich mal an meinen nicht vorhandenen Eiern lecken.«

Ich ignorierte Caims Gestammel und drehte mich zu Cinder um, die auf ihren Sohn hinabblickte, als würde sie nichts von ihm verstehen – vor allem nicht, warum er ohnmächtig auf dem Boden lag. Ich konnte es ihr nicht vorwerfen. Ich hatte auch gedacht, Drachen wären aus härterem Material gemacht.

»Das tut mir leid«, murmelte ich, während ich mein Kinn in Richtung ihres Sohnes reckte., »Aber ich war das letzte Jahrhundert lang seine Familie und er hat mich wie Dreck behandelt. Er hat den Faustschlag verdient, und es tut mir eigentlich auch gar nicht leid. Wenn du eine große Sache daraus machen willst, können wir das tun, aber ich hoffe wirklich, dass du es nicht tust. Ich habe keine Probleme mit dir und ich möchte, dass das auch so bleibt.«

»Du sagst, er hat dich wie Dreck behandelt. Inwiefern?«

Ich holte tief Luft und erzählte ihr alles, während ich seine Gräueltaten an meinen Fingern abzählte. »Na ja, erst einmal hat er mir rein gar nicht mit Maria geholfen. Er ist nicht zu mir gekommen, als sie gestorben ist. Er hat ihre Entführung geheim gehalten, was unmittelbar zu ihrem Tod geführt haben könnte. Er hat meine Macht zu seinem eigenen Vorteil genutzt und missbraucht. Als ich noch eine Abtrünnige war, hat er mich ständig in Schwierigkeiten gebracht oder dafür gesorgt, dass ich fast von den falschen Leuten entdeckt wurde. Er hat mich öfter beinahe umgebracht, als ich zählen kann, und er war eine weinerliche Bitch und absichtlich feindselig, wenn er es nicht hätte sein müssen.«

Ich machte eine Pause, bevor ich hinzufügte: »Außerdem hatte er Geheimnisse. Geheimnisse, die er nicht hätte für sich behalten müssen. Nicht, wenn ich zur Familie gehörte. Nicht, wenn er mir vertraut hätte. Nicht, wenn ich ihm mehr als einen feuchten Furz bedeutet hätte.«

Ich erwähnte nicht mal die ganzen Lügen, die er mir im letzten Jahrhundert aufgetischt hatte. Ich nahm an, dass die schon impliziert waren.

Cinders Augen hatten sich zu Beginn meiner Tirade geweitet und waren nur noch größer geworden, während ich die Untaten ihres Sohnes aufgezählt hatte. Sie blinzelte. Blinzelte noch einmal und sah dann ihren Sohn an, als hätte sie ihn noch nie zuvor in ihrem Leben gesehen.

»Du hättest ihn härter schlagen sollen«, murmelte sie. »Ich konnte ihn nicht großziehen. Ich nehme an, das ist meine Schuld. Aber das Leben mit dir im letzten Jahrhundert hätte ihn zu einem besseren Mann formen sollen. Es tut mir leid, dass es nicht so war.«

Obwohl ich es liebte, dass sie auf meiner Seite war, hatte ich ihrem Sohn trotzdem so fest ins Gesicht geschlagen, dass er ohnmächtig geworden war. Ich hatte angenommen, dass sie ein bisschen sauer sein würde. Auf meinen völlig verwirrten Gesichtsausdruck hin stieß sie ein unflätiges Lachen aus.

»Du weißt nicht viel über Drachen, oder? Die Familie ist uns wichtiger als alles andere. Du, meine

Liebe, warst seine Familie, als er keine hatte. Er hätte dich ehren sollen, aber das hat er nicht. Wie ich schon sagte, er hat Glück, dass du ihn nur geschlagen hast.«

»Das ist ja schön und gut, aber mit dem Schlag habe ich zwei Fliegen mit einer Klappe geschlagen. Ich hätte ihn so oder so schlafen gelegt, aber dass ich sein Gesicht getroffen habe, hat mich beruhigt. Della?«, rief ich und wandte mich an meine allerbeste Vampirassistentin. »Diesmal darfst du es ihnen sagen, denn ich bin immer noch verwirrt.«

Und misstrauisch. Alles an dieser Situation deutete auf eine Falle hin, und von denen hatte ich für den Rest meines Lebens die Nase voll.

Della stieß einen Seufzer aus, der sich anhörte, als würde jemand versuchen, ihr die Seele aus dem Leib zu reißen, bevor sie dem Raum einen Bericht ablieferte. Sie erzählte ihnen von dem jungen Inkubus, der während des Massakers ins Aether gekommen war, und von seinem Adoptivbruder, der von einer Frau, die eigentlich tot sein sollte, aus seiner Wiege gerissen worden war.

»Ich will wissen, wie Melody am Leben sein kann, nachdem ich sie hab sterben sehen. Nachdem Aurelia ihre Seele weitergeschickt hat.«

Ich schaute nicht zu Aurelia, als ich das sagte.

Nein, ich betrachtete den Engel, der schuldig wie die Sünde selbst wirkte. Sein Gesicht verzog sich zu einem Ausdruck, den ich im letzten Jahrhundert tausendmal auf Strikers Gesicht gesehen hatte. Meistens dann, wenn er etwas falsch gemacht hatte, es aber nicht hatte zugeben wollen.

Falls ich jemals auf der Suche nach Strikers Vater gewesen sein sollte, war ich mir ziemlich sicher, dass ich ihn gefunden hatte.

»Was hast du getan, Caim? Was hast du getan, als dein Sohn dich um Hilfe gebeten hat? Weiß er überhaupt, dass du sein Vater bist, oder hat er das Unverschämte-Lügen-Gen von dir?«

Caims Augen leuchteten groß auf, gefärbt von der Magie seiner anderen Gestalt. Als würde er mitten im Raum seine Flügel ausbreiten. Als würde er gleich angreifen.

Ich wünschte, dieser Ficker würde es tun.

Caim bemerkte die kaum zu bändigende Wut in meinen Augen und das Zucken meiner Lippen, das fast ein Zähnefletschen war, aber nicht ganz. Dieses Arschloch hatte mich nicht besiegen können, als meine Kraft durch den Glamour meiner Mutter halb gefesselt gewesen war. Es gab keine Chance, dass er jetzt die Oberhand gewinnen würde. Nicht, nachdem ich wusste, was ich war.

Ich konnte förmlich sehen, wie ihm diese Gedanken durch den Kopf gingen, als das Licht in seinen Augen schwächer wurde.

»Was. Hast. Du. Getan?« Ich fauchte, aber ich war nicht die Einzige, die sich gegen Caim gewendet hatte. Nein, es waren Caim und sein Sohn, der ohnmächtig zu seinen Füßen lag, gegen den ganzen Raum.

»Du hast ihn losgeschickt, damit er sie aus dem Himmel holt, nicht wahr?«, sagte Alistair von hinten, nachdem Caim immer noch nicht gesprochen hatte. »Wie konntest du ihr das antun?«

»So einfach ist das nicht«, erwiderte Caim. »Sie war zerrissen – ihre Seele war gebrochen. Sie befand sich mitten in einem Übergang, als sie gestorben ist. Vom Menschen zum Sukkubus. Das Blut des Babys in ihren Adern hat sie verwandelt. Eine Hälfte von ihr ging in den Himmel. Die andere Hälfte ist hiergeblieben. Ich habe sie von Striker zurückholen lassen, aber nur, um sie wieder zusammenzusetzen. Um die beiden wieder zusammenzubringen. Und warum sollte ich meinem Sohn nicht etwas Frieden ermöglichen? Warum nicht, wenn ich das für ihn tun kann?«

Er war bereits in der Defensive. Ein typisches Familienmerkmal, wie ich fand.

»Aber irgendetwas ist schiefgelaufen, nicht

wahr?«, murmelte Aurelia von ihrem Platz hinter ihm – wieder auf der Chaiselongue sitzend, die er verlassen hatte. »Du wolltest die Teile wieder zusammensetzen, aber du hast es falsch gemacht. Deshalb hat es fast acht Monate gedauert, bis sie ihren Sohn wiederhaben wollte. Deshalb hast du uns auch nicht gesagt, was du getan hast. Du hast versucht, dein Schlamassel zu beheben.«

Caim biss die Zähne zusammen und starrte auf seine Schuhe.

»Weil du das alles gar nicht hättest tun dürfen, richtig?« Ich kam sofort auf den Grund, warum er es geheim gehalten hatte. Denn warum sonst sollte er es vor uns allen verheimlichen, außer wenn er nicht dazu bestimmt war, eine zerbrochene Seele zu kitten.

»Nein, das durfte er nicht«, zischte Barrett. »Es ist aus einem bestimmten Grund verboten, Caim. Wie? Wie konntest du das tun?«

Caim fuhr sich mit den Händen durch die Haare. »Du hast ihn nicht gesehen. Du weißt es nicht. Sie hatten das Band bereits gefestigt. Er wusste vom ersten Moment an, dass sie seine Gefährtin ist. Hätte ich ihn so weitermachen lassen wie bisher, wäre er wahnsinnig geworden. Du kennst unsere Geschichten nicht, und warum solltest du auch? Niemand schert sich einen Dreck um Engel. Keiner von euch weiß, was mit einem von uns passiert, wenn wir unseren Gefährten verlieren. Habt ihr schon mal von den Gefallenen gehört? Das ist es, was mit uns passiert.«

Ich hatte zwar noch nie von den Gefallenen gehört, aber ich nahm an, dass sie böse waren.

»Aber Striker ist nur ein halber Engel. Wer sagt denn, dass er zum Gefallenen geworden wäre?«, fragte Barrett. »Du hast eine Seele aus dem Himmel gestohlen, Caim. Du hast diese Frau aus ihrem Frieden gerissen, und was dann? Hast du sie irgendwo hingesteckt? Und als du es nicht geschafft hast, die beiden Teile ihrer Seele zusammenzufügen, was war das Resultat?«

Ich hatte eine Ahnung, aber es war Alistair, der antwortete.

»Sie wurde verrückt. Unfähig, auf der elementarsten Ebene zu funktionieren. Ich wette, sie konnte am Anfang nicht einmal sprechen, richtig? Sie konnte nicht laufen. Aber du hast es ihr beigebracht oder jemanden beauftragt, es ihr beizubringen. Ich wette, du hattest einen Heidenspaß, als sie sich endlich wieder erinnert hat. Du verfluchter Abschaum.«

»Hat er sie überhaupt gefragt? Im Himmel, meine ich. Hat er sie gefragt, was sie will, oder hat er sie einfach mitgenommen? Wie er es immer tut.« Ich schüttelte den Kopf. »Ist sie überhaupt bei klarem Verstand? Weiß sie, wer sie ist? Und warum sollte sie Ronan nach Faerie bringen?«

Ein weißblonder Mann schlenderte durch die Tür, als gehörte ihm der Laden. Er nippte an einem Waterford-Kristallglas, das mit etwas gefüllt war, das nach Scotch roch. In der anderen Hand hielt er ein riesiges Sandwich, von dem er einen gewaltigen Bissen genommen hatte. Er summte fröhlich, während er an seinem Getränk nippte, bevor er sich auf einen der freien Sessel plumpsen ließ und seine Füße auf den Couchtisch legte, als würde er hier wohnen.

Unser freundlicher Fae-Detective aus der Nachbarschaft wackelte ein wenig mit dem Hintern, um es sich so richtig bequem zu machen. Dann schaute er uns an, als würde er sich die Show ansehen wollen.

Rowan Durant war ein Abgesandter des Seelie-Hofes – was auch immer das heißen mochte –, und er war Barrett ein Dorn im Auge. Auch auf meiner Shitliste stand er ganz oben.

»Können wir dir helfen?«, knurrte Marcus und beäugte den Fae, als hätte der Typ auf seinen Stiefel geschissen. Ausnahmsweise störte mich dieser Blick überhaupt nicht.

Rowan nahm einen weiteren Bissen von seinem Sandwich und schüttelte den Kopf. Ich hatte keine Ahnung, was er hier zu suchen hatte, aber ich hatte kein gutes Gefühl bei der Sache. Nicht einmal dreißig Sekunden später wurde ich bestätigt, als Rowan seinen Bissen hinunterschluckte.

»Ich will nur wissen, was ihr gegen den halbwahnsinnigen Dämon unternehmen wollt, der in Faerie herumstreunt, das ist alles.«

Ich spürte, wie meine Augen zuckten. Rowan Marchand Durant war eine Plage höchsten Grades.

»Wir haben hier eine kleine Brainstorming-Sitzung, Ro. Warum kommst du nicht später wieder, wenn ich mir überlegt habe, wie wir unseren verirrten Dämon am besten zurückholen können? Am besten machst du dich direkt wieder auf den Weg.« Ich klatschte leicht in die Hände, um ihn verdammt noch mal aus dem Raum zu schaffen, bevor ich einen Engel mit bloßen Händen in Stücke reißen würde.

»Oh, das glaube ich nicht«, sagte er, bevor er einen weiteren Schluck von seinem Scotch nahm. »Dämonen sollten nicht ohne Grund in Faerie sein, und idiotische Prinzessinnen sollten ihnen sicher nicht folgen. Nicht, wenn sie es schätzen, dass ihr Kopf auf ihren Schultern sitzt.«

Ich war so versucht, ihn in einem weiteren Loch zu begraben und ihn dort zu lassen. Genau wie zuvor würde er uns nicht helfen. Genau wie zuvor würde Rowan endlos im Kreis reden und herumstochern, bis er ein bisschen Spaß gehabt hatte.

Er scherte sich einen Dreck um andere, und von solchen Männern hatte ich schon seit langem die Schnauze voll.

Magie sprühte über meine Finger, als Donner Barretts Haus erschütterte. Na ja, die Magie sprühte nicht nur über meine Finger. Sie wanderte den ganzen Weg meine Unterarme hinauf und knisterte und knackte.

»Ob du lebst oder stirbst, macht für mich keinen Unterschied. Mein Geisteszustand steht auf Messers Schneide, also schlage ich vor, dass du aufhörst, mir auf den Sack zu gehen. Denn ich bin kurz davor, dich vor all diesen Leuten auszuweiden, und ich werde kein schlechtes Gewissen haben, wenn ich es tue. Also, wenn du nicht helfen kannst, halt die Klappe. Okay, Schätzelein?«

Ich drehte mich wieder zu Caim. »Du hast mich angelogen. Du und dein Sohn. Ihr habt mich in dem Glauben gelassen, ich hätte ihr gegenüber versagt. Ich will weder dich noch ihn jemals wiedersehen. Wenn er aufwacht, richte ihm aus, dass ich das gesagt habe. Ich werde Melody zurückholen. Ich werde sie in Sicherheit bringen. Auch vor ihm, wenn es sein muss. Sorg dafür, dass er das weiß.«

Bevor Caim etwas erwidern konnte, schnippte ich mit den Fingern, und schickte ihn und Striker zurück ins Aether und aus meinem Blickfeld.

4

»Nur so aus Neugierde, wo genau hast du sie hingeschickt? Nichts für ungut, Schatz, aber wenn du sie in einen Vulkan geworfen hast, müssen wir eine Rettungsaktion starten.« Ich wollte über Barretts Scherzversuch lachen, aber ich schaffte es einfach nicht.

Jemand, den ich seit mehr als einem Jahrhundert kannte, hatte mich wieder und wieder hintergangen. Ich hatte gewusst, dass ich Striker verloren hatte. Was ich nicht gewusst hatte, war, wie sehr dieser Verlust schmerzen würde – bis zu diesem Moment.

Die Entschlossenheit, die ich aufgebaut hatte, als ich von Melody erfahren hatte, schien zu schwinden. Ich sackte ein wenig zusammen, bevor ich zu einem ledernen Clubsessel schlurfte und mich darauf plumpsen ließ. Die stets weise Aurelia erschien mit einem Tumbler voll Bourbon an meiner Seite.

Ich nahm das Glas, nippte daran und ließ den Alkohol bis zum Ende brennen, bevor ich Barrett antwortete.

»Ich habe sie in sein Büro geschickt. Nichts Verrücktes.« Ja, meine Stimme klang irgendwie tot, aber ich hatte einfach nicht die Kraft, mich zu verstellen.

Als Aurelia meine mürrische Stimmung bemerkte, schob sie meinen Arm von der Lehne und hob meine immer noch glitzernde Hand an.

»Uuuuh, glänzend! Jetzt ist es ein Kinderspiel, dich im Dunkeln zu finden«, sagte Aurelia, und wenn sie nicht eine meiner besten Freundinnen wäre, hätte ich ihren Allerwertesten in die nächste Woche befördert.

»Sei vorsichtig mit meinen Gefühlen, Arschloch. Ich muss mich erst noch daran gewöhnen.«

»Ach, bitte. Du siehst aus wie eine Mischung aus Chaos und Magie – was schon seit den Anfängen des Wiggle-Kleids genau deine Ästhetik ist. Steh dazu«, befahl sie und richtete ihre blassgrünen, pupillenlosen Augen auf mich.

Sie hatte nicht ganz unrecht.

Della stieß ein äußerst unfrauliches Schnauben

aus. »Weißt du, wie schwer es war, ihr nicht zu sagen, dass sie spitze Ohren hat? Ich verdiene eine Medaille oder eine Ehrentafel oder so.«

Ich konnte nicht anders und schnaubte ebenfalls. Aurelia war so klug, sich den Mund zuzuhalten, damit sie nicht in Gelächter ausbrach. Aber ich konnte die Vibrationen von Alistair, der sich leise vor Lachen schüttelte, sogar aus ein paar Metern Entfernung spüren.

»Ihr seid alle scheiße«, murmelte ich, bevor ich einen weiteren Schluck von meinem Bourbon nahm.

Aurelia rutschte mit ihrem Hintern von der Armlehne und ließ sich auf meinen Schoß plumpsen. Trotz ihrer winzigen Statur drückte sie mir fast den Atem ab, als sie mich umarmte. »Du liebst jeden Einzelnen von uns, gib es zu. Na ja, bis auf den Fae-Speichellecker, aber der zählt ja auch nicht.«

Sie hatte recht, aber ich hatte keine Lust, ihre Behauptungen zu bestätigen.

»Ich muss dahin gehen, um sie zu holen, nicht wahr? Ihr Sohn könnte in Gefahr sein. Jetzt, wo wir wissen, dass es Melody ist und was man ihr angetan hat, kann ich sie nicht einfach da lassen. Vor allem, wenn Dämonen in Gefahr sind, nur weil die beiden in Faerie sind.«

Allein der Gedanke an Melody ließ mir die

Tränen in die Augen steigen und meine Nase kribbeln. Wie hatte Striker sie aus dem Himmel klauen können? Es tat mir weh, wenn ich nur daran dachte.

Aurelia legte ihren Kopf auf meinen und umarmte mich erneut. Für zwei Sich-nicht-Umarmer verwandelte sie mich verdammt noch mal in eine waschechte Kuschlerin. Einem Teil von mir machte das nichts aus. Der andere Teil meiner Seele schrie so sehr nach meiner Schwester, dass ich das Zimmer am liebsten in Stücke gerissen hätte, um es zu Asche verbrennen zu sehen. Ich mochte diesen Teil von mir nicht – den zerstörerischen Teil, der nur vernichten wollte.

Sie drückte mich fester an sich, und es kostete mich alles, nicht zu weinen. Ich glaubte, sie spürte es, denn Aurelia stand von ihrem Sitzplatz auf meinem Schoß auf und ging zurück zur Chaiselongue.

Rowan legte sein Sandwich auf den Couchtisch. Kein Untersetzer, kein Teller. Lediglich Krümel auf dem Mahagoniholz. »Ich könnte schwören, dass ich dich gerade gewarnt habe, dass du dich in Gefahr begibst, wenn du nach Faerie gehst. Willst du mich einfach nur ignorieren oder hast du plötzlich einen Todeswunsch?«

Ich schnippte mit den Fingern, und platzierte das Essen auf einem Teller – und war nur wenig zufrieden, dass Rowan zusammenzuckte, als meine Finger das verräterische Schnippen von sich gaben.

»Erstens: ekelhaft. Benutz einen Teller, du Barbar. Zweitens: Ich habe dich sehr wohl verstanden. Ich ignoriere dich nur, weil mein Leben nicht mehr wert ist als das der Leute, die ich zu beschützen geschworen habe. Wenn du nur einen Funken Anstand hättest, wüsstest du das. Aber da du das nicht hast …« Ich verstummte.

»Die Schicksale mögen mir verzeihen, aber ich stimme Rowan zu«, brummte Barrett. »Du solltest nicht gehen, mein Schatz. Jemand muss Melody und ihren Sohn zurückholen, ja. Aber das musst nicht du sein. Nicht so kurz nach dem Verlust von Maria. Nicht nach der Hölle.«

Rowan hustete und klopfte sich auf die Brust, nachdem sein Scotch in die falsche Röhre geraten war. »Du warst in der Hölle?« Er röchelte. »Hast du schon so ausgesehen, als du da hingegangen bist? Denn ich kann mir nicht vorstellen, dass das gut für dich ausgegangen ist.«

»Es ist gut ausgegangen, Rowan. Danke für deine Besorgnis. Weißt du, ich habe nur meine Schwester verloren, das ist alles.«

Er schnaubte. »Sie war nicht deine Schwester. Du hast gar keine Familie.«

In dem Moment, in dem er sagte, dass Maria nicht meine Schwester war, explodierte etwas in mir. Ohne dass ich es wollte, lösten sich Ranken aus der Polsterung der Couch und wickelten sich um Rowans Körper. Jede Ranke war mit fünf Zentimeter langen Dornen versehen, aus denen ein zähflüssiger Saft tropfte. Als einer dieser Tropfen Rowans Haut berührte, zischte er vor Schmerz.

Ich hatte nicht einmal mit den Fingern geschnippt. Hm.

»War ich das?«, fragte ich Barrett, denn er war der einzige andere in diesem Raum, der so eine Magie wirken konnte.

»Ja, mein Schatz.« Seine Augen waren groß, als er auf die giftigen Dornen starrte.

Ich musterte die Ranken. Sie sahen denen so ähnlich, die ich für Taurus beschworen hatte. Cool.

»Ich bitte dich höflich, dein verdammtes Maul bezüglich meiner Schwester zu halten. Nur weil ich adoptiert wurde, heißt das nicht, dass sie weniger zur Familie gehört. Ihr Leben hat mir etwas bedeutet. Ihr Verlust tut genauso weh, wie wenn sie mein Blut wäre. Du kannst aufhören, dich bei mir unbeliebt zu machen, Rowan. Du hast es geschafft. Auftrag erfüllt.«

Rowan wehrte sich gegen seine Fesseln, zischte aber nur, als er sich an einem weiteren Dorn kratzte.

»Das habe ich nicht gemeint«, sagte er, um einen Rückzieher zu machen. »Du solltest inzwischen wissen, dass du eine von uns bist. Eine Fae. Aber deine Art – die Elementaren – wurde bis auf den Letzten getötet. Es gibt keine mehr. Du hast keine Blutsverwandten, denn deine Art wurde bis zur Ausrottung gejagt. Du bist die Letzte. Ich warne dich nur, Prinzessin, ich wollte deinen Verlust nicht auf die leichte Schulter nehmen.«

»An deinem Vortrag muss noch gearbeitet werden, Tinkerbell«, knurrte Alistair, und in diesem Moment bemerkte ich, dass er sich hinter mich gestellt hatte.

Rowan warf Alistair einen vernichtenden Blick zu. »Tinkerbell ist eine erfundene Fee. Ich bin ein Luft-Fae, aber danke vielmals. Besteht die Möglichkeit, dass du diese Fesseln entfernst?«

Ich schnaubte. »Wirst du deine Arschloch-Kommentare auf ein Minimum beschränken?«

»Jetzt werde ich das wohl?« Er sagte es, als wäre es eine Frage.

Was auch immer.

Ich schnippte mit den Fingern, und die Ranken verschwanden.

»Ich wollte nur betonen, dass der Verlust einer Person kein Grund ist, dich erneut in Gefahr zu bringen. Du hättest nicht in die Hölle gehen sollen. Und du solltest auch nicht nach Faerie gehen. Versteh mich nicht falsch, *irgend*jemand sollte den Dämon zurückholen, bevor die Hölle losbricht. Aber das solltest nicht du sein.«

Aidan stellte eine Frage, an die ich noch nicht gedacht hatte. »Was hat es mit Dämonen in Faerie überhaupt auf sich? Vampire haben diese Ebene schon vor Jahrhunderten verlassen und es gab keine Probleme, warum also sind Dämonen so tabu?«

Rowan seufzte, bevor er sein Sandwich in die Hand nahm. »Dämonen können durch Schleier gehen, durch die andere nicht gehen können. Klar, Vampire können ohne Probleme nach Faerie, aber sie können nicht in den Himmel oder die Hölle wandern, ohne da stecken zu bleiben, da sie technisch gesehen tot sind. Dämonen sind lebende, atmende Wirte, die fast alle Reiche ohne Weiteres betreten können.«

Aurelia kicherte. »Sie könnten also einen Faerie-Parasiten bekommen?«

»Faerie ist nicht nur ein Märchen und Feenstaub. Es gibt Wesen, die dort eingekerkert sind. Alte Götter, Monster, alles, was zu schrecklich ist, um in der Hölle oder auf der Erde zu leben, wird in Faerie sicher weggesperrt.« Sein Gesicht verriet dunkle Dinge, die zu schrecklich waren, um sie zu erwähnen.

»Wenn sie so ›sicher weggesperrt‹ sind, was ist dann das Problem?«, fragte ich, weil ich nicht verstand, wo der Haken war. Vielleicht war ich absichtlich schwer von Begriff, aber wenn alles gut verschlossen war und der einzige Weg, die Tore zu öffnen, darin bestand, mich zu töten, dann durfte ich nur nicht sterben, und alles war gut. Oder?

Rowan seufzte und schüttelte den Kopf. »Nichts bleibt für immer verschlossen. Du denkst, den Schleier zwischen Erde und Hölle zu öffnen, ist schlecht? Lass einen der alten Götter frei, und wir werden in eine ganz neue Ära von Scheiße eintauchen.«

Ich spürte, wie meine Augen zuckten. Rowan schien alles über mich zu wissen – er wusste, was ich war. Er wusste von unserem Kampf, die Schleier geschlossen zu halten – derselbe Kampf, der mir das Leben aus dem Körper gerissen und fast jeden umgebracht hatte, der mir etwas bedeutete.

Es gefiel mir nicht, dass er diese Informationen hatte. Ganz. Und. Gar. Nicht! Ich traute diesem Fae nicht über den Weg, und selbst wenn er mir helfen wollte, war er mir nicht geheuer.

»Stalker. Beobachtest du mich etwa, Ro? Ich glaube nicht, dass mir das gefällt. Überhaupt nicht.« Rowan wollte an seinem Scotch nippen, und ich schnippte mit den Fingern, und ließ das Glas und das Sandwich verschwinden.

Er verdrehte die Augen, bevor er mich mit einem verächtlichen Blick bedachte. »Ich bin der Abgesandte des Seelie-Hofes. Es ist mein Job, Dinge zu wissen.«

Alistairs heiße Hände ruhten auf meinen Schultern – entweder um sich selbst oder um mich zu beruhigen. Vielleicht würde er, wenn ich zwischen ihm und dem Fae stand, nicht das bisschen Raum zwischen ihnen durchqueren und Rowan in Brand stecken. »Du meinst, es ist deine Aufgabe, uns auszuspionieren und deiner Königin Bericht zu erstatten. War es auch deine Aufgabe, Zwietracht zwischen den Empyrialen und den Fae zu säen, oder hast du da einfach nur versagt?«

»Ach, bitte. Diese Kleinigkeit ist kein Geheimnis. Sie hat sich mit einem Eidolon angelegt und überlebt. Wenn du glaubst, dass niemand davon wusste, bist du verrückt.«

Ich erschauderte und erinnerte mich an die Gruppierung von Seelen, der durch einen meiner Schutzwälle gebrochen war, als wäre er aus Seidenpapier gewesen.

Aber das war gewesen, bevor ich von Dämonen gewusst hatte.

Bevor ich gewusst hatte, was ich war.

»Du hast die ganze Zeit gewusst, wer und was ich bin. Deshalb nennst du mich auch Prinzessin. Du hast nie Dämonenprinzessin gemeint. Du meintest Faeprinzessin.«

Nicht, dass das wirklich wichtig gewesen wäre. Rowan war nicht wichtig. Meine Erinnerungen an diesen schrecklichen Tag waren nicht wichtig.

Nur Melody war wichtig – sie und ihr Sohn.

Rowan zuckte mit den Schultern. Das war zwar keine Antwort, aber er hatte seine Quote an Antworten für heute wohl schon erfüllt.

»Natürlich wusste ich das. Du glaubst, eine Hexe kann ein Eidolon überleben? Wir hatten dich schon lange vor dieser Zeit auf dem Radar, aber wir wussten nicht, was du bist, bis du angefangen hast, Erdbeben zu verursachen, und Stürme in ganz Denver aufgetaucht sind. Wenn du was kannst, dann dich unauffällig verhalten, Prinzessin«, sagte er mit einem Augenrollen.

Allein bei dem Namen Eidolon musste ich ein Schaudern unterdrücken.

Der Gedanke an Tausende von Seelen, die zu einem fleischfressenden Nebel zusammengeschustert wurden, brachte mich dazu, kotzen zu wollen. Technisch gesehen, war ich nicht allein gegen das Eidolon angetreten. Es hatte sich einfach durch den Schutzwall gefressen, den ich dummerweise mit meiner Lebenskraft verbunden hatte. Ja, ich war eine Idiotin gewesen, und das würde ich ganz sicher nie wieder tun.

»Erstens: Ich bin nicht allein gegen ein Eidolon angetreten. Zweitens: Kyle hat sich um diese Bedrohung gekümmert, nicht ich. Alles, was ich getan habe, war zu sterben.«

Kyle schnaubte. »Zugegeben, du bist auf die dramatischste Art und Weise gestorben, die es je gegeben hat, aber du hast mir auch den Arsch gerettet, damit ich den verdammten Spruch überhaupt aussprechen konnte. Verkauf dich nicht unter Wert, Sparky.«

Ich nutzte die Gelegenheit, um dem Schattengeist auf der anderen Seite des Raumes den Mittelfinger zu zeigen. Dieser Tod hatte höllisch wehgetan. Zum Glück für mich lachte Kyle nur.

Rowan wollte gerade etwas erwidern, als Andras und meine Mutter das Arbeitszimmer betraten. Es fiel mir immer noch schwer, Andras als meinen Vater zu bezeichnen – vor allem jetzt, wo ich genau wusste, dass er es nicht sein konnte. Ich hatte noch nicht mit meiner Mutter gesprochen, um die Wahrheit über meine Herkunft zu erfahren, und ich wusste nicht, ob ich mich dazu durchringen konnte, dieses Gespräch überhaupt zu beginnen.

Bevor jemand auch nur ›Hallo, wie geht's?‹ sagen konnte, löste sich Andras von seiner menschlichen Gestalt, und verwandelte sich in einen menschenförmigen Albtraum aus schwarzem Rauch und glühenden Augen.

Dann stürzte er sich direkt auf Rowan.

In diesem Moment wurde mir klar, dass die Rauchwolke Zähne hatte.

5

Bevor ich verarbeiten konnte, dass mein Vater Rowan mit allen Künsten der dämonischen Gewalt angriff, packte Teresa mich an den Händen und riss mich von meinem Stuhl. Sie benutzte eine hexenartige Transportmagie, um mich von einer Seite des Raumes auf die andere zu befördern. Im Saal brach das totale Chaos aus. Andras' Gestalt hatte nicht nur Zähne, sondern auch Krallen, und schlug nach dem Fae, als würde er den Typen am liebsten in Stücke reißen.

Der Fae sprang nach hinten und setzte zum Flug an, wobei sich sein Körper in ... eine Art Eidechse verwandelte? Sein Körper war so weiß wie seine Haare, und seine Flügel waren blassblau. Er schien eine Sylphe zu sein, aber ich wusste es nicht genau. Ich wusste nur, dass er trotz der über vier Meter hohen Decke nicht weit genug von Andras entfernt war. Andras' rauchige Masse war nicht an die Schwerkraft gebunden, und die Krallen und Zähne folgten Rowan, während er durch den Raum schwirrte.

Es war schwer mit anzusehen – und noch schwerer, tatenlos danebenzustehen, während es abging. Rowan ging jedem gehörig auf den Sack. Wenn man ihm Glauben schenken durfte, hatte sein Hof systematisch jedes einzelne Mitglied meiner Blutlinie ermordet. Es war schwer, ihm das nicht übel zu nehmen – vor allem, weil er über ihr Ableben nicht allzu bestürzt zu sein schien.

Aber er war nicht der Mörder, und auch wenn ich ihn am liebsten ins Weltall befördern würde, bedeutete das nicht, dass ich wollte, dass er durch die Hand meines Vaters starb.

Ich war nur eine Nanosekunde davon entfernt, einzugreifen, als ich ein Fingerschnippen hörte.

Alle im Raum erstarrten. Andras' rauchige Masse, Rowans echsenartiger Körper, jedes Mitglied des Rates.

Alle außer mir.

Mein Blick blieb an der Gestalt einer Frau hängen, von der ich bisher nur flüchtige Eindrücke bekommen hatte. Bernadette war meine Großmutter. Ein gerader Rücken, ein britischer Akzent, ein sorgfältig gestylter silberner Bob, ein gealtertes Gesicht und so weiter. Die Frau vor mir sah nicht älter als zwanzig aus. Die dunklen Haare, die ihr in Wellen über den Rücken fielen, und ihre gebräunte Haut strahlten förmlich mit ihrer kaum gezügelten Kraft um die Wette.

Das war nicht Bernadette. Das war Lilith. Eine der ersten Dämonen und Königin der Hölle.

So behutsam wie möglich löste ich mein Handgelenk aus der starren Hand meiner Mutter und schlurfte gelassen zu meiner Großmutter hinüber. Ein Schmerz des Verlustes durchfuhr mich. Sie war jetzt nicht mehr wirklich meine Großmutter, oder?

»Ich werde immer deine Großmutter sein, Kind. Hör auf, dumme Gedanken zu denken«, sagte Lilith, nachdem sie offensichtlich in meinen Gedanken gelesen hatte.

Gut zu wissen.

Ihre Stimme war um ein oder zwei Oktaven gesunken, aber da war immer noch der knackige britische Akzent, den ich so lieb gewonnen hatte. Ich fragte mich, ob der Eingang zur Hölle wirklich in England lag.

»Warum ist Andras hinter Rowan her wie ein tollwütiges Tier?«, fragte ich und wunderte mich über den völligen Mangel an Disziplin. Andras war zwar ein Arschloch, aber wenn er nicht gerade angegriffen wurde, würde ich nicht denken, dass er einfach so mir nichts, dir nichts Leute umlegte.

»Er ist ein Seelie, Kind. Er ist eine Bedrohung.«

Das wusste ich, aber Rowan war nicht stark genug, um es mit mir aufzunehmen – schon gar nicht in einem Raum voller Verbündeter. Und genau das sagte ich ihr dann auch.

Lilith schenkte mir ein wissend trauriges Lächeln. »Es gibt vieles, was du noch nicht weißt, mein liebes Mädchen. Egal wie harmlos ein Fae erscheint, sie haben Klauen und Zähne, wo du sie am wenigsten erwartest.«

Na, wenn das mal nicht die beschissene Wahrheit war.

»Von mir aus. Dann werde ich ihn hier wegschaffen. Ich werde nicht zulassen, dass Andras jemanden tötet, der mir nichts getan hat – egal, was für ein Arschloch er sein mag.«

Ich brauchte nicht einmal mit den Fingern zu

schnippen. Ich musste nur daran denken, wohin ich ihn schicken wollte. Zugegeben, der Ort, an den ich ihn schickte, war nicht weit entfernt. Ich hoffte nur, dass er, wenn er im Aether landete, nicht immer noch eingefroren war.

Das wäre ziemlich blöd.

Lilith ließ den Raum auftauen. Teresa klammerte sich wieder an meine Hand, aber dieses Mal versuchte sie nicht, mich von jemandem wegzuziehen. Nein, sie hielt mich einfach nur fest. Ich starrte auf ihre Finger, die mit meinen verschränkt waren, und konnte mich nicht erinnern, wann ich diesen Anblick schon einmal erlebt hatte. Es fühlte sich gut an und tat gleichzeitig weh, und ich hatte Mühe, meinen Schmerz zu verdrängen.

Ich schaffte es fast nicht, ihr in die Augen zu sehen. Ich hatte ihr Maria geraubt – ihre einzige Tochter. Zumindest ihre einzige richtige Tochter. Sie musste mich genauso hassen, wie ich mich dafür hasste, dass ich versagt hatte.

»Hör auf mit dem Scheiß, Max«, knurrte Lilith, und der seltsame Tonfall in ihrer Stimme machte deutlich, dass sie im Dämonenmodus war. »Du bist nicht verantwortlich. Keiner gibt dir die Schuld.«

Aber ich sah Lilith nicht an. Ich starrte meiner

Mutter in die Augen, während Lilith mich ausschimpfte, und achtete auf jedes Aufflackern von Vorwürfen, die ich empfand. Wenn ich es sähe, würde ich mich von allem lösen. Ich würde sie nie wiedersehen. Ich würde den feigen Ausweg wählen und mich bis zum Ende der Welt oder bis zu meinem Tod verstecken. Je nachdem, was zuerst käme.

Aber es passierte nichts. Das Einzige, was in Teresas Blick lag, waren Mitgefühl und Schmerz. Letzterer spiegelte meine eigene Qual wider, und ich zog sie in eine Umarmung, die so fest war, dass sie ein kleines Stück meiner Seele heilte.

»Wie kannst du mir verzeihen?«, schluchzte ich und brach zusammen. »Ich habe dir deine einzige Tochter genommen. Sie ist gestorben, um mein Leben zu retten. Sie hat uns alle gerettet, und ich konnte sie nicht retten.«

Teresa löste sich aus der Umarmung und strich mir über die Wangen. »Ich habe zwei Töchter, Max. Ich habe schon immer zwei Töchter gehabt. Keine Geburt, kein Blut und kein Tod wird daran je etwas ändern. Ich werde dich nicht für die Entscheidungen eines anderen Mannes verantwortlich machen, und ich werde nicht aufhören, dich Tochter zu nennen. Leider hattest du mich die letzten vierhundert Jahre am Hals, und du wirst dich bis zum Ende aller Tage mit mir herumschlagen müssen.«

Teresa hatte sich nie wirklich wie eine Mutter angefühlt – na ja, nur auf die Art und Weise, die mich dazu gebracht hatte, Familien im Allgemeinen zu verabscheuen. Aber zum ersten Mal fühlte sie sich an wie eine richtige Mom. Komisch, wie das auf einmal passierte, wenn man erfuhr, dass man adoptiert worden war. *Moment mal ...*

»Bin ich adoptiert oder hattest du Rambazamba mit einem Pixie?«, platzte ich heraus, ohne zu wissen, welche Antwort ich lieber hören wollte.

Aus Teresas Mund drang ein lautes Lachen, das im krassen Gegensatz zu den Tränen stand, die ihr über das Gesicht liefen. Wow! Wir waren schon ein komisches Gespann, nicht wahr?

»Nein, ich hatte kein *Rambazamba* mit einem Pixie. Aber ich kann es dir zeigen, wenn du es erlaubst.«

Ich überlegte kurz, bevor mein Blick zu Alistair wanderte.

»Kommst du mit?«, fragte ich, nervös, weil ich herausfinden würde, woher ich kam. Ich würde mich nicht schwach fühlen, wenn ich mich an ihn anlehnte, und ich konnte nicht erklären, warum. Vertrauen – das, worum er die ganze Zeit gebeten hatte – war dabei, in seine Richtung geschaufelt zu werden.

»Natürlich, my Love.« Alistair gesellte sich zu mir in unsere kleine Runde.

Die Augen meiner Mutter weiteten sich, als sie unsere verbundenen Hände sah – vor allem beim Anblick des riesigen schwarzen Diamanten an meinem Ringfinger –, und ihr Kopf schnellte hoch, um uns anzustarren. »Ihr ... Wie? Wann?«

Ich wollte mit den Augen rollen, aber Teresa schien nicht verärgert zu sein, also unterließ ich es.

»In der Hölle. Da mir niemand gesagt hat, dass ich eine Fae bin, wusste ich nicht, dass ich vorsichtiger sein sollte. Taurus wollte mich verkaufen oder fressen, also hat Alistair uns verbunden, damit er das nicht tun konnte. Und ich mag den Kerl irgendwie, also ...« Ich verstummte und lächelte meine Mutter auf eine Art an, die ihr verriet, dass ich wirklich glücklich war – auch wenn dieses Glück durch Marias Tod getrübt wurde.

»Glückwunsch. Auch wenn ich nicht behaupten kann, dass es eine Überraschung ist«, unterbrach Lilith. »Aber die Erklärung wird kommen, wenn du die Erinnerungen deiner Mutter siehst. Lass uns einen ruhigen Ort finden, um den Zauber zu sprechen, Andras«, rief sie ihrem tobenden Sohn zu.

Andras wollte Rowan hinterher, das war offensichtlich. Ich merkte auch, dass er sauer war, weil ich ihm seine Beute weggenommen hatte.

»Das brauchen wir nicht«, antwortete ich. »Ich vertraue jedem in diesem Raum.«

Lilith lächelte mich auf eine Art an, die von mehr gebrochenen Versprechen und zu viel Verrat sprach, als dass man sie zählen könnte. »Das mag stimmen, Kind, aber manche Dinge sollte man besser allein sehen.«

Ich nickte, aber es war Barrett, der sich anbot, den Raum für uns zu räumen. Er küsste mich auf die Stirn und Marcus nahm mich in eine monstermäßige Umarmung, bevor sie gingen. Alle anderen außer Aurelia und meinen Paladinen verschwanden.

»Ich verlasse mich darauf, dass du ihr nicht mehr wehtust«, sagte Aurelia, während sie meiner Mutter in die Augen schaute.

Teresa nickte, und Scham färbte ihren Gesichtsausdruck. »Alles, was ich je wollte, war, sie zu beschützen.«

»Keine Lügen mehr, Teresa. Sag ihr alles, oder ich werde es tun. Hast du mich verstanden? Ich werde ihr alles erzählen – das Gute und das Schlechte. Ich gebe dir die Gelegenheit, ihr deine Seite zu zeigen.

Lass es mich nicht bereuen, dass ich sie dir gegeben habe.«

Mit diesen Worten schritt Aurelia aus dem Zimmer, Della und Aidan folgten ihr.

»Wir werden direkt vor dieser Tür sein, Max. Wenn du uns brauchst, schrei«, informierte mich Aidan, aber ich merkte, dass es eher eine nicht ganz so subtile Warnung für meine Eltern war. Ich wusste genau, wenn ich schreien würde, gäbe es eine Menge Ärger.

Als die Tür geschlossen war, wies Lilith Teresa und mich an, auf der Couch Platz zu nehmen und es uns bequem zu machen.

»Ihr Jungs stellt euch hinter eure Frauen und haltet euch an ihren Schultern fest. Ihr werdet sie während des Zaubers am Boden halten. Versucht, nicht loszulassen«, befahl sie, bevor sie sich an Teresa und mich wandte. »Ihr beide müsst euch an den Händen halten.«

Meine Mom drückte meine Hände, und Lilith trat näher heran. In ihrer Hand materialisierte sich ein Dolch und in weniger als einer Nanosekunde war eine Unendlichkeitsschleife in die Rücken unserer zusammengeführten Hände geritzt.

Ich zischte vor Schmerz. »Wie wär's das nächste Mal mit einer kleinen Vorwarnung, Herrgott?«

Wie aus dem Nichts zauberte Lilith ein Stück rotes Band hervor. Es war etwa fünf Zentimeter dick und bestand aus einer Art Seide. Der Stoff schwebte von selbst in der Luft, bevor er sich um unsere beiden Handgelenke wickelte. Das Band wand sich weiter nach unten und saugte sich mit dem Blut des Unendlichkeitszeichens voll, bevor es sich zu einer komplizierten Schleife schnürte.

Lilith setzte sich auf den Couchtisch und fing an zu rezitieren.

»Videre priores. Ad animi res et tempus.«

Ich übersetzte das Lateinische in meinem Kopf, aber die Worte passten nicht ganz zusammen. Erst beim zweiten oder dritten Durchgang verstand ich den Zauberspruch. *Um die Vergangenheit zu sehen. Um den Geist, die Umstände und die Zeit zu sehen.*

Lilith wollte mir nicht nur zeigen, was passiert war. Sie wollte mich in die Schuhe meiner Mutter stecken und mich den gleichen Weg gehen lassen wie sie. Oh, das würde mir ganz und gar nicht gefallen.

Ich wollte mich losreißen, wollte unsere Handgelenke lösen, aber ich saß fest.

»Videre priores. Ad animi res et tempus.«

Ich fühlte mich, als würde ich fallen, obwohl ich wusste, dass ich noch auf der Couch saß. Meine offenen Augen sahen nichts, waren blind für das Hier und Jetzt. Ich hörte Teresas scharfes Einatmen und spürte kaum Alistairs Hände auf meinen Schultern, als der Boden unter meinen Füßen schwankte und sich neigte.

»Videre priores. Ad animi res et tempus.«

Alles fiel weg und ich landete in Teresas Erinnerungen – einem Ort, von dem ich nie gedacht hätte, dass ich dort sein würde.

6

MEINE FÜßE MACHTEN KAUM EIN GERÄUSCH auf den moosbedeckten Felsen, während ich um die Lorbeerzweige herumging. Dies war der einzige Ort, den die Menschen nicht betreten wollten, und ich war froh darüber. Die Inquisition hatte einige meiner Hexenschwestern geholt. Wälder wie dieser waren für uns ein sicherer Ort, an dem wir ohne Angst vor neugierigen Blicken praktizieren und leben konnten.

Die Menschen waren aus gutem Grund abergläubisch. Die Kreaturen, die sie fürchteten, waren real. Ich fragte mich, ob die Menschen uns genauso fürchten würden, wie sie es taten, wenn wir an ihrer Seite leben würden. Ich vermisste die Geschichten meiner Mutter über die Zeit, als die Welt noch freier gewesen war und sich weniger Sorgen um uns Empyriale gemacht hatte. Sie hatte sich weniger Sorgen darüber gemacht, unsere Magie auszurotten oder ihre Mitmenschen für Kräfte zu beschuldigen, die sie gar nicht hatten.

Das leise Geräusch meiner Schuhe auf dem Moos war fast lautlos in meinen Ohren, aber bald würde Andras mich finden. Wir spielten ein Spiel, und irgendwann würde er hinter einem dicken Baumstamm auftauchen, während die Ranken des Höllenrauchs an ihm klebten.

Ich spürte, wie sich meine Lippen wegen meines kleinen Geheimnisses nach oben zogen. Niemand in meinem Hexenzirkel wusste von Andras – meinem dämonischen Prinzen, der eines Tages die Hölle beherrschen sollte. Keiner hatte ihn je gesehen. Ich beschützte ihn vor Hexen, die ihn und seine Macht ausnutzen wollten, und er beschützte mich vor den Menschen.

Es half, dass wir uns unsterblich ineinander verliebt hatten, aber ich konnte den Tag kaum erwarten, an dem er mich aus diesem verdammten Land mit seinen zu strengen Regeln und wachsamen Augen wegbringen würde. Ich wollte weniger Regeln, nicht mehr. Ich wollte Freiheit.

Und ich wollte Andras.

Ich hörte ein Rascheln in der Nähe, ein sanftes *Schusch-Schusch-Schusch*, gefolgt von einem Wimmern. Das Geräusch war mit keinem Tierlaut vergleichbar, den ich je gehört hatte, und ich blieb stehen und versuchte, es einzuordnen.

Ich spürte ein unangenehmes Kribbeln im Bauch und umrundete vorsichtig einen Baum. Ich war mit Sicherheit nicht die Einzige in diesem Wald, aber ich glaubte nicht, dass es in dieser Baumgruppe etwas gab, das mich verletzen könnte.

Zumindest könnte ich es auch verletzen.

Aber als ich die andere Seite erreichte, war dort niemand. Das Einzige, was ich fand, war ein Paar Athamen, das auf einem dicken Stück Moos ruhte. Das Metall war weder glänzend noch stumpf, sondern glühte mit einer Kraft, die ich nicht benennen konnte. Die Griffe waren eine filigrane Spirale, anders als bei allen Dolchen, die ich bisher gesehen hatte. Als ich sie sah, wollte ich das Metall sofort in meinen Händen spüren. Ich wollte mit der Kraft, die diese Athamen verleihen würden, zaubern. Ich wollte sie mir zu eigen machen.

Ich schaute auf und blickte mich um, um zu sehen, ob es jemanden gab, der sie für sich beanspruchen konnte.

Natürlich wusste ich es besser, als das zu tun, was ich vorhatte. Ich hatte Geschichten von Leuten gehört, die in diesem Wald Dinge mitnahmen, die ihnen nicht gehörten.

Aber das Metall rief nach mir, sang meinen Namen und flehte mich an, es aufzusammeln.

Und das tat ich auch. Ich spürte das Gewicht der Waffen in meinen Händen – wie ausgewogen sie waren, wie leicht. Ich drehte die Athamen erst in die eine und dann in die andere Richtung und sah, dass auf der Unterseite der ersten Windung eine Rune eingraviert war. Ich drückte sie, und die Klinge wurde zu einem Schwert.

Erschrocken drückte ich erneut auf die Rune und sah, wie sie sich auf die Länge eines Dolches zurückzog.

Ja, ich würde diese Klingen behalten.

»Gefallen sie dir?«, rief eine Stimme von links. Erschrocken ließ ich beide Dolche fallen, und sie fielen genau so, dass das spitze Ende in den Schmutz schnitt und die Waffen gerade aus dem Boden ragten.

»Es tut mir leid. Sie …« Ich konnte den Satz nicht beenden. Was sollte ich sagen? ›Das Metall hat für mich gesungen‹?

Ich betrachtete die Frau vor mir. Sie war fast von Kopf bis Fuß in einen grünen Mantel gehüllt, der die gleiche Farbe hatte wie das Moos, das alles in diesem Wald bedeckte. Ihre Augen leuchteten golden und reflektierten das schwache Licht so, dass die Farbe schimmerte. Sie stützte sich mit ihrem ganzen Gewicht auf einen Stab, und ich vermutete, dass sie irgendwie verletzt war.

Viele, die sich in diesen Wald verirrten, waren Flüchtlinge aus der Kirche, und ich fragte mich, ob sie eine solche Person war.

»Möchtest du sie haben?«, bot sie an, wobei sich ein schwaches Lächeln um ihren Mund zog.

Natürlich wollte ich sie haben, aber zu welchem Preis? »Ja. Wie viel?«, fragte ich, als ich ihr meine Hand mit dem herbeigezauberten Gold hinhielt.

Geld war leicht zu machen. Juwelen auch. Wenn die Krone nicht so versessen darauf wäre, die Hexen zu vernichten, könnte sie alle Reichtümer haben, die sie brauchte.

»Ich will dein Geld nicht, Kind«, sagte sie. Auf das Wort ›Kind‹ hin musterte ich ihr Gesicht noch genauer. Sie schien nicht älter als dreißig zu sein, aber ich wusste, dass ich auch nicht so alt aussah wie ich in Wirklichkeit war.

»Dann kann ich sie einfach haben?«, fragte ich, ohne zu verstehen.

»Natürlich.«

Meine Augen weiteten sich und ich schnappte mir die Klingen vom Boden. »D-danke«, stieß ich hervor, als Dankbarkeit und Stolz in mir aufstiegen. Jetzt besaß ich etwas so Schönes, um das mich mein ganzer Hexenzirkel beneiden würde.

Erleichterung färbte den Ausdruck der Frau und sie lächelte mich selig an. »Ich bin so froh, dass du das gesagt hast.«

Plötzlich brannten die Klingen heiß in meinen Händen, aber ich konnte sie nicht loslassen. Meine Finger weigerten sich, meinem Verstand zu gehorchen, und klammerten sich an den verschlungenen Griffen fest. Ich wollte schreien, wollte nach Andras rufen. Ich wusste, dass er irgendwo in diesem Wald war. Er würde mich retten. Er würde diese Qualen beenden.

Doch genauso plötzlich, wie die Athamen mich verbrannt hatten, verschwanden die Hitze und der Schmerz.

Die Frau zog sich die Kapuze vom Kopf, wodurch ihre blauen Haare über ihre Schultern fielen. Ihre Haut schien in dem schwachen Licht zu leuchten, und als sie nach unten schaute, teilten sich ihre Haare so, dass ich die Spitzen ihrer Ohren sehen konnte.

Sie war eine Fae, und irgendwie wusste ich, dass

ich gerade aus Versehen einen Fae-Deal abgeschlossen hatte.

Heilige Schicksale, nein.

»Was hast du mit mir gemacht?«, wimmerte ich, während mir die Angst die Kehle hochkroch.

Sie seufzte, bevor sie auf dem Boden zusammensackte. »Ich habe dir ein Geschenk gemacht. Du hast ›Danke‹ gesagt. Du musst glauben, dass du mir etwas schuldig bist. Jetzt musst du die Schuld begleichen.«

Was?

Verzweifelt schüttelte ich den Kopf. »Aber ...«

»Es gibt kein Zurück mehr.« Ihr Tonfall war der eines strengen Befehls, der mir das Wort abschnitt. »Es gibt nur vorwärts.«

Ich presste meine Lippen zusammen, während sich Tränen in meinen Augen sammelten. Ich hätte es wissen müssen.

»Du wirst deine Schuld begleichen, du musst mir einen Gefallen tun«, murmelte sie leise, aber ihre Stimme erreichte meine Ohren trotzdem.

Glitzernde Tränen fielen ihr aus den Augen, als sie die Ränder ihres Umhangs zurückzog. An ihre Brust geschnallt war ein schlafendes Baby in einem Tragetuch. Der Stoff des Tragetuchs war rot gefärbt von einer Wunde in der Brust der Frau. Sie war mit heilendem Moos bedeckt, aber ich konnte sehen, dass es nicht funktionierte und dass sie nur noch mit geliehener Zeit lebte.

»Nimm meine Tochter als deine eigene. Beschütze sie, bewahre sie vor Schaden. Lass nicht zu, dass der Thron sie dir wegnimmt. Verstecke sie vor meinesgleichen. Verbirg die Merkmale, die sie als eine von uns ausweisen. Die Athamen werden dir den Weg weisen. Sie sind die letzten ... *Sie* ist die Letzte von uns.«

Mein Blick blieb an dem kleinen Bündel des Lebens hängen, an das sich die Fae-Frau klammerte. Sie schnippte mit den Fingern, und plötzlich lag das Baby in meinen Armen, mit dem blutigen Tragetuch um meinen Hals. Ich rümpfte die Nase über die schnell abkühlende Nässe auf meiner Haut, aber vor allem machte ich mir Sorgen um das Baby. Babys waren zerbrechlich. Es könnte sich eine Erkältung einfangen.

»Du wirst das Blut brauchen, um sie zu verbergen. Dein Dämon wird dir helfen. Vertraue ihm. Ihr beide werdet meine Massima beschützen. Es gibt diejenigen, die sie töten würden, nur weil sie so ist, wie sie ist. Bitte denke daran: Wenn sie stirbt, wirst du ihr bald folgen. Dafür werden die Athamen sorgen.«

Die Frau verwelkte immer mehr, während ihr

Blut aus Nase und Ohren tropfte. Sie wurde schnell schwächer. Anstatt mich über meinen Vertrag zu empören, eilte ich der Frau zur Seite, schnappte mir Moos vom nächstgelegenen Felsen und drückte es auf ihre Wunde.

»*Sanitatem*«, murmelte ich und versuchte, sie mit Hilfe des Waldes zu heilen. Als das nicht klappte, versuchte ich, sie wachzuhalten. »Wie ist dein Name? Kannst du ihn mir sagen? Erzähl mir von deiner Tochter.«

Ihre Augen flatterten, ihre Haut verdunkelte sich und sie tat ihren letzten Atemzug.

Tränen stiegen mir in die Augen, während ich auf die Fae hinunterstarrte. Sie war nur eine Mutter gewesen, die versucht hatte, ihre Tochter zu beschützen. Ich hatte selbst keine Kinder, aber ich kannte das tiefe Bedürfnis einer Mutter, ihr Kind zu beschützen. Ich wusste es, weil ich es jetzt für dieses Kind empfand – auch wenn es nicht meins war.

Ich konnte nicht sagen, ob es an dem Deal lag, den ich aus Versehen eingegangen war, oder ob es Schicksal war, aber als ich den blauhaarigen Säugling in meinen Armen ansah, wusste ich, dass ich alles riskieren würde, um ihn vor Schaden zu bewahren.

Plötzlich fing der Boden an zu beben, Blitze zuckten über den Himmel und der Körper der Fae löste sich von der menschlichen Form in blaues Licht auf. Das Licht wurde heller und heller – so hell, dass ich das Gesicht des Babys und meine eigenen Augen davor schützen musste. Dann explodierte es und blaue Rauchschwaden kringelten sich an der Stelle, an der die Frau ihren letzten Atemzug getan hatte. Langsam krochen sie näher an mich heran, umgaben uns und ließen mich sie einatmen.

Dann beruhigte sich die Erde, der Himmel klärte sich, und genauso schnell, wie er gekommen war, war der Sturm auch schon wieder vorbei.

Aber ich kannte den Namen der Frau. Zeta. Sie war eine Elementar-Fae gewesen, eine der letzten ihrer Art. Und in meinen Armen lag Massima, ihr einziges lebendes Kind. Der Rest ihrer Kinder war abgeschlachtet worden. Ihr Mann war in dem Krieg, der in Faerie wütete, gefallen. Ihre Schwester saß auf dem Thron des Seelie-Hofes – eine Schwester, die ihr Blut, aber nicht ihre Macht teilte. Eine Schwester, die ihr den Thron unter der Maskerade des Schutzes des Reiches gestohlen hatte.

Der Seelie-Hof würde kommen, um sich dieses Kind zu holen.

Ein Zweig knackte in der Nähe, und ich fuhr beide Klingen aus, um zu kämpfen. Ich war froh, dass das Kind noch in seiner Schlinge schlief – das

Ableben seiner Mutter würde für das Mädchen nur ein böser Traum sein. Ich flüsterte Zaubersprüche, damit die anderen uns nicht hören oder sehen konnten, und versteckte mich.

Bis ich Andras nach mir rufen hörte. Erst dann schlich ich mich aus meinem Versteck. Doch nur für den Fall, dass ich mich irren sollte, hielt ich die Klingen bereit, um zuzuschlagen, falls uns jemand auch nur schief ansah.

»Teresa, my Love, bitte«, rief er, seine Stimme war ein verzweifeltes Flehen.

»Hier«, rief ich zurück und betete zu den Schicksalen, dass ich mich nicht irrte.

Andras' Gestalt glitt wie plätscherndes Wasser über Moos und Steine, um Lorbeerbäume herum und fand uns im ausgehöhlten Stamm eines absterbenden Ahorns.

Er schnupperte, witterte das Fae-Blut auf dem Tragetuch und das winzige Baby, das sich an meinen Körper schmiegte.

»Sie ist eine Fae, Teresa. Was machst du mit einem Fae-Baby?«

»Es war ein Unfall«, fing ich an und erzählte ihm von dem Deal, den ich versehentlich mit einer sterbenden Fae-Königin gemacht hatte.

Andras wurde blass und er hob Massima und mich

in seine Arme und führte uns zu der kleinen Hütte, die wir uns in diesem verlassenen Teil des Waldes gebaut hatten. Die Bäume waren größtenteils verwildert, aber wir blieben hier versteckt. Weg von seinen Pflichten in der Hölle, weg von meinem Hexenzirkel, weg von den Menschen, die versuchen würden, uns zu töten.

Als wir sicher hinter verschlossenen Türen waren, nahm ich das Tragetuch ab und wir begutachteten gemeinsam das Baby, das jetzt in meiner Obhut war.

Unserer Obhut?

»Ich muss meine Mutter beschwören. Sie ...« Andras stockte, während er das Baby anstarrte. »Vor langer Zeit, lange vor meiner Geburt, wurde prophezeit, dass mein Kind dem Quinn-Clan versprochen werden würde. Es war ein Weg, einen verhassten Rivalen zu besänftigen – ihm Status zu geben, wo er keinen besaß. Meine Mutter sagte mir, wir sollten uns keine Sorgen machen, da meine Geliebte nicht in der Lage sein würde, meine Nachkommen zu gebären.«

Ich nickte und seufzte. Hexen und Dämonen konnten sich nicht fortpflanzen. Das war schon immer so gewesen.

»Aber wenn dieses Fae-Baby in deiner Obhut ist – unserer Obhut –, dann hat die Bestimmung einen Weg gefunden, die Prognose meiner Mutter zu umgehen. Wir brauchen ihre Hilfe. Wenn wir das Kind in Sicherheit bringen wollen, brauchen wir ihre gesamte Hilfe.«

Schnell stimmte ich zu, und Andras suchte seine Mutter auf. Sie kam sofort zu uns, eine wunderschöne Frau mit rabenschwarzen Haaren, die wie aus einem Traum aus dem Waldnebel trat.

Sie untersuchte das Kind, nahm es in den Arm und schnupperte an den blauen Haaren.

»Ich werde mein Enkelkind um jeden Preis beschützen, mein Sohn«, sagte Lilith. »Unter einer Bedingung.«

Ich hatte heute schon einen Deal gemacht, also war ich nicht geneigt, einen weiteren einzugehen. Schon gar nicht mit einem Dämon – selbst wenn es Andras' Mutter war.

»Alles«, antwortete Andras, und ich spürte, wie mein Auge zuckte.

»Ihr sollt sie Maxima nennen.«

Am Ende nannten wir sie Maxima Christina Arcadios – Christina für meine Mutter und Arcadios für meinen Zirkel. Lilith selbst sprach mit dem Engel, der die Aufzeichnungen aufbewahrte, und er schwor, ihre Herkunft geheim zu halten – ein leichtes Unterfangen, da wir uns weigerten, ihm zu sagen, woher das Kind stammte oder wer seine wirklichen Eltern waren.

Nur ich – und vielleicht Lilith – kannten ihren richtigen Namen und ihre Abstammung. Gemeinsam nutzten wir drei das Fae-Blut, um ihre Fähigkeiten, ihr Aussehen und ihren Aufenthaltsort zu verbergen. Aber das hielt Andras nicht davon ab, seinen Vater töten zu müssen.

Es hielt die Leute nicht davon ab, uns zu finden. Es hörte nie auf. Es hörte nicht auf, als ich über den Atlantik in die Neue Welt segelte. Und es hörte auch nicht auf, als Maxima mir auf dem Schiff fast genommen wurde, als sie starb, nur um wiederaufzuerstehen – normale und auch magische Waffen konnten sie uns nicht entreißen.

Es hörte nicht auf, und jedes Mal musste Andras weiter und weiter reisen und die Bedrohungen für unser Kind auslöschen, bis er nicht mehr zurückkam. Er hörte auf, meine Botschaften zu beantworten.

Er hörte auf, mit mir zu reden. Ich wurde verbittert, verletzt und gemein.

Ich nahm mir einen anderen Mann und bekam eine weitere Tochter, aber dieser Mann starb viel zu früh an einer Krankheit. Und meine Verbitterung wuchs. Ich war dabei, das Licht in diesem Kind zu zerstören. Tag für Tag, Jahr für Jahr, löschte ich es langsam aus.

Und die ganze Zeit über kam Andras nicht zurück – bis wir eine Bedrohung in meinem eigenen Hexenzirkel erlebten. Erst dann kam er zurück, um mir zu helfen, das Fae-Kind zu verstecken, das uns anvertraut worden war.

Wir mussten sie von uns fernhalten – von mir. Und nachdem sie aus meinem Zirkel vertrieben worden war, beobachteten wir sie abwechselnd aus der Ferne und sahen zu, wie sie zu einer Frau heranwuchs, die niemals tatenlos zusah, wenn andere litten. Eine Frau, die immer helfen und für die kämpfen würde, die es brauchten.

Wir ließen sie treiben, wir ließen sie sich erheben. Wir hielten die größten Bestien in Schach.

Bis es Zeit für sie war, auf eigenen Füßen zu stehen.

7

Ich kam wieder zu mir, als würde ich auf eine Matratze sinken – was um einiges besser war als die Art, wie ich gegangen war. Alistairs Hände auf meinen Schultern halfen mir, meinen Körper wiederzufinden, und als ich meine Augen öffnete, merkte ich, dass ich die ganze Zeit über geweint hatte.

Wegen des Lebens, das meiner leiblichen Mutter gestohlen worden war. Wegen der Qualen, die Teresa nach dem Verlust von Andras empfunden hatte. Wegen der vertanen Chancen und all dem Schmerz. Und vor allem wegen der Liebe, die Teresa für mich empfand, auch wenn sie verbittert war, auch wenn sie es nicht richtig gemacht hatte, auch wenn sie mich hatte verstoßen müssen.

All die falschen Gründe und all die Fehler – ich

hatte alles durch ihre Augen gesehen. Ich fühlte ihren Herzschmerz, erlebte die bittere Qual des Ganzen.

Wie sie mich nicht hassen konnte, wusste ich nicht. Ich war der Auslöser für all ihren Schmerz, und obendrein war ich für Maria verantwortlich.

Langsam setzte ich mich auf und begegnete ihrem Blick mit meinem eigenen. »Es ist wirklich schwer, dich jetzt noch zu hassen. Ich hoffe, du bist glücklich.«

Es war ein schrecklicher Witz und nicht sonderlich lustig, aber ich konnte einfach nicht ausdrücken, dass ich ... dankbar war? Oder wie entsetzt ich darüber war, dass ich die Ursache für ihren Schmerz war?

»Du hättest es mir früher sagen sollen. Ich hätte damit umgehen können«, murmelte ich und versuchte, den schrecklichen Schmerz in meiner Brust in den Griff zu bekommen. Wir hätten Jahre, ja sogar Jahrzehnte, als Familie verbringen können.

»Es war noch nicht an der Zeit. Wir mussten warten, bis sich dein Glamour langsam von selbst auflöste. Damals wussten wir es nicht, aber mit dem Fae-Blut war der Zauber, den wir gewirkt hatten, zu stark, um ihn zu brechen. Zumindest, ohne dich zu verletzen«, erwiderte Lilith und die Farbe der Scham ließ ihre Worte in einem neuen Licht erscheinen. »Wir konnten es dir nicht zeigen, bis wir eine Vermutung hatten, dass der Zauber zu brechen begann. Deine Kräfte zeigten sich schließlich, und erst als wir nicht mehr warten konnten, hat Andras den Glamour entfernt.«

Ich dachte einen Moment lang darüber nach. »Es tat höllisch weh. Ich dachte, ich würde sterben.«

Andras drückte Teresas Schultern, bevor er die Couch umrundete und sich auf die Armlehne des Sofas setzte. »Stell dir vor, ich hätte es vor vierhundert Jahren versucht. Du wärst *sofort* gestorben.«

»Ist das alles wirklich passiert?«, murmelte Alistair, der immer noch wie erstarrt an seinem Platz stand. »Hast du deinen Vater getötet, um sie zu retten?«

»Natürlich habe ich das. Sie ist meine Tochter. Die einzige, die ich je bekommen werde. Ich würde sterben, um sie zu beschützen. Ich würde sagen: *Ich würde töten, um sie zu beschützen*, aber wir alle wissen, dass ich das schon getan habe. Wirst du das Gleiche tun, Quinn?«

Alistairs Kopf schnellte nach oben, und er durchbohrte meinen Vater mit einem Blick, der so scharf war, als würde er ein Schwert in der Hand halten. »Du weißt, dass ich das tun werde.«

»Gut. Dann willkommen in unserer abgefuckten kleinen Familie«, sagte Andras mit einem schelmischen Lächeln. Wenn es jemand schaffte, einen zu begrüßen und gleichzeitig zu bedrohen, dann Andras. Danach drehte er sich zu mir, und sein Grinsen verschwand. »Wenn du uns immer noch Vorwürfe machst, verstehe ich das, aber wir haben dich so gut es ging am Leben erhalten. Natürlich gab es hier und da ein paar Schwierigkeiten, aber wir haben unser Bestes gegeben. Du hattest bessere Eltern verdient.«

Es war schwer, nicht an die Mutter und den Vater zu denken, die ich verloren hatte. Sie waren mir gestohlen worden, damit jemand anderes davon hatte profitieren können.

»Als Rowan mich Prinzessin nannte, meinte er damit, dass ich zum Seelie-Hof gehöre. Ich wurde als Prinzessin geboren, und die Königin hat meine Familie und alle, die so waren wie ich, töten lassen. Meine Brüder und Schwestern, meine leiblichen Eltern. Sie hat alles gestohlen, und jetzt muss ich mich vor ihrem mörderischen Arsch verstecken, wenn ich Melody holen gehe. Das ist eine absolute Shitshow, nicht wahr?«

Andras stand von der Couchlehne auf, seine Gestalt wandelte sich von schwarzem Rauch zu einem Menschen zurück und seine flammenartigen Augen brannten sich regelrecht in mich hinein. »Du wirst nicht gehen, Max. Das kannst du nicht.«

Ich stellte mich ihm gegenüber, meine Magie glühte, ohne einen Funken zu versprühen, denn ich war nicht wütend – nicht nach allem, was er getan und was er geopfert hatte. Aber er musste es erfahren. »Ich bin mir ziemlich sicher, dass wir schon über das Thema gesprochen haben, ob du mir vorschreiben kannst, was ich tun kann und was nicht. Aber du vergisst etwas, das selbst mir bis vor ein paar Sekunden nicht klar war.«

»Was denn?«, knurrte er.

»Ich habe ein Versprechen gegeben. Ich bin daran gebunden, genauso wie Mom an ihren ungewollten Deal gebunden war. Ich muss gehen. Ich muss helfen. Es gibt keinen anderen Weg. Ich kann keinen anderen schicken und ich kann nicht hier sitzen und zulassen, dass das Baby verletzt wird.« Ich seufzte. Mein Tonfall war weder bösartig noch hitzig, als ich fortfuhr. »Also, ich werde gehen, und du kannst mir helfen, indem du mir alles erzählst, was du weißt, oder du kannst dich verdammt noch mal bewusstlos schlagen lassen, und dann werde ich trotzdem gehen. Du hast die Wahl.«

Andras verengte seine Augen und die dämonischen Flammen wurden schwächer. »Ich werde dich nicht aufhalten können, oder?«

Ich schüttelte den Kopf und grinste ihn an. »Nein, aber du kannst helfen.«

»Von mir aus, ich sage dir, was ich weiß«, schnaufte Andras und blickte dann über meine Schulter zu Alistair. »Sieht so aus, als müssten wir das hier aussitzen.«

Alistair schnaubte. »Sprich für dich selbst, alter Mann. Ich werde die Angehörige meiner Artgenossen zurückholen und meine Frau unterstützen. Du kannst das hier aussitzen, wenn du willst, aber ich werde gehen. Ich habe sie aus der Hölle geschleppt. Wenn es sein muss, schleppe ich sie auch aus Faerie.«

Bei all dem hatte ich gar nicht darüber nachgedacht, ob Alistair mit mir gehen würde oder nicht. Aber die Gefahr schlug mir ins Gesicht wie ein Baseballschläger. Die Angst kroch mir die Kehle hoch, während ich seine Hand packte. Ich wusste nicht, ob ich es ohne ihn schaffen würde. Ich mochte es nicht, mich schwach zu fühlen, aber es war so.

Ich konnte es nicht ohne ihn tun, aber ich konnte ihn auch nicht bitten, mitzukommen.

Alistair musste die Angst in meinen Augen gesehen

haben, denn er beugte sich herunter und durchbohrte mich förmlich mit seinem Blick. »Ich komme mit. Beschütze mich mit einem Zauber, wenn's sein muss, schirme mich ab, bis du zufrieden bist, aber ich werde mit dir gehen, my Love. Ich werde nicht hierbleiben.«

Zitternd klammerte ich mich an seinen Bizeps und lehnte mich an ihn, bis seine Wärme mich auftaute. Ich gab mir dreißig Sekunden Zeit, um mich zu beruhigen, und wandte mich dann an meine Großmutter.

»Es gibt doch Zaubersprüche, um Besessenheit zu verhindern, oder? Eine Möglichkeit, ihn zu schützen?« Meine Stimme klang ruhig, aber ich machte niemandem etwas vor.

»Ja. Dafür brauchen wir dein Blut, aber ich kann dir zeigen, wie man die Zaubersprüche ausführt. Ich würde das gerne für dich tun, aber deine Magie übertrifft meine bei Weitem.«

Ich konnte den Ausdruck des Schocks auf meinem Gesicht spüren. Lilith war eine der ersten Dämonen in der Hölle. Sie war auf keinen Fall ein kleiner Fisch.

»Glaub es, Liebes. Was denkst du, warum wir versucht haben, dich zu verstecken?« Lilith schmunzelte. Ich fand es seltsam, dass ich diese Frau als

Lilith und die Maske der alternden Schönheit als Bernadette betrachtete.

»Ich bin beides, aber diese Gestalt ist Lilith, die Mutter der Dämonen. Bernadette ist eine Großmutter, eine Älteste. Lilith ist etwas, vor dem man sich fürchten muss. Ich brauche diese Gestalt, solange du und dein Ehemann weg seid.« Sie hatte schon wieder meine Gedanken gelesen.

Nö, ganz und gar nicht gruselig, Oma.

»Als ob du diese Fähigkeit nicht nutzen würdest, wenn du sie hättest. So ist es einfacher, Blödsinn zu durchschauen, Liebes«, sagte sie und zwinkerte mir verschwörerisch zu. Dann wandte sie sich an Alistair. »Und du hast Glück, dass du ein reines Herz hast. Sonst würde dich niemand finden. Nicht einmal die Schicksale.«

»Ja, Alistair ist angemessen eingeschüchtert, um mich bis zum Ende der Tage mit Respekt zu behandeln. Bravo! Die Beschwörungen? Ich hab noch ein bisschen was vor heute.«

Lilith ging mit mir die Zaubersprüche durch, von denen es drei gab. Einen zum Schutz, einen zum Verstecken und einen gegen Besessenheit. Jeder von ihnen erforderte Blut, und jeder von ihnen kostete mich eine ganze Menge. Nicht so, dass ich Nasenbluten bekam, aber es war auch kein Spaziergang.

Erst als seine Schutzvorrichtungen platziert waren, bemerkte ich, dass Alistair mir zwar einen Ring geschenkt hatte, sein Finger aber immer noch nackt war. Man konnte mich albern nennen, aber so ging das einfach nicht.

Unter Aufbietung aller Kräfte zauberte ich den besten Ring, den ich mir vorstellen konnte. Ein Platinring mit einem eingelegten Rinnstein aus reinem Obsidian. Ein Ring, der mit nichts anderem als Magie hergestellt werden konnte.

Anstatt zu fragen – denn warum sollte ich das tun? – schnippte ich mit den Fingern und steckte ihn an seine Hand.

»So. Quitt«, sagte ich und streckte ihm dann die Zunge heraus.

Alistair knurrte mich an und ich konnte nicht anders, als zu lachen. Diesmal ein echtes Lachen. Als Antwort darauf umfasste er mein Gesicht und brachte unsere Körper nahe zusammen. »Hör auf, Dinge zu tun, die mich dazu bringen, dich vor deinen Eltern küssen zu wollen, my Love.«

Ich konnte nicht anders, ich küsste ihm vor meiner Mom, meinem Dad und meiner Oma die Seele aus dem Leib. Ich würde keinen einzigen Moment mit ihm verschwenden, nicht für Höflichkeiten oder Anstand. Ich hielt an allem und jedem fest, solange ich es konnte.

Maria hat mich das gelehrt.

Als wir uns voneinander lösten, zupfte ich an seiner Hand. »Komm jetzt. Lass uns zusehen, wie Barretts Kopf explodiert, wenn wir ihm die Neuigkeiten erzählen.«

»Das gefällt mir nicht, Max.«

Ich schnaubte. »Das hast du schon mal erwähnt.«

Barrett schnaubte, stampfte mit dem Fuß auf und ließ sich auf die Chaiselongue plumpsen wie ein zickiger Zweijähriger.

Dieser Typ hat ganz schön viel Klasse.

Ich war damit beschäftigt, mich mit jedem bisschen Magie zu bewaffnen, das ich hatte. Jeder Zaubertrank, jede magische Waffe und jeder Tarnzauber, den ich in den letzten vierhundert Jahren erfunden hatte, war entweder in meinem nie endenden Beutel verstaut oder in meine Taschen gestopft. Meine Athamen waren in ihren praktischen Waffenscheiden an meine Beine geschnallt und mein ledernes Outfit war leicht modifiziert, um im Reich der Fae nicht aufzufallen.

Auch Della, Aidan, Alistair und Hideyo bereiteten

sich auf alles vor, was wir brauchen würden, um Melody zu finden und sie zurückzubringen.

Mein Plan sah vor, nicht von den Adligen gefunden zu werden, unauffällig zu bleiben und mir keine Feinde zu machen. Ich schnaubte über meine eigenen Gedanken. Nope, ich glaubte nicht, dass das so ablaufen würde. Deshalb die Waffen.

Ich hatte den Rope Dart bereits an meinen Gürtel geschnallt – eine meiner Lieblingswaffen –, ein eiserner Stoßdolch befestigt am Ende eines silber-goldenen Seils. Ich war gerade dabei, einen Satz sich selbst auffüllender Wurfmesser in meinen Stiefel zu stopfen, als die Tür zu meinem Zauberraum aufging. Meine Mutter steckte ihren Kopf herein, und als ihr Körper dann folgte, wusste ich, was für eine Diskussion wir gleich haben würden.

Sie war genauso gekleidet wie ich, nur dass das Leder auf ihrer linken Seite von einer silbernen Rüstung bedeckt war, die ihren Arm, ihre halbe Brust und ihre Hüfte schützte. Ihr rechter Arm war bis zum Handgelenk unbedeckt, wo ihre Hand von einem Bogenschützenhandschuh umhüllt war. An ihrer Hüfte trug sie ein spartanisch aussehendes Schwert, dessen Griff mit einem geometrischen Schutz bedeckt war und dessen Erl dünn anfing, bevor er sich wieder verbreitete. Auf dem Rücken trug sie einen Köcher voller Pfeile und über ihren Körper spannte sich eine Bogensehne.

Wenn ich meine Athamen nicht hätte, würde ich auch so ein Schwert haben wollen. Außerdem hatte ich keine Ahnung gehabt, dass meine Mutter mit einem Bogen umgehen konnte.

Mit einem Blick in ihr Gesicht wusste ich, dass ich ihr das nicht ausreden könnte.

»Ich habe geschworen, dich zu beschützen, und ich lasse nicht zu, dass du allein an den einzigen Ort gehst, an dem sie wissen, wie man dich töten kann. Ja, ich weiß, du wirst Unterstützung haben, aber –«

»Okay«, sagte ich und unterbrach sie damit. Wenn ich nicht Ja sagte, würde sie mir ohnehin einfach folgen. Es war besser, wenn sie jetzt auf unserer Seite war.

»Okay?«, wiederholte sie. »Du hast mir nicht mehr zugestimmt, seit du drei Jahre alt warst.«

Das stimmte nicht. Ich hatte ihr schon vor zwei Wochen zugestimmt, als sie gemeint hatte, Ian sei ein Idiot.

»Dann schlage ich halt ein neues Kapitel auf. Vielleicht können wir jetzt, wo die Wahrheit raus ist, wieder eine Familie sein?«, bot ich fragend an, und reichte meiner Mutter so schnell den kleinen Finger, dass sie nicht wusste, was sie damit anfangen sollte.

»*Ja, Max, ich würde unsere zerrüttete Beziehung gerne wiederherstellen*«, antwortete Barrett mit einer Mädchenstimme und rollte dabei mit den Augen.

»Ja, Max, ich würde unsere zerrüttete Beziehung gerne wiederherstellen«, krächzte sie Barretts Worte nach, bevor sie sich räusperte und mit klarerer Stimme fortfuhr. »Ich würde gerne wieder deine Mom sein – wenn ich das überhaupt jemals war.«

Das würde ich annehmen.

8

Die Tür nach Faerie war nicht verschnörkelt oder auffällig. Ich hätte sie sogar fast übersehen – vor allem, weil die Tür direkt daneben so protzig war, wie eine Holztür nur sein konnte. Die Nicht-Fae-Tür war perfekt geschnitzt, und in einige der Rillen war Gold eingelassen. Wenn ich mir eine offensichtliche Fae-Tür herauspicken wollte, dann wäre es diese gewesen.

Offenbar führte die prunkvolle Tür zu einem Club in Vegas, und die kaputte, fast aus den Angeln gehobene Tür war der Weg ins Faerie-Reich.

»Ist das ein dämlicher Versuch, mir zu zeigen, dass nichts so ist, wie es scheint?«, fragte ich willkürlich in die Runde, während ich die beiden Portale unter die Lupe nahm. »Denn ich wette, diese Belehrung wird sehr schnell langweilig.«

Della stupste mich an der Schulter an, ihr zaghaftes Lächeln war mit ein wenig Sorge verbunden. »Du wirst schon sehen. Faerie ist genau wie jedes andere Reich. Leute und Dinge versuchen, dich zu töten, es gibt überall Schaulustige, und du darfst niemals jemandem danken oder etwas versprechen. Eigentlich ist es gar nicht so schlimm. Außerdem schmecken Fae einfach köstlich.«

Ich dachte an die vielen Male, die ich in ihrer Nähe geblutet hatte, ohne dass sie mir auch nur einen Fangzahn gezeigt hatte.

»Warum bist du bei meinem Blut nie ausgeflippt?«

Della schnaubte. »Ich bin keine hirnlose Glucke, Max. Außerdem hast du früher anders gerochen. Jetzt riechst du besser, aber ich bemühe mich, meine Freunde nicht zu essen. Das trübt irgendwie die Beziehung ein wenig.«

Wenn sie das so sagte, fühlte ich mich irgendwie wie ein Arschloch. Alles, was ich über Vampire wusste, stammte aus dem Fernsehen und aus Filmen. Und gelegentlich aus einem Vampirroman. Okay, mehr als gelegentlich. Das vorherrschende Thema in all diesen Romanen war der fast unkontrollierbare Hunger eines Vampirs.

»Gut zu wissen.«

Ich griff nach der Tür ins Faerie-Reich, nicht erpicht darauf, meine Aufgabe zu erfüllen, und verdammt nervös, dass ich dort etwas tun würde. Sterben? Die meisten meiner engsten Freunde verlieren? Alistair verlieren – der in gewisser Weise mein Ehemann war, aber auch jemand, der mir wirklich wichtig sein könnte, wenn ich mich darauf einließe.

Ich liebte ihn noch nicht vollkommen, aber fast.

Was wäre, wenn ich sie alle verlieren würde, so wie ich Maria verloren hatte?

Dieser Gedanke loderte durch meinen Kopf wie ein Buschfeuer und ich zog meine Hand zurück.

Du hast Melody versprochen, dass du dafür sorgst, dass ihr Sohn in Sicherheit ist. Du. Hast. Es. Versprochen.

»Max?« Alistairs sanftes, besorgtes Brummen drang an meine Ohren, und ich griff erneut nach der Tür und drehte den Knauf in meiner Hand.

Ich stand zitternd da und schaffte es langsam, den ersten Schritt zu machen, dann den zweiten. Einen nach dem anderen, bis ich aus dem Weg war und meine Begleiter mir folgen konnten. Teresa war die Letzte, die hindurchging, wobei sie die Tür hinter sich schloss. Der Eingang passte perfekt zu einem baufälligen kleinen Haus, das aussah, als wäre es *Hänsel und Gretel* entsprungen – abgerundet mit einem Strohdach und gezackten Schindeln.

In einem Anflug von Sorge schob ich mich an Teresa vorbei, um die Tür wieder zu öffnen. Als wir in der Hölle angekommen waren, hatte sich das Portal in Nichts aufgelöst und wir hatten festgesessen. Wenn die Scheiße schiefging, wollte ich einen Ausweg haben.

Ich drehte den Knauf in meiner Hand und öffnete die Tür. Der Flur im Aether begrüßte mich und ich atmete erleichtert auf.

Okay, ich kann das wirklich schaffen.

Als ich mich wieder der Gruppe zuwandte, zuckte ich mit den Schultern. »Ich wollte sichergehen, dass wir nicht festsitzen.«

Wir stapften mit knirschenden Schritten über den Rasen, der bald moosbewachsenen Bäumen und einem dichten Wald wich – düster und voller Dinge, mit denen ich nichts zu tun haben wollte, zumal ich keine Ahnung hatte, was in den Sagen der Fae echt und was Blödsinn war.

»Geh voran, MacDuff«, sagte ich zu Della und überließ ihr die Führung auf dem ziemlich schmalen Pfad, der wer weiß wohin führte.

»Macbeth falsch zitieren? Das ist überhaupt nicht bedrohlich, Max. Und das ist nicht der richtige Weg«, informierte uns Della, bevor sie meine Schultern packte und mich um neunzig Grad nach links drehte. »*Das* ist der richtige Weg.«

Die Bäume auf der linken Seite waren dunkler, dichter und in einen glitzernden Nebel gehüllt. Der Nebel selbst hatte etwas von einem LSD-Trip: Er bewegte sich wie Nebel, hatte die Konsistenz von flüssigem Harz und klebte an den Bäumen fest, während er gleichzeitig über sie hinwegzog. Und er glitzerte. Super.

»Dieser Nebel wird uns ziemlich abfucken, oder?« Das war nicht wirklich eine Frage. Ich wusste ohne jeden Zweifel, dass der glitzernde Nebel diesen ganzen Ausflug tausendmal beschissener machen würde, als er eigentlich sein müsste.

»Oh, absolut.« Della nickte entschlossen.

»Das wird mir den ganzen Tag versauen, oder?«

»Jupp.«

»Träumchen.«

Stöhnend stapfte ich hinter Della in Richtung des Weges – Alistair und Aidan hinter mir, und Hideyo und meine Mutter hinter ihnen.

Ich wusste, dass Della schon einmal hier gewesen war – Scheiße, sie lebte hier seit dem Beginn der

Spanischen Inquisition, also war sie ein paar hundert Jahre älter als ich. Ich fragte mich, ob Hideyo jemals hier gewesen war. Er hatte es nicht gesagt, aber da er ein Kitsune war, musste ich mich fragen, ob diese Spezies eher Fae als Empyrialer war.

»Lasst den Nebel nicht auf eure Haut kommen, Leute. Das ist ein LSD-Trip, der garantiert nicht gut schmecken wird«, sagte ich, während sich das Wissen aus dem Nichts in mein Gehirn setzte.

Della blieb am Rande des Waldes stehen und drehte sich zu mir um. »Woher weißt du das?«

Ich wollte schnippisch sagen: ›Gesunder Menschenverstand‹, aber ich konnte nur mit den Schultern zucken.

Ohne dass ich es wollte, hoben sich meine Arme und ich begann eine komplizierte Reihe von Handgesten, bevor ich mit den Fingern schnippte. Der Nebel schälte sich aus dem Weg, als wäre ich Moses – okay, ja, ich stellte mir gerade wirklich vor, ich wäre ein junger Charlton Heston und der Nebel wäre das Rote Meer.

Sicherlich war dieser Kick der Angst völlig normal, oder?

»Was zur Hölle, Max? Ich weiß noch, wie ich das erste Mal hier durchgekommen bin und fast meinen Arsch in diesem Wald verloren hätte.« Della schien sowohl erleichtert als auch etwas verärgert darüber zu sein, dass wir nicht die gesamte Bandbreite der Fae-Scheiße zu spüren bekommen würden.

»Ich weiß genau so viel wie du. Ich habe keine Ahnung, wie ich das gemacht habe, und ich könnte es wahrscheinlich nicht wiederholen, selbst wenn du mir eine Waffe an den Kopf halten würdest.«

Aber ich hatte nicht vor, einem geschenkten Gaul ins Maul zu schauen. Ich ging um Della herum, übernahm die Führung und startete unseren kleinen Marsch durch die Bäume. Je weiter wir kamen, desto dunkler wurde der Wald. An den Wurzeln der schwarzen Bäume wuchsen nachleuchtende Pilze und die Blätter sahen aus wie gesprayte Farne mit taghellen Spitzen.

Ich wollte mir alles ansehen, aber andererseits wusste ich nicht, wie lange dieser Barrierezauber andauern würde. Ich beschleunigte mein Tempo und ging in einem gleichmäßigen Rhythmus den Weg entlang, als ich ein Rascheln zwischen den Bäumen hörte. Eine dumme Person würde nachsehen gehen. Ein absoluter Vollidiot würde wissen wollen, was hinter der Baumgrenze war. Ich war weder das eine noch das andere, also ging ich schneller.

»Was ist das?«, flüsterte Aidan. Ich hatte keine

Ahnung, warum er flüsterte, aber es schien eine gute Idee zu sein.

Keine Spuren hinterlassen. So sollte es doch sein, oder? Genau wie in den Nationalparks und so.

»Das spielt keine Rolle. Sieh es nicht an, atme es nicht ein. Lass alles in diesem Wald in Ruhe, und vielleicht wird dich das, was uns ganz sicher verfolgt, nicht fressen.«

Dann hörte ich ein Lachen, das aus dem dichten Unterholz zu meiner Rechten kam. Es war dunkel, tief und männlich. Außerdem war es viel zu nah. Es kostete mich alles, was ich in mir hatte, um nicht loszurennen. Aber ich steigerte mein Tempo bis zum Speedwalking, ähnlich wie in Las Vegas, als ich verflucht noch mal aus der Menge hatte herauskommen wollen.

Ich schüttelte den Kopf und sagte immer wieder »Nope, nope, nope«, bis das Licht am Ende des Weges heller wurde. Je näher wir ihm kamen, desto schneller ging ich, bis ich verdammt noch mal fast joggte. Unterhalb des Endes dieses Pfades erstreckte sich ein Tal und dahinter eine Bergkette.

Das Gelächter in den Bäumen kam immer näher. Verdammtes Faerie. Ich hasste diesen verdammten Ort jetzt schon, und ich war erst seit einer Stunde hier.

Ich wollte raus aus diesem Wald.

Ich wollte raus aus diesem blöden Reich.

Kaum hatten wir die Bäume hinter uns gelassen, erschauderte ich am ganzen Körper und drehte mich um, um zu sehen, was uns da verfolgte. Alles, was ich ausmachen konnte, waren glühende Augen inmitten von dichten Ästen. Die Bäume waren es, die uns anlachten. Die Bäume waren empfindungsfähig.

Ich konnte nicht sagen, ob das beruhigend war oder nicht.

Ich bemerkte ein komplett weißes Reh, das nahe der Baumgrenze lief. Es blieb stehen und knabberte am Gras in der Nähe eines breiten Baumstamms. Wie eine Peitsche schoss ein Ast hervor, umschlang das Reh und zerrte es in das Dickicht der Bäume.

Nope, empfindsame Bäume beruhigten mich kein Stück.

Mit zusammengepressten Lippen versuchte ich, die äußerst beunruhigten Ausrufe meiner Reisegruppe zu ignorieren, und musterte die Wand der Berge vor uns. Ich hatte den leisen Verdacht, dass ich auf diesen verdammten Berg klettern musste, um wirklich nach Faerie zu gelangen, und darauf hatte ich echt keine Lust. Ich schaute nach links und rechts, und wenn es nicht gerade einen versteckten

Durchgang gab, gab es nur einen Weg, und zwar nach oben.

»Ich kann mich nicht erinnern, dass jemand etwas davon gesagt hat, einen verdammten Berg zu besteigen, Della.«

Della unterbrach ihren kleinen Streit mit Aidan – er war auch kein Fan davon, nicht von der Existenz fleischfressender Bäume gewusst zu haben –, um sich an mich zu wenden. »Ich habe beschlossen, dass es besser ist, die Informationen nach und nach im Laufe der Tour zu verteilen.«

Hätte ich Laserstrahlen als Augen gehabt, wäre sie auf der Stelle tot gewesen. Ich hatte es satt, dass man mir etwas vorenthielt. Ich hatte es satt, dass die Leute Geheimnisse für sich behielten.

Ich war kein Kind, und Paladin hin oder her, ich hatte es S-A-T-T, so behandelt zu werden.

»Wann hat das jemals für jemanden in meinem Leben funktioniert? Hat es bei Striker funktioniert oder bei Ian oder Caim? Nein, hat es nicht. Falls du es noch nicht gemerkt hast: Ich habe angefangen, Leute auszusortieren, die mir wichtigen Scheiß verheimlichen. Ich schneide sie aus meinem Leben wie ein Krebsgeschwür. Also werde ich dich jetzt fragen: Hast du mir noch etwas zu sagen, bevor ich diesen verdammten Berg besteige?«

Della hatte sich bei meiner ersten Frage versteift und war wie erstarrt, als ich meine letzte Frage stellte. Sie atmete nicht, sie blinzelte nicht.

»Nachdem ich so lange hier gelebt habe, habe ich vergessen, dass dein Reich anders ist. Es gibt hier mehr Geheimnisse als Wahrheiten, und wenn die Information das Ergebnis beeinträchtigen würde, wird sie nicht preisgegeben. So habe ich sechshundert Jahre lang gelebt. Erst als deine Großmutter ihren Schuldschein einforderte, bin ich in dein Reich zurückgekehrt.«

»Ihren Schuldschein einforderte?«

»Lilith hat mich gemacht. Ich bin ihre Nachkommin.«

Meine Großmutter konnte Vampire erschaffen. Das war neu. Oma hatte einiges zu erklären.

»Ich war eine Nonne, bis ein ziemlich brutaler Kardinal beschloss, dass ich eine Hexe sei, die die Kirche infiltriert habe. Er und seine Gefolgsleute haben mich einen Monat lang gefoltert, und jeden Tag habe ich zu Gott gebetet, dass er mich rettet. Es kam keine Hilfe – genauso wenig wie für die anderen in dieser Zeit. An meinem letzten Tag habe ich aufgehört, zu Gott zu beten, und stattdessen zu Lilith gebetet. Ich habe ihr geschworen, dass ich ihr bis zum Ende der Zeit diene, wenn sie mir hilft. Sie hat mich gerettet. Sie hat mich aus den Tiefen der Hölle geholt und mich verwandelt. Hat mich stärker gemacht. Schneller. Tödlich. Sie hat mir Fangzähne und Krallen gegeben und mir geholfen, jede einzelne böse Seele an diesem Ort zu töten.«

Della hielt inne, und die Welt um uns herum war so still, dass ich wusste, dass sogar die Bäume zuhörten.

»Als wir mit meiner Rache fertig waren, hat sie mich hierhergeschickt – an einen Ort, an dem meine Art sich erholen durfte und gedeihen konnte. Und solange meine Art keinen Ärger machte, durften wir bleiben. Meine Art lebt in den Außenbezirken. Wir wohnen in diesen Bergen zusammen mit den Tandrirr. Und wir alle warten darauf, dass Lilith nach uns schickt.«

Denn Lilith hatte nicht nur Della erschaffen. Lilith war die Mutter *aller* Vampire. Ich verdaute diesen Gedankensprung und nickte.

»Du kennst also eine Abkürzung«, scherzte ich, während mein Ärger verflog und mein Vertrauen in Della von Sekunde zu Sekunde wuchs.

Della schenkte mir ein reumütiges Lächeln. »Ja, Max, ich kenne eine Abkürzung.«

9

ICH WUSSTE NICHT, WAS ICH ERWARTET HATTE, aber eine Straßenbahn war es nicht gewesen.

In meiner Vorstellung war Faerie ein Ort ohne Technologie, ohne wissenschaftlichen Fortschritt und ohne industrielle Entwicklung. Schon in der ersten Stunde wurde ich eines Besseren belehrt, was dazu führte, dass ich mein ganzes Konzept von diesem Reich revidierte.

Della führte uns zu einem Pfad, der von einem Wasserfall verdeckt wurde. Der Wasserfall selbst schien ein Fluss zu sein, der oben über den Rand des Berges floss, sich aber weigerte, am Boden zusammenzulaufen. Anstatt dass sich das Wasser am Fuß des Berges sammelte, fiel es einfach durch ein, wie ich annahm, nicht enden wollendes Loch in die Erde.

Vielleicht floss das Wasser in eine unterirdische Wasserleitung, die das ganze Reich versorgte.

Vielleicht floss es auch nirgendwohin.

Ich fragte nicht nach, obwohl ich es wollte. Dellas Tempo war zu schnell, um mir auch nur eine Minute Zeit für meine Grübeleien zu lassen. Wir folgten Della über einen gewundenen Fußweg um das riesige Erdloch herum und duckten uns immer wieder, um nicht in die Stolperdrähte und Fallen zu geraten, die diese Passage absicherten.

Ich wusste nicht, wie viele Leute Zugang zum Faerie-Reich hatten, aber ich hatte das Gefühl, dass diese Sicherheitsvorkehrungen notwendig waren. Vielleicht war das auch der fleischfressende Wald, der mit psychedelischem Nebel gefüllt war.

Hinter dem Wasserfall befand sich eine Straßenbahn im Fae-Stil. Der kleine Waggon aus glitzerndem Metall und geflochtenen Ranken wartete darauf, dass wir an Bord gingen. Im Inneren des Fahrzeugs saß eine große, in Leder gekleidete Frau mit einer Rüstung auf den Schultern. Ihre roten Haare waren auf einer Seite ihres Kopfes in Reihen geflochten, aber der Rest fiel in einer Kaskade über ihren Rücken – einige Strähnen in Zöpfen, einige in Dreads, einige mit einem dünnen Draht umwickelt. Das Rot ihrer Haare bildete einen schönen Kontrast zu ihrer blassbronzenen Hautfarbe, die ein paar Nuancen heller war als meine eigene. Sie trug zwei Schwerter auf dem Rücken, die parallel zueinander ausgerichtet waren, mit einem Griff oben und dem anderen unten.

An den Energiemustern, die um ihren Kopf herumschwirrten, erkannte ich, dass sie zumindest teilweise ein Vampir war, und Della lächelte die Frau an und umarmte sie. Sie hielten sich eine lange Minute lang umschlungen, bevor Della sie vorstellte.

»Leute, das ist Idris. Idris, das sind mein Schützling, ihre Paladine und ihre Familie.«

Mir fiel sofort auf, dass Della uns nicht mit Namen vorstellte, und das war mir ganz recht.

Idris schaute uns an, als würde sie uns auf Mängel untersuchen. »Warum hast du sie hierhergebracht? Du weißt, dass Vater Außenseiter scheut, und du hast eine Hexe, einen Schattengeist und einen Dämon wissen lassen, wo der sicherste Zugang versteckt ist«, schimpfte Idris mit Della, und ich bemerkte, dass sie nichts über Hideyo oder mich sagte. Jetzt wusste ich, dass Kitsune eine Art Fae sein mussten.

»Wir waren einst auch die Außenseiter«, antwortete Della und drückte Idris' Hand. »Sie sind hier, um eine ihrer Angehörigen zurückzuholen. Wenn ihr sie hier habt, werden wir sie einsammeln und uns sofort wieder auf den Heimweg machen. Wenn nicht, ist mein Schützling durch einen Schwur verpflichtet, ihr zu helfen.«

Idris schüttelte den Kopf. »Tja, dann springt mal auf. Ich muss euch zu Vater bringen.«

Wir stiegen in die Straßenbahn ein, und abgesehen davon, dass sie sauberer und deutlich weniger klobig war, war sie eigentlich wie jede andere Straßenbahn, mit der ich bisher gefahren war.

»Idris, hast du die Person, die wir suchen, gesehen?«, fragte ich und beobachtete ihr Gesicht auf der Suche nach Anzeichen dafür, dass sie mir nicht die Wahrheit sagen würde. »Sie müsste vor etwa einer oder anderthalb Wochen hier durchgekommen sein. Hellbraune Haare, blasse Haut, blaue Augen. Sie hatte einen kleinen Jungen bei sich.«

Idris schüttelte den Kopf. »Ich habe so eine Frau nicht gesehen, aber ich bin nicht immer am Fuße des Berges. Vielleicht hat sie auch einen der anderen Pfade benutzt. Sie sind tückischer, aber ein entschlossener Geist kann sie durchqueren. Vater mag es nicht, wenn ich in Gefahr bin, und auf den anderen Wegen gibt es Kreaturen, die höchst unangenehm sind.«

Idris sprach erst wieder mit unserer Gruppe, als

wir den Gipfel erreichten, denn sie zog es vor, sich im Flüsterton mit Della zu unterhalten. Die beiden schienen sich sehr nahe zu stehen, und ich fragte mich, ob sie verwandt waren. Das warf eine ganze Reihe von Fragen über die Fortpflanzung von Vampiren auf. Konnten Vampire Babys haben?

Konnten Vampire und Fae Babys machen? Ich versuchte, nicht an Vampir-Fae-Sex zu denken, während ich die Fae-Bergstadt begutachtete. Auf den einzelnen Gipfeln gab es ganze Wohnblocks mit Brücken, die sie alle miteinander verbanden. Näher am Boden waren die Brücken aus Stein und so breit wie Autobahnen. Höher oben waren sie aus einer Art lebendem Metall und Ranken und nicht breiter als ein Fußweg. Ich vermutete, dass diese Leute absolut keine Probleme mit Höhenangst hatten.

Die Straßenbahn brachte uns zu einer der breiteren Steinbrücken und wir folgten Idris in ein glitzerndes Gebäude, das teils aus einem efeubewachsenen Monolithen und teils aus glitzernden Metalltürmen bestand. Das Innere entsprach dem Äußeren, die Gegensätzlichkeit von Metall und Ranken prägte die Wände und die enorm hohen Decken, die endlos zu sein schienen.

Wir liefen eine Ewigkeit und erreichten schließlich einen Ratssaal, in dem eine Gruppe von Leuten an einem runden Tisch saß und diskutierte. Die Mitglieder waren zu gleichen Teilen Männer und Frauen, Fae und Vampire. Ein Mann war eindeutig der Anführer. Seine mitternachtsschwarze Haut schimmerte im Deckenlicht und seine spitzen Ohren ragten aus einem Kopf voller silberner Dreadlocks heraus. Idris ging direkt zu dem Mann, auch als das tumultartige Gezeter im Raum weiterging.

Einige schrien auf Katalanisch, andere auf Französisch und wieder andere in einer Fae-Sprache, die ich nicht zuordnen konnte, obwohl ich schon ein bisschen herumgekommen war. Ich überlegte, ob ich wissen wollte, was sie sagten oder nicht. Das war irgendwie keine Frage, also schnippte ich so unauffällig wie möglich mit den Fingern und ließ den Übersetzungszauber wirken, den ich in etwa einer halben Sekunde zusammengebraut hatte.

»Sie beanspruchen jeden Tag mehr von unserem Berg. Wir können unsere Ressourcen nicht noch zusätzlich aufteilen. Die Zwerge werden schlicht und einfach nach Westen ziehen müssen. Wir sollten neu verhandeln«, sagte eine blasse Vampirin besonnen.

Ein Riese von einem Elfen stand auf und knallte seine Hände auf den Tisch. »Wir haben ihnen Amnestie versprochen. Wir können unser Wort nicht brechen.«

»Wir brechen nicht unser Wort. Wir verhandeln eine Vereinbarung neu – und du weißt, dass das vollkommen akzeptabel ist.« Diese Worte kamen von einem alten, wankenden Elfen, der mir – wenn überhaupt – gerade mal bis zu meiner Schulter reichen konnte.

»Freunde«, rief Idris' Vater auf Deutsch, und der Streit hörte auf. »Wir haben Gäste. Lasst sie uns nicht mit unserem Geschrei erschrecken. Neuankömmlinge, Ehefrau, kommt näher.«

Ehefrau? Ich warf Della einen Blick zu. Sie schenkte mir ein mysteriöses Lächeln und schlenderte auf ihren Mann zu. In letzter Sekunde nahm sie Anlauf, schlang ihre Arme um ihn und küsste ihn, was das Zeug hielt.

»Ich habe dich vermisst«, sagte er, als sie sich voneinander lösten.

Obwohl dies ein weiteres Geheimnis war, hegte ich keine Feindseligkeit dafür. Della hatte eine Familie – sie hatte einen Mann und eine Tochter und wer weiß wie viele weitere Kinder. Das Lächeln, das auf meinem Gesicht erblüht war, verschwand augenblicklich.

Lilith hatte sie meinetwegen von ihrer Familie weggeholt. Ich fühlte mich schrecklich. Ich hatte ja keine Ahnung, dass sie in Faerie irgendjemanden zurückgelassen hatte, aber jetzt, wo ich es wusste, wurde mir klar, dass ich auch nie danach gefragt hatte. Ich hatte nie gefragt, wie ihr Leben vor ihrer Verwandlung ausgesehen oder was sie zurückgelassen hatte.

Ich war ein Arschloch allererster Güte.

»Wusstest du, dass Della verheiratet ist und Kinder hat?«, flüsterte meine Mutter mir ins Ohr.

Ich schüttelte reumütig den Kopf und schwor mir, dass ich sie nicht vor ihren Leuten blamieren würde. Zumindest hoffte ich, dass ich das nicht tun würde.

»Wir sind erfreut, eure Bekanntschaft zu machen. Man nennt mich Lothan, und ich heiße dich in Tandrirr willkommen. Bitte nennt uns eure Namen, damit wir uns richtig vorstellen können.«

Della klopfte ihrem Mann auf den Bauch. »Mein Schützling ist bereits misstrauisch gegenüber unserem Reich. Fang jetzt nicht mit dieser Fae-Scheiße an.«

Ich schmunzelte und fand es toll, dass Della in weniger als zwei Sekunden von einer anständigen zu einer erzürnten Ehefrau wurde.

»Man nennt mich Max«, antwortete ich, wobei ich seine Formulierung kopierte, »aber ich denke, das wusstest du schon, denn deine Frau ist mein Paladin.«

Lothans Augen weiteten sich und er stammelte: »Hoheit«, bevor er auf die Knie sank. Die anderen Vampire und Fae folgten seinem Beispiel. Na ja, alle bis auf den wankenden Elfen, der ein bisschen zu alt für eine Verbeugung zu sein schien. Ich konnte es ihm nicht verdenken.

So viel dazu, unter dem Radar zu bleiben.

»Bitte erhebt euch. Ich bin einfach Max. Nicht Hoheit. Nicht Prinzessin. Einfach nur Max.« Vielleicht fuchtelte ich dabei auch mit den Händen herum, um ein deutliches ›Nein‹ zu signalisieren. Also stilvoll war ich jedenfalls nicht.

Lothan und der Rest seines Gefolges erhoben sich. »Lilith gab uns unsere Artgenossen, unsere Familien. Ohne den Zuwachs der Vampire wären die Tandrirr ausgestorben. Sie half uns zu gedeihen. Wir werden ihr ewig dankbar sein.«

Er hielt mich für eine Dämonenprinzessin? Ich hatte mir keine Mühe gemacht, einen Glamour zu tragen, da die Fae durch sie hindurchsehen konnten, also wusste ich, wie ich aussah.

Auf meinen skeptischen Blick hin lächelte Lothan. »Wir wissen, woher du kommst. Ihre Hoheit arbeitet auf verschiedene Weise.«

Mein früherer Gedanke flatterte aus Alistairs

Mund. »So viel dazu, unter dem Radar zu bleiben, Della.«

Della seufzte. »Hier seid ihr sicher. Erst wenn ihr die Berge hinter euch gelassen habt, müsst ihr euch bedeckt halten. Der Hof und die Tandrirr waren sich schon lange vor meiner Ankunft in diesem Reich nicht mehr unbedingt grün.«

Um Alistairs Irritation zu lindern, legte ich meine Hand in seine und drückte sie. »Ich vertraue ihr, Ritter. Es ist okay.«

Alistair presste die Lippen zusammen, um nichts mehr zu sagen, aber seine Augen verrieten alles Weitere. Er war nicht erfreut. Ganz. Und. Gar. Nicht.

»Wir sind hier auf der Suche nach einer Sippen-angehörigen. Sie wird Melody genannt. Sie hat braune Haare und blaue Augen und sie hat einen Säugling bei sich. Hat sie jemand gesehen?«

Lothan schüttelte den Kopf. »Eine Sippenangehö-rige? Du meinst, eine Dämonin.«

»Ja, wir glauben, dass sie zum Teil ein Dämon ist. Ich habe nicht mehr mit ihr gesprochen, seit sie sich verwandelt hat, und ihre Seele ist ... Sie wurde zurückgebracht und sie ist – in Ermangelung eines besseren Wortes – gebrochen. Ich habe geschworen, dafür zu sorgen, dass ihr Sohn in Sicherheit ist, deswegen bin ich hier.«

»Es tut mir leid, aber wir erlauben Dämonen nicht, unsere Grenzen zu passieren. Wenn sie hier entlanggekommen wäre, wäre sie immer noch hier. Dämonen sind in unserem Reich zu verwundbar.« Lothans Stimme war sanfter als Seide und doppelt so angenehm.

Er war freundlich, obwohl er es wahrscheinlich gar nicht sein musste, und ich war froh, dass Della einen solchen Mann hatte.

»Ich verstehe. Besteht die Möglichkeit, dass ihr uns passieren lasst, um nach ihr zu suchen? Mein Mann ist ein Dämon, aber ich habe ihn so gut wie möglich abgeschirmt. Er sollte hier sicher sein – zumindest so sicher, wie ich ihn machen kann.«

Im Raum brach ein heftiges Stimmengewirr aus. Der riesige, tischschlagende Elf wetterte, dass Dämonen hier nichts zu suchen hätten. Die besonnene Lady wollte wissen, welche Schutzmaßnahmen wir ergriffen hatten. Aber egal, was ich sagen würde, die Person, die ich überzeugen musste, war Lothan, und der hatte sich bereits entschieden.

»Dein Ehemann kann dir nicht folgen. Es wäre zu gefährlich für ihn. Die Alten sind unruhig und die Gefahr, dass sie ausbrechen, wird jeden Tag größer. Das Risiko ist zu groß. Der Rest deiner Gruppe darf passieren, aber der Dämon nicht. Er kann hierbleiben und auf dich warten.«

Alistair drückte fest meine Hand und die Angst, von ihm getrennt zu sein, überrollte mich wie eine Welle des Schreckens. Der rationale Teil von mir wusste, dass ich verdammt abhängig klang. Der irrationale Teil meines Gehirns sagte dem rationalen Teil, er solle sich ins Knie ficken.

Della musste meine Angst spüren, denn sie tat etwas, was sie fast nie tat, nämlich mich in den Arm zu nehmen.

»Mach dir keine Sorgen, Hoheit. Ich kenne da jemanden«, flüsterte sie mir ins Ohr, während sie mich fest an sich drückte.

Della kannte da jemanden. *Ja, darauf wette ich.*

10

Es gab nur wenige Dinge, die ich mehr hasste, als im Zentrum der Aufmerksamkeit zu stehen. Okay, das stimmte nicht ganz. Auf der Erde *hasste* ich es nicht, im Zentrum der Aufmerksamkeit zu stehen. Aber im Faerie-Reich mit einem Haufen Bergelfen und Vampiren, die mich anstarrten, als wäre ich eine Art Messias?

Ja, nö danke. Das war einiges, womit ich nichts zu tun haben wollte.

»Es ist zu spät, um heute Nacht den Pass hinabzusteigen. Ihr werdet bleiben und mit uns speisen«, ordnete Lothan an. Ich war zwar froh, dass er mich ablenkte, aber die Tatsache, dass ich noch mehr Blicken ausgesetzt sein würde, klang ungefähr so lustig wie Zahnstocher unter den Fingernägeln.

Trotzdem war ich klug genug, ihm versöhnlich zuzunicken, statt mit einem ›Scheiße, nein‹ zu antworten.

»Ich zeige unseren Gästen, wo sie schlafen werden«, verkündete Della und führte uns aus dem Zimmer.

Wir liefen eine Ewigkeit, bevor wir in einen anderen Teil des Schlosses kamen. Das war das einzige Wort, das mir einfiel, um diesen Ort zu beschreiben. Della setzte Alistair und mich in einem prunkvollen Zimmer ab, das für waschechte Adelige geschaffen war. Der Raum selbst sah aus, als wäre er aus dem Herzen eines Baumes geschnitzt worden. Die Wände wirkten fast wie lebendiges Holz. Es gab keine Fenster, aber einen Kronleuchter mit glühenden Kugeln aus Magie, die den Raum erhellten, als ob wir unsere eigene Sonne hätten.

Ganz zu schweigen von dem Bett. Es war aus Ranken und demselben lebenden Metall gebaut, das für alles genutzt zu werden schien, und hatte einen Baldachin mit hauchdünnen Vorhängen und flauschiges Daunenbettzeug.

Außerdem waren da noch ein Schminktisch und zwei Türen. Ich öffnete beide und inspizierte zuerst den voll ausgestatteten begehbaren Kleiderschrank mit allem, was eine Frau brauchen konnte – ob Leder für den Krieg oder ein Abendkleid. Die andere Tür führte zu einer interessanten Art von Waschraum. Die Wände bestanden aus glatten, mit Ranken durchzogenen Steinen, und es gab moderne Annehmlichkeiten wie eine Toilette, eine Dusche und ein Waschbecken. Das Einzige, was fehlte, war ein Spiegel, aber ich konnte auch ohne leben.

Alistair zog an meiner Hand und führte mich aus dem merkwürdigen Bad heraus und näher an das riesige Himmelbett heran. Es war das erste Mal, dass wir allein waren – wirklich allein –, seit jenem Abend in New Orleans, an dem wir unter einem herrlichen Drogeneinfluss gestanden hatten. Alistair setzte sich auf die Kante der Matratze, zog mich zwischen seine Beine, schlang seine Arme um mich und legte seinen Kopf an meine Brust. Das konnte nicht bequem sein, da ich immer noch Leder und andere Dinge trug, aber es war das verdammt beste Gefühl, das ich seit Langem verspürt hatte.

Ohne groß zu überlegen, zog ich mir den Gurt meiner Tasche über den Kopf und stellte sie vorsichtig auf den Boden. Sie war voll mit Tränken und Vorräten, daher hatte ich nicht vor, sie zu werfen. Danach riss ich an meinen Schnallen und Reißverschlüssen, bis ich nur noch das silberfarbene Kompressionsshirt und die Leggings, die ich zum

Schutz meiner Haut trug, anhatte. Als das weg war, hatte ich nichts mehr an.

Ich konnte nicht genau sagen, warum ich von einer Umarmung zum *Nacktsein* überging. Als ich einen Blick auf Alistair warf, war er bereits auf meine Brüste fixiert und selbst halb nackt, während seine feurigen Runen mich zum Anfassen und Verkosten aufforderten.

»Ich habe keine Ahnung, warum du dich ausziehst, my Love, aber ich bin voll und ganz dafür«, murmelte er, und ich konnte nicht anders, als zu lachen – ein echtes Lachen dieses Mal.

Ich rückte näher, legte ihm eine Hand auf seine Schulter, schob ihn nach hinten und folgte ihm auf die Matratze. »Ich ziehe mich aus, weil ich dich küssen will. Und wenn ich dich küsse, werde ich all die Dinge tun wollen, die ich mit dir tun wollte, seit wir gezwungen wurden, uns mit meinem ganzen Scheiß zu beschäftigen. Wenn wir diese Dinge tun, wird das zu anderen Dingen führen, und es ist am besten, wenn wir für all diese Dinge nackt sind. Um Zeit zu sparen. Ich bin einfach nur vorausschauend, weißt du?«

Ein Grinsen breitete sich langsam auf Alistairs Gesicht aus, und ich spürte seine Hitze in allen Teilen meines Körpers.

»Ich habe ein kleines Genie geheiratet«, knurrte er, umfasste mein Gesicht und drückte mir einen heißen Kuss auf die Lippen.

Verdammt richtig, das hat er.

Stunden später steckte ich in einem scharlachroten Kleid, das halb Körperpanzer und halb flauschiges Zuckerwerk war. Das Mieder bestand aus goldenen Schuppen – von denen ich inständig hoffte, dass sie aus Metall waren – und schmiegte sich an meine Kurven, als hätte es jemand speziell für mich gezaubert. Was im Nachhinein betrachtet auch der Fall gewesen sein könnte.

Wir befanden uns draußen auf einem Hof unter einem Baldachin aus Bäumen, der Nachthimmel war mit einer kräftigen Handvoll diamantartiger Sterne übersät. Es war ein anderer Himmel, als ich ihn gewohnt war, und obwohl er sich nicht wie zu Hause anfühlte, war er schöner als alles, was ich in meinen vielen Jahren je gesehen hatte.

Die Leute saßen in Gruppen zusammen, aßen und tranken und unterhielten sich angeregt über dies und das. Viele starrten mich an, als Della uns vorstellte, aber niemand war unhöflich. In dem Kleid, das Della für mich ausgesucht hatte, kam ich mir albern vor – bis ich sah, dass viele der Frauen so gekleidet waren wie ich. Auf dem Schlosshof waren überirdische Feuerstellen verteilt, um die sich Fae und Vampire gleichermaßen versammelten. Die Luft war leicht kühl, und die leuchtenden violetten Flammen wärmten mich, während Alistair und ich einen Platz fanden, an dem wir abseits von den vielen Gästen sitzen konnten.

In der Luft lag eine Art Erwartung, die meinen Magen zum Kribbeln brachte, und das gefiel mir überhaupt nicht. Es war, als könnte ich einen Hauch von Gefahr im Wind spüren, obwohl ich wusste, dass das Unsinn war. Ich war keine Seherin oder Wahrsagerin. Aber ich wusste genug, um meinen Instinkten zu vertrauen.

Della reichte Alistair und mir ein Glas, das mit einer leuchtenden, himmelblauen Flüssigkeit gefüllt war. Keiner von uns nahm es ihr ab. Bevor wir diese Reise angetreten hatten, hatte ich Alistair jedes einzelne Fitzelchen Fae-Sagen erzählt, das ich im Laufe der Jahrhunderte gelesen hatte. Ich hatte keine Ahnung, was Blödsinn war und was der Wahrheit entsprach, aber ich wusste, dass ich hier nichts essen oder trinken durfte.

Verärgert drückte Della mir das Glas in die Hand. »Ich werde dich nicht tanzen lassen, bis dir die Füße abfallen und du auf verdammten Stumpen humpelst. Ich schwöre es, Max.«

Es war absolut nicht fair, dass sie damit anfing. Ich hatte ihr im Vertrauen von dieser Angst erzählt.

»Du warst doch diejenige, die mich daran erinnert hat, dass ich hier nichts essen oder trinken darf. Entschuldige bitte, wenn ich dich beim Wort nehme.«

»Ich meinte, wenn ich nicht da bin. Nicht, wenn ich diejenige bin, die dir das Essen reicht, Dummkopf.«

Okay, es war durchaus möglich, dass ich in meinem Leben zu viele Fae-bezogene Horrorbücher gelesen hatte. Ich nahm einen zaghaften Schluck von dem Getränk. Es schmeckte fruchtig, lecker und leicht alkoholisch.

»Wir destillieren es aus dem Nebel im Dryadenwald. Er ist etwa tausendprozentig verdünnt, damit du keine Dinge siehst, die nicht existieren, aber es wird dich ordentlich aufmischen. Geh sparsam damit um.«

Dieser eine Schluck würde definitiv mein letzter sein.

»Wir werden bald mit dem Festmahl beginnen. Ja, es ist okay, davon zu essen«, sagte sie, bevor ich überhaupt fragen konnte. »Brich nur nicht das Brot, bevor Lothan es tut, es sei denn, er bittet dich darum. Was er vielleicht sogar tut. Er kannte deine Familie, deinen Vater. Schon bevor Verena den Thron bestiegen hat.«

Damit meinte sie eigentlich, bevor sie ihn gestohlen hatte. *Verena*. Ich konnte nur vermuten, dass das der Name der Seelie-Königin war, die meine ganze Linie hatte ermorden lassen. Sie klang wie eine ganz liebe Frau.

»Lothan wusste also ... Wusstet ihr, dass ich am Leben bin?« In meine Stimme mischte sich ungewollt Misstrauen, als ich die Frage stellte.

Della schüttelte den Kopf. »Wir dachten alle, dass die Elementaren getötet worden sind. Erst als du aus der Hölle zurückkamst, habe ich angefangen, eins und eins zusammenzuzählen. Ganz ehrlich, die Tatsache, dass ich es nicht früher herausgefunden habe, zeigt nur, wie gut der Zauber war. Lilith musste wissen, dass ich es an dir riechen würde, wenn wir uns treffen.«

Besänftigt entspannte ich mich etwas. Nach der Sache mit Striker fragte ich mich, ob ich immer an den Absichten meiner Freunde zweifeln würde, ob ich mich immer fragen würde, was für Geheimnisse und Lügen sie verbargen. Ich war eine Fae, also war mein hartnäckiger Hang dazu, die Dinge beim

Namen zu nennen, nicht gerade normal. Aber Della hatte mit einem Fae-Clan gelebt und in diesen eingeheiratet. Ehrlichkeit fiel ihr wahrscheinlich leichter als den meisten anderen Leuten.

Inmitten meiner Überlegungen kam ein großer, dunkelhaariger Mann auf uns zu. Er hatte auffallend kalte blaue Augen, die durch seine bronzefarbene Haut betont wurden. Seine Haare waren oben lang und an den Seiten rasiert, und die Spitzen seiner Locken hatten die gleiche Farbe wie seine Augen. Ich konnte nicht sagen, ob das die beste Färbung in der Geschichte der Färbungen war oder ob seine Haare von Natur aus so waren. In Anbetracht der Umgebung, in der wir uns befanden, nahm ich an, dass es natürlich war. Seine Lippen waren voll, seine Nase etwas schmal und seine Wangenknochen wie meine – markant und hoch.

Er war nicht gekleidet wie Alistair oder die anderen Männer, die halb in Rüstung, halb in Hemd und Anzugshose gekleidet waren. Stattdessen war er ganz in schwarzem Leder unterwegs und trug seine Waffen griffbereit an den Hüften.

Vielleicht lag es daran, dass ich meine Höchstanzahl an neuen Leuten erreicht hatte, vielleicht aber auch an seinem spöttischen Grinsen, doch ich merkte sofort, dass dieser Kerl ein paar Köpfe kürzer gemacht werden musste. Vielleicht sogar wesentlich mehr als nur ein paar.

Della erhob sich von dem Platz neben mir. »Max, das ist mein Sohn, Torren.« Sie umarmte ihren Sohn, aber er erwiderte die Umarmung seiner Mutter kaum. Okay, vielleicht musste er mit ein paar gebrochenen Beinen komplett auf die unterste Stufe gekürzt werden.

»Angenehm, dich kennenzulernen.« Ich schaffte es, meine unmittelbare Feindseligkeit aus meiner Stimme herauszuhalten. Was für eine Heldin ich doch war.

Della hatte mich darüber informiert, was die Tandrirr waren. Sie waren die Wächter des Reiches und hielten diejenigen fern, die ihm Schaden zufügen wollten – vor allem, wenn der fleischfressende Wald voller blutrünstiger Dryaden diese Aufgabe nicht zuerst erledigte. Die Tandrirr waren stolz auf ihre Aufgabe, etwas, das sie seit vielen Jahren nicht mehr erreicht hatten, seit der Seelie-Hof versucht hatte, ihr Land zu stehlen.

Aber Torren schien es weniger um den Stolz zu gehen. Er wollte etwas verletzen. Das wusste ich so sicher, wie ich wusste, dass meine Haare blau waren. Ich konnte nicht sagen, woher ich diese Information über ihn hatte, aber ich war fest der Meinung, dass Dellas Sohn ein Arschloch war.

Der eisblaue Blick wanderte von mir zu Alistair. »Du bist also der Dämon, der nach Faerie will. Ich hatte keine Ahnung, dass Dämonen so dumm sind. Sind alle Empyrialen so?«

Ich betete zu den Schicksalen, dass Della uns nicht sagen würde, dass dieses kleine Stückchen Scheiße in einer Lederrüstung unsere einzige Möglichkeit war, aus Tandrirr herauszukommen. Tja, aber wie immer waren die Schicksale keine Hilfe.

»Torren wird uns im Morgengrauen raus-schmuggeln.«

Ich wusste es, verflucht noch mal.

Dellas Sohn versteifte sich und sein höhnisches Grinsen wuchs. »Ich habe nichts dergleichen gesagt. Ich sagte, ich würde es für einen Preis tun. Einen, den ich selbst bestimme. Es ist riskant, sich gegen Vater zu stellen – vor allem in dieser Sache. Und das für Empyriale?« Er schnaubte. »Ich will einen Gefallen. Wenn es nötig ist, möchte ich dich rufen können.«

Erstens: Seine Mutter war eine Empyriale. Zwei-tens: Noch ein unbegrenzter Gefallen? Wohl kaum. Ich hatte Glück, dass Alistair mich tatsächlich mochte, als er seinen Schuldschein eingefordert hatte. Torren würde mich bitten, in einen brennenden See zu springen.

»Auf gar keinen Fall.« Ich warf meinen Daumen über meine Schulter. »Ein unbegrenzter Gefallen ist der Grund, warum ich mit diesem großen Kerl verheiratet bin.« Ich drehte mich zu Alistair um. »Nicht, dass ich mich beschweren würde, aber du magst mich tatsächlich. Dieser Junge nicht.«

»Das ist mein Preis. Akzeptiere ihn oder lass es bleiben. Es ist nicht meine Aufgabe, den Schoßhund für Adlige zu spielen, die sich nicht selbst zurechtfinden können.«

Das war eine weitere, nicht ganz unverhohlene Anspielung auf seine Mutter. Nicht. Mit. Mir.

»Ach, bitte«, platzte ich heraus, denn ich kannte den Jungen von Sekunde zu Sekunde besser. Ich hatte in meinem Leben schon viele solcher Arschlöcher getroffen. »Du würdest dich für ein Schinkensandwich und eine kalte Limonade gegen deinen Vater stellen. Verarsch mich nicht, Kleiner. Weißt du, wie viele Arschlöcher wie dich ich in vierhundert Jahren getroffen habe? Eine ganze Menge. Sie haben alle das gleiche Grinsen, den gleichen eingebildeten Stolz und die gleiche beschissene Attitüde. Du hast nicht einmal deine Mutter zurück umarmt, dabei ist sie für fast ein Jahr weg gewesen. Und ich soll dir vertrauen, dass du tust, was du sagst? Nicht in diesem Leben, Freundchen.«

Ich wandte mich an Della und sagte: »Nichts für ungut, D., aber dein Sohn ist scheiße. Ich gehe das Risiko lieber selbst ein, als diesem Hosenscheißer zu vertrauen.«

Was war diese Woche nur mit den beschissenen Söhnen los?

Della hielt sich den Mund zu, aber sie konnte ihr Kichern nicht ganz unterdrücken. »Wie immer, Max. Du enttäuschst nie.«

Ich verbeugte mich scherzhaft vor Della, behielt aber Torren im Auge, für den Fall, dass er meine Ehrlichkeit als zu viel empfand. Ich spürte, wie seine Finger zuckten, bevor ich tatsächlich sah, dass sie sich bewegten, und in weniger als einer Millisekunde war mein Athame an seiner Kehle.

»Stell mich nicht auf die Probe, Junge. Ich habe schon bessere und stärkere Männer als dich in die Knie gezwungen. Ich respektiere deine Mutter, und das ist der einzige Grund, warum ich dich noch nicht vor deiner ganzen Familie ausgeweidet habe. Du bist kurz davor, dir eine Feindin zu machen.«

In diesem Moment spürte ich, wie der Boden unter meinen Füßen bebte, und ich gab mir große Mühe, in meiner Wut nicht den ganzen verdammten

Berg zum Einsturz zu bringen. Die Blitze und das Donnergrollen ließen sich jedoch nicht verhindern. Der Wind heulte um uns herum, und die Flammen in den Feuerstellen loderten hoch.

Ja, ich hatte eine Zuschauerschar angelockt.

Mal wieder.

Die willkommene Wärme meines Ehemanns stärkte mir den Rücken. Ich wusste, ohne hinzusehen, dass er sich in seine Dämonengestalt verwandelt hatte. Geschwärzte Haut, glühende Runen und alles, was dazugehörte. Wenn Torren keine Angst vor mir hatte, dann sollte er sich verdammt noch mal aber gefälligst vor Alistair fürchten.

Eine falsche Bewegung, und Alistair würde diesem Kerl so ziemlich den Tag versauen.

»Ich bitte um Entschuldigung«, begann Torren und sein Adamsapfel wippte, während er vorsichtig schluckte. Sein Blick wich nicht von meinem, und ich konnte das schwache Glühen meiner Augen in den Reflexionen seiner Iriden erkennen. »Ich habe meine Grenzen überschritten.«

»Akzeptiert, und ich schlage dir einen eigenen Deal vor. Du fängst sofort an, deine Mutter wie die fabelhafte Frau zu behandeln, die sie ist, und wirst uns unbeschadet, zusammen und auf dem sichersten Weg aus dem Berg führen. Im Gegenzug verspreche ich dir, dass ich dir helfen werde, wenn du jemals in Lebensgefahr gerätst – außer durch meine Klinge. Haben wir einen Deal?«

Denn wenn Torren nicht schnell anfing, mit vielen Leuten richtig umzugehen, würden wir ein Problem bekommen.

Ein großes.

II

»Nimm den Deal an, mein Sohn. Einen besseren wirst du nicht bekommen.« Della sprach von meinem Ellbogen aus.

Demselben Ellbogen, der mit jener Hand verbunden war, die ihrem Sohn ein Messer an die Kehle hielt. Nur weil er sich entschuldigt hatte, hieß das nicht, dass er nicht irgendeinen dummen Scheiß anstellen würde.

Torren schluckte erneut. Er schien meinem Deal nicht viel eher zustimmen zu wollen, als bevor ich ihm das Messer an die Kehle gesetzt hatte.

»Torren, ich weiß nicht, was du gegen Empyriale hast, und ich habe keine Ahnung, warum du so stinkig auf deine Mutter bist. Aber wenn man bedenkt, dass du halb Empyrialer bist, erweist du dir und deiner Familie einen schlechten Dienst, wenn du auf sie herabschaust.«

Sein Auge zuckte. Ah, ich hatte einen Nerv getroffen. Torren war ein nicht ganz so versteckter Rassist. Er mochte nicht, was er war, und deshalb schob er seinen Hass auf seine Mutter.

Was für ein Idiot.

»Ich akzeptiere deine Bedingungen«, murmelte er, und jedes Wort war geprägt von Unverschämtheit.

Ich verdrehte die Augen. »Tja, leider musst du es genauer sagen.«

»Wir haben einen Deal.«

Ich seufzte und verstaute mein Athame, ohne meinen Blick von Torren abzuwenden. Er war der Typ, der etwas Dummes anstellte. »War das jetzt so schwer?«

Sein verächtliches Grinsen war wieder da und bewies, dass es in der Tat schwer gewesen war. Ohne ein weiteres Wort stolzierte Torren davon, und Lothan nahm seinen Platz ein.

Super, wie du dich unter dem Radar hältst, Max.

Ich wollte ihn begrüßen, aber ich war zu sehr damit beschäftigt, Della zu mustern, um sicherzugehen, dass sie nicht sauer auf mich oder verletzt von ihrem Kind war. Warum konnte die Familie uns mehr verletzen als jeder andere?

»Bitte sag mir, dass du wolltest, dass ich ihm eine Lektion erteile, denn wenn nicht ...«

Wenn nicht, war sie in diesem Moment wahrscheinlich wahnsinnig angepisst von mir.

Della schenkte mir dieses zittrige Lächeln, in ihren Augen schimmerten unvergossene Tränen. »Du hast genau das getan, was ich erwartet habe. Es war Torren, der mich überrascht hat.«

Ihre Stimme war voller Emotionen und es tat mir leid, dass ich Torrens Drecksarsch nicht den Berg hinauf und hinunter getreten hatte dafür, dass er seine Mutter verletzt hatte.

»Was hat unser Sohn jetzt wieder angestellt?«

Ich wollte es abtun, aber es war Alistair, der antwortete, seine Stimme war so leise, dass sie von neugierigen Ohren nicht gehört werden konnte. »Er hat deine Frau und unsere ganze Gruppe beleidigt. Und alle Empyrialen im Allgemeinen. Oh, und er hat nach seiner Waffe gegriffen, während er mit meiner Frau gesprochen hat. Könntest du, wenn möglich, mit deinem Sohn reden? Bevor es einer von uns tut?«

Alistair nickte in Richtung Aidan und Hideyo, die links und rechts von mir aus dem Schatten traten, während meine Mutter – immer noch in voller Rüstung – hinter ihm aufmarschierte. Ich wusste, dass ich nie in Gefahr gewesen war, aber *verdammt.* Ich war wirklich nie in Gefahr gewesen.

Lothans mitternächtlich schwarze Haut färbte sich für eine Sekunde grau, das Blut wich aus seinem Gesicht, bevor seine Schultern zu Stein erstarrten. »Er hat euch in meinem Haus respektlos behandelt? Er hat seine Mutter entehrt?«, flüsterte Lothan, und jedes Wort klang bedrohlich. Für alles Geld der Welt würde ich in diesem Moment nicht Torren sein wollen.

Ich zuckte mit den Schultern, weil ich daran gewöhnt war, dass die Leute mich nicht mochten – welche Gründe auch immer sie hatten. »Ich habe mich darum gekümmert, aber er mag keine Empyrialen. Das hat er deutlich gemacht. Wenn ich sein Vater wäre, würde ich wissen wollen, wo er das gelernt hat. Soweit ich gesehen habe, koexistieren eure Arten hervorragend. Das ist etwas, das wir auf der Erde anstreben könnten.«

Stolz machte sich auf seinem Gesicht breit, bevor es von Sorge durchzogen wurde. »Wir waren nicht immer so weit entwickelt, und nicht alle Spezies in diesem Reich mögen Empyriale. Manche halten sie für minderwertig, aber ich dachte ...« Lothan hielt inne und rieb sich den Nacken. »Ich weiß nicht, wo er diesen Blödsinn hört. Jeder weiß, dass wir alle gleich sind. Wir alle haben das *Hudau* – die *Magie* – in uns. Es spielt keine Rolle, welches Reich wir unser Zuhause nennen.«

Ich konnte nicht viel mehr tun, als zu nicken. Ich wollte nicht, dass Lothan erfuhr, warum wir mit seinem Sohn sprachen, aber die Tatsache, dass er ein rassistischer Arsch war, musste geklärt werden.

»Ich weiß, warum ihr mit Torren gesprochen habt. Ich weiß, dass du deinen Mann über die Berge schmuggeln willst, um deine Freundin zu suchen. Ich kann dir zwar nicht öffentlich die Durchreise gestatten, aber wenn ich euch morgen früh nicht mehr sehe, werden wir nicht nach euch suchen. Ich wünschte, ich könnte mehr für die Tochter von Dušan tun, aber das kann ich nicht. Wenn es jemals eine Zeit gibt, in der du deinen Thron zurückeroberst, dann ruf bitte nach mir. Die Tandrirr werden für dich da sein.«

Das Wasser trat mir in die Augen, bevor ich es aufhalten konnte. Ich kannte den Namen meiner leiblichen Mutter, aber den meines Vaters hatte ich nicht gekannt. Ich hatte einen schwachen Schimmer von ihm in den Erinnerungen meiner Mutter gesehen, aber mehr nicht.

Lothan machte einen Schritt auf mich zu, wahrscheinlich war er besorgt darüber, dass ich innerhalb einer Sekunde von normal zu fast heulend gewechselt hatte.

Ich schüttelte den Kopf und versuchte, ihn abzuwimmeln. »Niemand hat mir seinen Namen gesagt«, krächzte ich und versuchte zu lächeln, obwohl mich die Trauer wie ein Hammer traf. Warum brannte es in mir, obwohl ich den Mann nie getroffen hatte?

»Dušan Lafitte war ein großartiger König und ein noch besserer Freund. Wenn du jemals mehr über ihn wissen willst, frag mich. Ich werde dir alles erzählen. Das Gute, das Schlechte. Seine Siege und seine Niederlagen.«

Lothan würde auch nichts beschönigen. Er würde mir alles offenlegen. Das schätzte ich an ihm.

»Komm, meine kleine Königin«, sagte Lothan und löste die Spannung. »Bring deine Familie mit und speise mit uns. Ich verspreche, dass dich das Essen nicht zum Tanzen bringen wird.«

Da erzählt man seiner Freundin einen kleinen Fae-Traum und sie verbreitet es in der ganzen Welt. Man kann niemandem mehr trauen.

Nach einer Nacht des Schlemmens und des Vermeidens von Nebel-Alk waren wir ausgeruht genug, um unseren Marsch aus Tandrirr heraus zu beginnen. In der Morgendämmerung führte uns

Torren aus dem Schloss, und durch das frühe Licht konnten wir das ganze Wunder der Heimat der Bergelfen bewundern. Der Fluss, von dem wir gedacht hatten, dass er nirgendwo hinführte, schlängelte sich durch die Stadt. Winzige Abzweigungen bildeten noch winzigere Wasserfälle und ließen das Wasser durch die Stadt pulsieren wie Blut in den Adern. Es gab glasklare Teiche, die mit Seerosen gefüllt waren, und wenn ich genauer hinsah, konnte ich Wassernymphen entdecken, die sich in ihren Tiefen tummelten.

Alles roch sauber, der Himmel wirkte blauer und die Bäume grüner als zu Hause.

Aber ich wusste, dass hier genauso viel Blut vergossen worden war. Dass es genauso viel Unrecht und Ungerechtigkeit gab. Ich ließ mich nicht von der schönen Fassade täuschen.

Auch wenn sie *wirklich* schön war.

Die Wasserfälle wichen einem felsigen Gelände, und es ging eine Weile nur langsam voran, da wir über Felsbrocken kletterten, die größer waren als Linienbusse. Einer der wenigen Vorteile, die wir hatten, war die Tatsache, dass es immer noch kühl war. Mit den Lederklamotten wäre diese Wanderung ein heißes Unterfangen gewesen, wenn das Wetter nicht mitgespielt hätte.

Ich musste immer wieder an die Schwierigkeiten denken, die ich mit meiner Magie hatte. Obwohl einige meiner Zaubersprüche – ich musste ja nicht mehr zaubern – gut funktionierten, hatte ich bei all meinen Versuchen, Melody aufzuspüren, nichts gefunden. Ich wünschte mir fast, es wäre wie bei Maria, auch wenn dieser Gedanke schmerzte. Ich wünschte mir fast, ich könnte sie schreien, weinen oder sonst etwas von sich geben hören.

Aber egal, wie oft ich es versuchte, ich fand sie nicht.

Ich wusste nicht, wen ich fragen konnte oder was ich überhaupt fragen musste. Wer würde mir helfen können, mit der Kraft umzugehen, die durch meine Adern floss, wenn ich die Letzte meiner Art war?

Die Letzte.

Dieser Gedanke tat ebenfalls weh. Es war schon so weit, dass ich beinahe die Identität der allerersten Dämonenhexe vermisst hätte – die Hybridin, von der niemand dachte, dass es sie geben könnte. Die Erste zu sein, war ein viel besseres Gefühl, als die Letzte zu sein. Die Letzte zu sein, bedeutete, dass, wenn ich sterben würde, nichts mehr von der Familie übrig wäre, die ich nie kennengelernt hatte.

Nichts würde von der Familie übrig bleiben, die aus einem Grund abgeschlachtet worden war, den ich nicht kannte und wahrscheinlich auch nicht nach-vollziehen könnte. Ich konnte mir keinen triftigen Anlass für einen Völkermord vorstellen, aber genau das war es doch gewesen.

Ich fragte mich, ob ich jemals aufhören würde zu leiden. Ob der Schmerz über all den Tod jemals nach-lassen würde. Ich fragte mich, ob ich jemals wieder vertrauen könnte. Dann gab ich mir im Geiste eine Ohrfeige, als mein Blick an dem schwarzen Diamanten an meinem Finger hängen blieb.

Ja, einigen Wenigen konnte ich vertrauen.

Ich konnte Alistair vertrauen. Ich hatte ihm das Einzige gegeben, worum er mich je gebeten hatte, und er hatte sich geweigert, mich zu enttäuschen.

»Warum lächelst du so?«, fragte der besagte Mann, als wir weiter den Berg hinunterwanderten. Wir waren auf dem Weg zu den Zwergen, um heraus-zufinden, ob sie Melody gesehen hatten.

»Ich habe gerade von meinem Ehemann geschwärmt. Hast du ihn gesehen? Er ist ungefähr so groß«, ich gestikulierte über meinen Kopf, »hat einen abfälligen britischen Akzent und Grübchen, für die man sterben könnte.«

Alistair lächelte mich an und präsentierte besagte Grübchen. »Vielleicht habe ich den Kerl schon mal getroffen. Er klingt einfach nur traumhaft.«

Als ich hörte, wie jemand würgte, schaute ich über meine Schulter. Aidan war ein bisschen grün um die Nase. Jemand hatte sich nicht vom Nebel-Alk ferngehalten und zahlte heute den Preis dafür.

»Verfluchte Frischvermählte«, murmelte Aidan und schüttelte den Kopf, bevor er bei der Bewegung ächzte.

Ich streckte ihm die Zunge raus. »Spaßbremse. Wenn überhaupt, dann hätte jemand gestern Abend deinen Spaß bremsen sollen. Wie viele Drinks hattest du?«

Aidan winkte meine Frage ab, als würde er allein beim Gedanken an das Getränk sterben wollen. »Ich hatte nur einen. Keiner hat mir gesagt, was das ist. Ich habe die halbe Nacht damit verbracht, zu versuchen, nicht aus dem Bett zu schweben, und die andere Hälfte damit, meine Eingeweide davor zu bewahren, in dieses komische Toiletten-Ding zu fallen, das sie in unseren Badezimmern haben. Vertraue Della niemals, wenn sie sagt, dass der Alkohol nicht stark ist. Sie *lügt*.«

»Oder du verträgst einfach nichts«, meldete sich Hideyo von hinten.

Der Kitsune konnte sich sein rätselhaftes Lächeln nicht verkneifen, als er Aidan auf die Schippe nahm, was ich fabelhaft fand. Hideyo war unruhig gewesen, seit wir Faerie betreten hatten, und ich konnte es ihm nicht verdenken. Ich kannte seine Geschichte nicht und wusste nicht einmal, wie alt er war, aber ich wusste ohne Zweifel, dass ihn dieses Reich keineswegs glücklich machte.

Und warum sollte es auch?

Wenn er wie ich ein Fae war – und ich vermutete, dass er einer war –, konnte das, was ihn in das Reich der Menschen trieb, nichts Gutes bedeuten.

Plötzlich blieb Hideyo mitten auf dem Weg stehen und neigte den Kopf zur Seite, als ob er auf etwas lauschen würde. Ich vertraute seinen und Aidans Ohren mehr als meinen eigenen, und als er stehen blieb, ergriff ich Alistairs Hand und hielt ebenfalls inne.

Ohne nachzudenken stieg etwas in mir auf und zog Della und meine Mutter zu mir – die Magie in meinen Adern wurde durch einen Instinkt aktiviert, von dem ich nicht einmal gewusst hatte, dass ich ihn hatte. In der einen Sekunde waren sie noch zehn Meter vor uns und in der nächsten waren sie hinter Aidan und Hideyo.

Ich realisierte den Fehler meines Körpers sofort, als ich ihn machte. Ein kurzer Blick auf Dellas Gesichtsausdruck bestätigte mir das. Ich hatte Teresa und Della zu mir gezogen, aber Torren war immer noch da draußen, und er war im Begriff, von wem oder was auch immer in Hideyos Ohren klingelte, gefunden zu werden.

Ich hörte Schritte, bevor ich etwas wegen Torren unternehmen konnte. Von uns allen war er derjenige, bei dem es am unwahrscheinlichsten war, dass er von einer anderen Fae auseinandergenommen wurde, also tat ich das Einzige, was meine knappe Zeit erlaubte – ich verhüllte uns. Der Glamour, den ich erzeugte, gehörte zu der fortschrittlichsten Magie, die ich je angewandt hatte, und er ließ sich ohne großen Kampf aufrichten.

Das Problem war, ihn aufrechtzuerhalten.

Je länger ich die Mauern an Ort und Stelle hielt, desto ausgelaugter fühlte ich mich, da die Magie, die uns verborgen halten sollte, mir alles abverlangte, was ich hatte. Berge zu versetzen und Stürme zu verursachen war keine große Sache, aber das? Das war ... unnatürliche Magie. Sie fühlte sich falsch an, zu mächtig und zu umfangreich.

Ich wusste, dass Fae Glamour durchschauen konnten, aber das hier? Ich hatte das Gefühl, dass selbst ich Schwierigkeiten hätte, durch diese Art von Zauber zu sehen, wenn ich nicht diejenige wäre, die ihn wirkte.

Ich war mir nicht sicher, was die anderen sahen,

aber ich? Ich sah genau die Sekunde, in der Torren von einer Gruppe von sechs Soldaten entdeckt wurde.

Jeder von ihnen hatte weiße Haare, perlmuttfarbene Haut, und ihre nackten Arme waren mit leuchtend blauer Magie umhüllt. Ihre Rüstung bestand aus demselben lebendigen Metall, das ich überall in Faerie gesehen hatte, aber sie beschränkte sich auf Brustpanzer und Schulterteile. Sie hielten Speere in der Hand, die Spitzen waren tödlich scharfe, dreieckige Köpfe und die Unterseiten waren mit Widerhaken versehen, die an kleine Streitkolben erinnerten.

Torren sah sie und blieb stockend stehen, bevor er eine tiefe Verbeugung machte und diese Bewegung nutzte, um unauffällig hinter sich zu schauen. Er suchte die Magie in der Luft nach uns ab, aber sein Blick glitt von unserem Versteck weg, bevor er sich aufrichtete. Wenn Torren uns nicht sehen konnte, war es gut möglich, dass diese Soldaten es auch nicht konnten.

»Dreckiges Halbblut.« Einer der Soldaten verzog höhnisch das Gesicht. »Was machst du hier, abseits deines Gipfels? Bist du hier, um dein Blut noch mehr zu verunreinigen, indem du einen Zwerg fickst?«

Die Spitzen von Torrens Ohren wurden rot, und ich vermutete, dass sein ganzes Gesicht genauso aussah. Er sagte nichts dazu, aber ich wusste, dass sein Blick ihnen verriet, dass sie sich ins Knie ficken sollten.

»Schau, wie rot sein Gesicht ist!«, stichelte ein anderer und sein Lachen hallte von den Felsen wider. »Wie kann man eine Zwergenfrau von einem Zwergenmann unterscheiden? Oder ist das egal?«

Torren knurrte, als seine Wut ihn übermannte.

Und genau in diesem Moment stürzten sich die sechs Fae auf ihn, die Magie in ihren blau leuchtenden Armen floss wie Tentakel der Macht und schleuderte ihn auf den Boden.

Ein Wimmern entfloh Dellas Kehle, und Teresa legte ihre Hand über Dellas Mund, bevor sie unsere Position verraten konnte. Während die Soldaten Torren verwüsteten, kämpften Teresa und Della gegeneinander an, und ich sah entsetzt zu, wie sich Dellas Fangzähne in das Fleisch meiner Mutter bohrten.

Wo war ein wahlloser Blitz, wenn man ihn brauchte?

12

Torren war in Gefahr, ich hatte Angst und ich wusste nicht, ob ich den Glamour noch lange halten konnte. Es war also keine große Überraschung, als die Wände meines Zaubers zu Staub zerfielen. Und was war auch keine Überraschung? Aus meiner Nase sprudelte es wie aus einem Springbrunnen, während ich auf meinen Arsch in den Dreck fiel.

Ich hatte meine Magie falsch eingesetzt. Nicht dass ich wusste, wie man sie richtig einsetzte, aber egal.

Della wehrte sich eine Millisekunde lang gegen Teresas Griff, bevor sie merkte, dass der Zauber, der uns vor den sechs Männern, die ihrem Sohn in den Arsch traten, verborgen hielt, verschwunden war.

Dann wankte sie. Sie hatte die Pflicht, mich zu beschützen, aber ich würde sie nicht daran hindern, ihren Sohn zu verteidigen. Zumal es meine Schuld war, dass er auf offener Straße gestanden hatte.

»Geh«, knurrte ich und war sauer, dass die Loyalität, die Della gegenüber Lilith hegte, wichtiger war als die der Familie. Dellas Blick schweifte zu mir und mit Tränen in den Augen nickte sie mir zu, bevor sie sich auf den nächstbesten Mann stürzte.

Jedes Mal, wenn ich Della beim Kämpfen zusah, wurde ich daran erinnert, dass sie weder zierlich noch zerbrechlich war. Sie riss einem Mann die Kehle auf und zerfleischte ihn brutal mit ihren Fangzähnen. Dann konnte ich nicht mehr viel sehen, weil Aidan und Hideyo vor mir standen und mich vor den Soldaten beschützten, die noch immer nicht bemerkt hatten, dass wir hinter ihnen waren.

Wenn ich in diesem Moment hätte stehen können – oder ganze Sätze sprechen –, hätte ich ihnen gesagt, dass sie Della helfen sollen. So aber konnte ich keines von beidem tun. Ich hatte gedacht, ich wäre durch mit diesem kräftezehrenden Mist, aber ich hatte mich geirrt.

»*Sanitatem*«, murmelte meine Mutter und gab etwas Wumms in den Heilungszauber, den ich noch nicht ganz beherrschte, bevor sie mit den Fingern schnippte. Der Energieschub und die Heilung ließen mich den Blutverlust überwinden, aber ich merkte, dass es ihr etwas abverlangte. Vor allem, als ich sah, wie die Pflanze, aus der sie geschöpft hatte, in ihrer Hand zu Asche zerbröselte.

Verdammt.

Einer der Soldaten warf Della von seinem Rücken und ihr Körper flog durch die Luft zurück zu unserer Gruppe, die immer noch stillstand. Sie landete in der Hocke und zischte die sechs an, als könnte sie diese irgendwie abwehren, aber da war es schon zu spät.

Wir waren entdeckt worden.

Die fünf wollten mich beschützen. Egal, was ich sagen oder tun würde, sie würden ihr Leben für mich aufs Spiel setzen.

Ich dachte mir, dass es höchste Zeit war, dass ich auch mein Leben für sie aufs Spiel setzte.

Der Himmel verdunkelte sich, als Sturmwolken aufzogen, und die Erde brodelte von der Magie, die aus mir heraussickerte, ohne dass ich es verhindern konnte. Der Wind peitschte um uns alle herum und wirbelte Staub auf, während der Dreck dem Orkan zum Opfer fiel. Blitze zuckten durch den Himmel, und ohne dass mein Körper es wollte, griffen meine Hände nach meinen Athamen, fuhren die Klingen aus und begegneten den Feuerblitzen. Die Energie strömte durch das Metall und wenn ich ein Mensch gewesen wäre, wäre ich bestimmt schon zehnmal an der elektrischen Spannung gestorben.

So aber waren meine Klingen eine Art Leitung, und ich wusste genau, wohin ich meine Kraft lenken wollte.

Zwei Blitze flogen von meinen Klingen in zwei Männer, deren blaue Tentakel der Magie sich unter der elektrischen Hitze zusammenzogen. Ich war zu sehr damit beschäftigt, die beiden Kerle anzustarren, die ich gerade brutzelte, um den anderen vier viel Aufmerksamkeit zu schenken.

Die Magie war so kalt, dass es sich anfühlte, als würden Messer auf meine Haut einstechen, während sie mir den Atem raubte, aber ich rollte mich ab, drehte mich und landete in der Hocke. Als ich mit meinen Zwillingsschwertern durch ihre Macht schlug, bluteten die scheinbar unkörperlichen Tentakel leicht. Eine heiße Hand zerrte mich auf die Füße, und ich nahm kurz den Anblick von Alistairs Dämonengestalt wahr, bevor seine Sense ein weiteres Band aus Magie durchtrennte.

Die beiden, die ich mit dem Blitz erwischt hatte, lagen als rauchende Klumpen auf dem Boden, aber die anderen vier hielten sich wacker gegen meine Begleiter. Della lieferte sich einen heftigen Schlagabtausch mit dem Soldaten, den sie fast mit ihren Fangzähnen enthauptet hatte. Teresas elektrische Feuerbälle beschäftigten einen anderen, während Aidan in einem Rauchschwall hinter ihm auftauchte, um ihm den Kopf abzuschlagen. Alistair kämpfte auf Augenhöhe mit einem monstergroßen Soldaten, dessen blaue Seile aus Magie Alistair fast von den Füßen rissen.

Der letzte kämpfte mit einem schwebenden Tier, das aussah wie der verdammt noch mal größte Fuchs, den ich je in meinem Leben gesehen hatte. Dann dämmerte es mir. Hideyo war ein Kitsune. *Wach auf, Max.*

Hideyos sieben Schwänze bewegten sich unabhängig voneinander und waren viel länger als die eines jeden anderen Tieres. Vier der Schwänze hatten sich um ein Körperteil gewickelt und hielten seine Beute still, während Hideyos Kiefer den Kopf des Soldaten umklammerten und daran zogen.

Ekelhaft.

Ich schaute gerade noch rechtzeitig weg und sah dafür, wie Della auf Aidan geschleudert wurde. Zum Glück hatte der Schattengeist dem Fae gerade den Kopf abgenommen, sodass er genug Zeit hatte, sie in der Luft aufzufangen und vorsichtig auf den Boden zu stellen. Leider war ihr Soldat in Bewegung, nachdem er etwas zu spät gemerkt hatte, dass er waffenmäßig weit unterlegen war.

Er machte sich aus dem Staub und bewegte sich so schnell, dass ich ihn fast nicht verfolgen konnte. Wenn wir ihn verlören und der Seelie-Hof von dem hier erfahren würde, wären wir ganz schön am Arsch. Müde beschwor ich noch einmal den Blitz, doch meine Anziehungskraft auf das Element war nicht so stark, wie ich es gerne gehabt hätte.

»Hör auf, my Love. Wir werden ihn aufspüren und ausschalten«, murmelte Alistair in mein Ohr und hielt mich aufrecht, während ich versuchte, den Strom zu steuern.

Doch bevor ich mehr tun konnte, als in seine wartenden Arme zu sinken, schien sich der Wächter gegen eine unsichtbare Wand zu klatschen. Er fiel in den Dreck, und dann krümmte sich sein Rücken, als hätte ein unsichtbarer Riese mit einer Schnur an seiner Brust gezogen. Er wand sich, während sich seine blasse Haut erst rot, dann blau und schließlich kränklich lila färbte. Nach Luft ringend, krallte er sich an Hals und Brust, aber er konnte einfach nicht atmen.

Keine Minute später standen wir alle geschockt da, als der Soldat erstarrte und das Leben in ihm erlosch. Als er nichts anderes als tot sein konnte, entspannte ich mich ein wenig, aber ich konnte nicht eher ruhen, bis ich wusste, woran er gestorben war.

»Mom, warst du das?«, rief ich Teresa zu und beobachtete, wie sie sich das Blut aus dem Gesicht wischte.

Sie schüttelte den Kopf, ohne ihren Blick von dem Soldaten abzuwenden.

Und das aus gutem Grund. Keine Sekunde später strömte weißer Rauch aus dem Mund des Soldaten. Er kam und kam, bis er die Form eines Mannes annahm und sich zu einem Typen verfestigte, von dem ich gehofft hatte, dass ich ihn nie wiedersehen würde.

Der. Verfluchte. Rowan. Durant.

Er würdigte uns keines Blickes, bis er mit beiden Händen nach unten griff, den Kopf des Soldaten packte und ihn einfach vom Körper riss – die Knochen der Wirbelsäule knackten und knirschten, bis er endlich losgelöst war. Das war kein sauberer Vorgang, und ich hätte am liebsten Springbrunnen mit meinem Frühstück gespielt.

»Was zur Hölle?«, murmelte Aidan und ich konnte nicht anders, als ihm zuzustimmen. Das war definitiv ein ›Was zur Hölle‹-Moment.

Rowan trug den Kopf des Fae am Zopf herum, als er zu uns schlenderte, und ich konnte mich nicht entscheiden, ob ich Angst hatte, sauer darüber sein sollte, dass er überhaupt hier war, oder dankbar für seine Hilfe sein wollte.

Er trat über die Aschehaufen der Soldaten und nickte ihnen respektvoll zu.

»Was zur Hölle?«, wiederholte Aidan, dieses Mal lauter, als ob er eine Antwort wollte. Da ich auf meinem Hintern im Dreck hockte, überließ ich ihm diesmal die Führung.

»Tut mir leid, wolltest du, dass die Seelie-Wachen zur Königin zurückkehren und ihr sagen, dass ihr hier seid? Wenn ja, hätte ich ihn wohl vorbeilassen und mir den Ärger ersparen sollen.«

Das ergab nicht einmal einen Hauch von Sinn. Rowan war ein Abgesandter der Seelie. Er gehörte zum Hof der Seelie.

»Oh, Mann. Dann muss ich es euch wohl wirklich haarklein erläutern.« Er seufzte verärgert, weil wir ihn nicht verstanden. »Ich bin ein Doppelagent, offensichtlich.«

Offensichtlich. Als ob er nicht einfach nur ein lügender Lügner wäre ... der lügte. Klaro Karo, ich vertraute ihm natürlich blind.

»Das erweckt nicht gerade Vertrauen, Rowan. Tatsächlich fällt es mir sogar etwas schwer, dir zu vertrauen – du weißt schon, wegen der ganzen

Lügensache«, knurrte Aidan und rückte weiter vor mich, um die Sylphe auf Abstand zu halten.

»Siehst du das?« Rowan hielt den Kopf des Wächters hoch. »Das ist ein Wächter der Seelie mit direktem Zugang zur Königin. Ich habe ihm den Kopf abgerissen, damit er seiner geliebten Majestät nicht verrät, dass ihr hier seid. Gern geschehen übrigens. Und warum liegst du eigentlich immer noch auf dem Boden?«

Ich verdrehte die Augen und drückte Aidan von hinten an die Beine, damit ich den Bastard sehen konnte. Aidan schlurfte zur Seite, aber er war angespannt und bereit zu kämpfen, wenn es nötig war.

»Versuch du mal, einen Glamour aufzubauen, den nicht einmal eine Fae durchschauen kann, und dann wollen wir doch mal gucken, wie gut du dich machst.« Ich steckte eine Hand in den Dreck und versuchte, mein schwankendes Gehirn zu beruhigen, aber es funktionierte nicht. Der Heilzauber meiner Mutter war nur ein Pflaster, das nicht mehr klebte.

Rowan ging in die Hocke, um mich besser sehen zu können, wobei seine kristallklaren Augen in der Sonne blau blitzten. »Warum zapfst du nicht einfach Faerie an? Oder bist du eine so bescheuerte Idiotin, dass du glaubst, du könntest so eine Kraft aufrechterhalten?«

Ein Feuerball sauste durch die Luft und explodierte in Rowans Gesicht. Überrascht fiel er auf seinen Hintern in den Dreck, hustete und röchelte, während er die Flammen auslöschte, wobei seine Haut von der Hitze nur leicht rosa wurde.

»Hör auf, so mit ihr zu reden«, knurrte meine Mutter und stellte sich mit dem Schwert in der linken Hand vor Aidan. Ihre Rechte funkelte mit einem Feuerball, der elektrisch geladen war. »Sonst wird der nächste Schlag kein Warnschuss sein. Er wird an deiner Sylphenform kleben bleiben und ich werde zusehen, wie du schreiend verreckst. Fordere mich nicht heraus, Rowan Marchand Durant. Ich werde dich ohne mit der Wimper zu zucken binden.«

Ich hatte das Gefühl, dass es von Bedeutung war, seinen vollen Namen zu nennen, besonders weil Rowan aufstand und die Magie in ihm wuchs. Die Männer um mich herum verlagerten ihr Gewicht und bereiteten sich auf einen Kampf vor, aber Teresa blieb ruhig und war entschlossen, einen Mann in Brand zu setzen, wenn es sein musste. Weiter so, Mom.

»Bis vor einer Woche hatte sie keine Ahnung, dass sie eine Fae ist. Sie weiß nichts über die Elementaren, weil es niemanden gibt, der sie unterrichten kann. Wenn du irgendwelche hilfreichen Kommentare hast, schlage ich vor, du lässt sie raus. Jetzt.«

»Eine Tarnmagie zu benutzen, die stark genug ist, um sich vor Fae zu verstecken, ist mehr Magie, als ihr Körper aushalten kann. Aber so, wie sie ein Kanal für den Blitz war, können Elementare aus allen Elementen schöpfen, um ihre Kraft wieder aufzufüllen und zu heilen. Also schöpfe aus der Erde, schöpfe aus der Luft, irgendwas, damit du nicht wie ein bemitleidenswertes Kind aussiehst, das im Dreck sitzt.«

Ich dachte kurz darüber nach und stellte eine vermutlich dumme Frage. »Werde ich sie verletzen – die Elemente? Werde ich zu viel nehmen?«

Rowans Gesichtsausdruck war so, als hätte ich ihm mit einem Bambusrohr ins Gesicht geschlagen. »Ich habe dir gerade gesagt, dass du auf ganz Faerie zurückgreifen kannst, und du machst dir Sorgen, dass du zu viel nimmst. Dass du dem Reich und damit auch den Wesen darin schaden könntest?«

»Na ja ... ja. Wenn eine Erdhexe zu viel nimmt, sterben die Pflanzen um sie herum. Wenn eine Feuerhexe das tut, wird die Luft zu kalt, um Leben zu erhalten, das Gleiche gilt für Wasser und Luft. Ich schöpfe nie aus irgendwas, nur aus mir selbst, also möchte ich wissen, was ich tue, bevor ich zu viel nehme. Das Leben um mich herum ist wichtig, Rowan.«

»Verstehe«, murmelte er, seine Stimme stockte und er räusperte sich. »Nein, du kannst nicht zu viel nehmen. Die Elemente stehen dir zur Verfügung. Schließe deine Augen, stecke deine Finger in die Erde und zieh. Die Erde will dir helfen, dich unterstützen. Atme die Luft ein, lass sie deine Lunge heilen. Spür das Feuer, das am Himmel knistert, lass es dich wärmen.«

Beunruhigt über die Wahrheit in seinen Worten, tat ich widerwillig, was er forderte. Ich grub meine Finger in die Erde und spürte, wie sich der Kies unter meinen Nägeln durchdrückte, während ich die Augen schloss. Es war, als ob die Erde auf mich gewartet hätte. Kraft strömte in mich hinein, wärmte mich und heilte mich stärker, als ich jemals in meinem Leben geheilt worden war. Schmerzen, von denen ich nicht gewusst hatte, dass ich sie hatte, ließen nach, geplatzte Blutgefäße in meiner Nase schlossen sich und der stechende Schmerz in meiner Lunge – den ich bisher ignoriert hatte – verschwand schließlich ganz. Dann atmete ich ein und ließ zu, dass die Luft mich noch weiter heilte.

Mein Herz raste, als ich von den Blitzen schöpfte, die immer noch durch die Wolken zuckten. Mein Körper fühlte sich lebendig an. Zum ersten Mal seit … seit … Ich konnte mich nicht erinnern.

War es das, was ich fühlen sollte? Sollte ich mich so gut fühlen?

Ich zwang mich, die Verbindung langsam herunterzufahren, weil ich wusste, dass es mir wehtun könnte, wenn ich sie einfach kappte. Allmählich trennte ich die Verbindung und öffnete meine Augen.

Irgendwann seit ich meine Augen geschlossen hatte, war es Nacht geworden, und ich suchte nach Alistair, nach meiner Mutter. Ich war in einem Wald, allein. Sie würden mich nicht allein lassen. Irgendetwas stimmte hier nicht.

»Sei unbesorgt, Kind. Niemand hat dich verlassen«, brummte eine Männerstimme, und ich suchte die Bäume ab. Ein riesiger Mann saß auf einem Felsen zu meiner Rechten, seine schwarzen Locken wehten über seinem Kopf, als ob er unter Wasser festsäße. In seiner Hand hielt er einen Flammenball, und wenn ich mich konzentrierte, konnte ich die Gestalt einer Frau sehen, die in der Mitte seiner Handfläche tanzte. Sie wirbelte herum, verbeugte sich und warf ihm einen Luftkuss zu, während er sie mit einem schwermütigen Zucken in den Mundwinkeln anstarrte.

Ich sollte diesen Mann kennen. Das sollte ich, aber ich tat es nicht.

»Du warst noch ein Baby, als ich dich das letzte

Mal gesehen habe. Du siehst deiner Mutter so ähnlich«, murmelte er, bevor er seine Faust um das Feuer schloss. »Ich wusste, dass, wenn du von den Elementen schöpfen würdest, ich dich finden könnte – auch wenn ich hier festsitze.«

Ich wollte ihn fragen, wer er war, aber ich wusste nicht, ob es schlecht wäre, mit ihm zu reden oder nicht. Die Regeln in Faerie waren anders und kompliziert und …

»Ich werde dir nichts antun, Massima. Du bist von meinem Blut. Du bist die Letzte.«

»Du kannst meine Gedanken hören, genau wie Lilith. Ich muss sagen, dass mir diese Fähigkeit nicht gefällt.«

Sein Gesicht verzog sich zu einem Grinsen. »Nur hier, mein Kind, und auch nur, weil wir uns in einem kleinen Teil des Geisterreichs befinden. Du hast dieses Element genutzt, um dich zu heilen – auch wenn du es nicht beabsichtigt hast. Mein Name ist Dušan, und ich bin dein Vater.«

Tränen traten mir in die Augen und ich versuchte, den Kloß in meinem Hals hinunterzuschlucken. »Sie haben gesagt, du wärst gestorben.«

Dušan nickte. »Das bin ich. Aber ich habe mir diesen kleinen Ort geschaffen, bevor ich gegangen bin, damit ich einen Platz habe, zu dem ich gehen kann. Deine Mutter hat beschlossen, bei dir zu bleiben, also warte ich hier darauf, dass sie zu mir zurückkehrt. Ihr Geist wird mich irgendwann finden. Ich muss nur geduldig sein.«

»Ist Geduld ein Familienmerkmal? Denn wenn ja, dann hat sie eine Generation übersprungen.«

Diesmal grinste er breiter. »Das ist sie nicht, aber wir tun, was wir tun müssen. Ich habe dich hergebracht, um dir eine Nachricht zu überbringen. Und um dein Gesicht zu sehen, wenn ich ganz ehrlich sein soll. Dein Bruder und deine Schwestern sind für mich unerreichbar und ich vermisse meine Kinder.«

Meine Augen fielen zu, und meine Tränen flossen. Der Verlust in seiner Stimme sprach zu mir, sprach zu meinem Kummer und Schmerz.

»Ich habe auch kürzlich jemanden verloren. Ich habe schon viele verloren, aber ...« Ich verstummte und schüttelte den Kopf. »Meine Schwester. Ich habe sie verloren.«

»Maria, ja?«

Ich nickte und meine Brust fühlte sich an, als würde sie in sich zusammenfallen. Ihr Name brannte. »Sie wurde in die Naht gezogen. Ich kann sie nicht zurückholen.«

Dušan stand von dem Felsbrocken auf und setzte sich vor mich in den Schmutz. Sein Gesicht war freundlich, mit Augen wie meinen und demselben zu breiten Mund. »Nein, das kannst du nicht. Aber dort, wo sie ist, spürt sie keinen Schmerz. Sie spürt keine Trauer oder Angst. Sie ist … weg. Es gibt kein Zurück mehr. Sie ruht.«

Ich konnte nicht erklären, warum, aber das machte es fast noch schmerzhafter. Ich würde sie nie wiedersehen. Nie mehr ihr Lächeln erleben, nie mehr ihre Stimme hören. Warum hatte ich nicht mehr Fotos gemacht? Warum hatte ich ihre Stimme nicht aufgenommen, damit ich sie immer bei mir hatte?

Weil ich dachte, ich hätte mehr Zeit. Ich dachte, ich hätte für immer.

Warme Arme umschlossen mich, bevor Dušan meinen Kopf an seine Brust legte. Er roch nach Hickory-Rauch, Leder und Magie, und ich spürte die Umarmung tief in meiner Seele, dort, wo sie zerfetzt und zerrissen war. Ich brauchte eine Sekunde, bis ich merkte, dass ich weinte – laut. Es war das Klagen eines Schmerzes, der so tief saß und den ich einfach rauslassen wollte. Es waren Tränen, die man niemals hätte stoppen können.

Und Dušan versuchte es auch gar nicht.

Er umarmte mich so lange, bis sie von selbst versiegten.

Er küsste mich auf die Stirn und ließ mich los.

Die Erleichterung in seinem Gesicht war so groß, dass ich nicht hätte ahnen können, dass er Schmerzen hatte. Aber warum sollte er keine haben? Er saß hier allein fest und wartete darauf, dass seine Familie zu ihm zurückkehrte.

»Danke, dass du mir das gegeben hast, Massima. Ich habe mich schon sehr lange nicht mehr wie ein Vater gefühlt.«

Mein Herz brach für ihn, aber ich schenkte ihm trotzdem ein Lächeln. Das war das Beste, was ich tun konnte. Dann setzte sich mein Gehirn mit dem ›Danke‹ auseinander.

»Ich stehe in deiner Schuld, mein Kind. Deine Tränen waren ein Geschenk, das ich unbedingt zurückzahlen will. Ich werde damit beginnen, dir die Nachricht zu überbringen, wegen der ich dich aufgesucht habe«, murmelte er und die Warnung in seiner Stimme war deutlich zu hören. »Sie weiß, dass du hier bist. Verena wird dich holen kommen.«

13

»Du bist nicht sicher, wo du bist. Du musst zurück zu deiner Familie, zu deinem Schutz.«

Aber warum? Warum ist sie hinter mir her? Was ist so besonders an mir?

Okay, ich wusste, dass ich angeblich in der Lage war, eine Tür zu öffnen, aber ich hatte gedacht, diese Tür wäre in der Hölle.

»Es gibt viele Türen, Massima, aber das ist nicht der Grund, warum sie dich will. Sie wird sagen, dass du die Alten befreien kannst, und das stimmt auch, aber sie will dich tot sehen, weil du auf dem Thron sitzen solltest. Nicht sie.«

Verfluchte Politik. Sie war in jedem Reich gleich – völliger Schwachsinn.

»Kann ich ihr nicht einfach sagen, dass ich ihn

nicht will? Denn nichts gegen dich und dein Reich, aber ich will nicht. Ich habe ein Zuhause, ein Leben und einen Job. Ich habe eine Familie, die ich mir Stück für Stück aufgebaut habe. Ich will nicht ...« Ich stockte und konnte ihm nicht sagen, warum genau ich nicht hier sein wollte.

Dušan seufzte und rieb sich mit der Handfläche die Stirn. »Sie wird dir nicht glauben.«

»Ich dachte, Fae können nicht lügen.«

»Können wir auch nicht. Das heißt aber nicht, dass wir nicht um die Lüge herumreden können, um sie in eine Wahrheit zu verpacken. Sie hat ihre Schwester kaltblütig ermordet. Sie hat jeden einzelnen Elementaren abgeschlachtet und alle Fae, die sich ihr widersetzt haben. Sie lässt immer noch zu, dass ihre Männer mit Halbblütern und allen, die sie für unwürdig hält, machen, was sie wollen. Verena vergiftet Faerie, und sie wird jedes Mittel nutzen, um dort zu bleiben, wo sie ist.«

Ich seufzte. Der Frieden, den ich eben noch verspürt hatte, war längst dahin. »Du willst, dass ich sie töte. Dass ich ihren Platz einnehme oder –«

Dušan schüttelte den Kopf. »Nein. Ich will, dass du am Leben bleibst. Wenn du es nicht tust, wird jemand anderes dieses Reich retten. Es liegt nicht an dir, und ich würde das auch nie von dir verlangen.

Du hast etwas Besseres verdient, als diesen Krieg zu erben.«

Mir kamen wieder die Tränen, aber ich tat mein Bestes, um sie zurückzuhalten. Mein ganzes Leben lang war ich ein Werkzeug gewesen – etwas, das man ausnutzen konnte, etwas, das man gewinnen konnte. Dieser Mann hatte allen Grund, sich zu wünschen, dass ich seine Rivalin tötete, und alles, was er wollte, war, mich in Sicherheit zu wissen. Er erinnerte mich an jemanden.

»Dein Alistair? Ja, in dieser Hinsicht sind wir uns sehr ähnlich. Er will nur, dass du sicher und glücklich bist. Was Ehemänner angeht, hast du dir einen guten rausgesucht. Geh zu ihm zurück. Finde deinen Schützling und verschwinde aus Faerie. Dies ist nicht dein Krieg. Ich werde dich nicht bitten, ihn zu führen.«

Dušan schenkte mir ein sanftes Lächeln, schnippte mit den Fingern, und …

Meine Lider blitzten auf, und ich starrte in blaue Augen, die ich so gut kannte. Alistair streichelte meine Wangen, seine Sorgen waren in jeden seiner Gesichtszüge eingebrannt.

»*Heilige Schicksale*, my Love, mach so was nicht mit mir«, zischte er und zog mich in seine Arme. »Du hast nicht geatmet. Heilige Schicksale, du hast einfach nicht mehr geatmet.«

Aidan lachte leise. »Ah, das war also das erste Mal, dass du das gesehen hast. Warte nur, bis sie tatsächlich vor deiner Nase stirbt. Das macht super viel Spaß und ist überhaupt nicht beängstigend.«

»Das ist ein einziges Mal passiert«, brummte ich und sank in Alistairs Arme.

»Zweimal. Du hast die Sache mit Micah vergessen«, rief mir Aidan ins Gedächtnis und ich erschauderte, als ich mich daran erinnerte, wie der Bastard mich beide Male fast getötet hätte.

»Oh, *stimmt*. Geht es Torren gut?«, fragte ich, um das Thema zu wechseln.

Alistair schnaubte. »Nein, my Love. Teresa versucht zu helfen, aber es scheint nicht zu klappen.«

Besorgt ging mir Dušans Warnung durch den Kopf, dass wir nicht hierbleiben konnten. Torren musste aufstehen und wir mussten los. Er musste uns dorthin führen, wo wir hinwollten.

»Lass mich mal versuchen«, flüsterte ich Alistair ins Ohr, und er ließ mich widerwillig los. Ich merkte, dass er Nein sagen wollte, es aber nur aus Prinzip nicht tat. Kluger Mann.

Ich stand auf und bemerkte, dass meine Gelenke nicht mehr knarrten und ich in keinem Teil meines

Körpers irgendwelche Schmerzen hatte. Ich fragte mich, wie schlecht es mir eigentlich ergangen war, als ich vier Jahrhunderte lang von nichts oder von mir selbst geschöpft hatte. Da ich zum ersten Mal seit Langem wieder tief durchatmen konnte, war es wohl ziemlich schlimm gewesen.

Alistair stoppte mich, seine Hand lag auf meinem Ellbogen, als er mich zu sich zurückzog. »Du siehst anders aus. Du … du leuchtest. Mehr als vorher. Hat Faerie dich so intensiv geheilt?«

Ich sah ihn mit großen Augen an und senkte meine Stimme zu kaum mehr als einem Flüstern. »Du hast ja keine Ahnung. Lass mich sehen, was ich tun kann, um zu helfen, und dann müssen wir weiter. Verena weiß, dass ich hier bin.«

Alistairs Blick wanderte zu Rowan und dann wieder zu mir, und die unausgesprochene Frage blieb zwischen uns stehen. *Hat Rowan es ihr gesagt?*

Ich zuckte mit den Schultern und machte mich auf den Weg zu Della und Teresa, die sich mit aller Kraft um Torren kümmerten. Ich stoppte ihre Hände, schob sie weg und ersetzte sie durch meine eigenen. Mit der einen drückte ich auf die Haut über seinem Herzen und mit der anderen auf seinen Kopf, und ich zwang ihm etwas von meiner Kraft auf.

Informationen strömten in mein Gehirn und

schlugen wie ein Blitz ein. Torren war als Kind von den Seelie verprügelt worden, weil er Fangzähne hatte, die er nicht zurückziehen konnte. Er wurde verspottet, weil er nicht wie sein Vater die Kraft besaß, die Erde zu bewegen. Ich sah immer mehr Bilder. Er war langsamer als die anderen Elfen, wurde gehänselt, verletzt, jemand griff ihn an, riss ihm die Kehle auf und zerfetzte sie. Angst, so viel Angst. Irgendjemand – er hatte nicht sehen können, wer – verletzte ihn auf eine Art und Weise, die niemals jemandem angetan werden sollte. *Keiner wird dir glauben. Keiner wird dir glauben. Keiner wird dir glauben.*

Die Enttäuschung seines Vaters. Das Verlassenwerden durch seine Mutter. Die Angst seiner Schwester vor seiner Wut.

Schmerz, Schmerz, Schmerz.

Ich zwang mich, aus seinen Gedanken zu treten, und nutzte den Boden unter meinen Füßen, um die Wunden an seinem Körper zu schließen. Einige von ihnen waren frisch von den Seelie. Und einige waren alt – solche, die nie richtig verheilt waren, nachdem …

Ich dachte keine Sekunde darüber nach und schöpfte aus dem Geistelement, von dem ich ein wenig in ihn hineinzwang, weil ich versuchen wollte, seine Seele zu heilen. Ich handelte aus Instinkt und Hoffnung heraus.

Hoffnung, dass dieses kleine bisschen helfen würde.

Torrens Augen öffneten sich langsam, seine Schultern fielen in eine träge Haltung, sein Kiefer entspannte sich. Er war wunderschön – die Spuren seiner Vergangenheit waren für einen Moment nicht auf seine Züge geschrieben. Dann sah er meinen Gesichtsausdruck, und irgendwie wusste er, was ich erkannt hatte.

Ich nahm den Moment wahr, in dem sich sein Gesicht verzog, und zwang ihm ein wenig mehr Geist auf.

Damit es niemand hören konnte, brachte ich meinen Mund an sein Ohr. »Ich werde ihn finden. Das verspreche ich dir. Ich habe seine Stimme, seinen Faden. Er wird nie wieder jemandem etwas antun.«

Ich wollte es Della sagen, aber ich wusste, dass ich es nicht konnte. Diesen Schmerz, diese Brutalität, dieses Stehlen ... Das alles war nicht mir zugestoßen, daher war es auch nicht mein Recht, es zu erzählen. Und es war ein Geheimnis, das ich bewahren würde, bis ich es nicht mehr konnte. Vorzugsweise, nachdem derjenige, der Torren wehgetan hatte, ein qualmender Haufen Asche geworden war.

Ich wich zurück und zog Torren mit mir hoch. »Ich halte meine Versprechen.«

Seine kristallinen Augen leuchteten mit einer Emotion, die ich nicht benennen konnte. »Ich glaube dir.«

Kein Wunder. Kein Wunder, dass er wütend auf das Empyreum war. Kein Wunder, dass er nichts mit Vampiren zu tun haben wollte. Wenn mir einer so etwas angetan hätte, wäre ich wahrscheinlich genauso wie er – wütend auf eine ganze Spezies wegen der Taten eines Einzelnen.

»Gut. Bring uns zu den Zwergenhöhlen. Wir können nicht hierbleiben.«

Ich wollte noch mehr sagen, aber ich tat es nicht. Ich konnte nicht genau erklären, warum ich ihnen nicht von Dušan in dem kleinen Nest, das er für sich selbst geschaffen hatte, erzählen wollte.

Vielleicht, weil ich mir nicht sicher war, ob es real war. Vielleicht, weil ich dieses kleine Stück von ihm für mich haben wollte. Vielleicht, weil ich nicht wollte, dass mir jemand sagte, dass er sich irrte oder log oder …

Ich musste darüber hinwegkommen. Ich vertraute diesen Leuten – oder zumindest den *meisten* von ihnen. Ich fragte mich, warum ich Rowan immer noch nicht vertraute. Er hatte mir die

Informationen gegeben, die ich brauchte, um mich zu heilen. Aber nach Striker war mein Vertrauensschalter so was von kaputt.

Torren dicht auf den Fersen, hielten wir nach weiteren Seelie-Wächtern Ausschau. Rowan überholte unsere kleine Gruppe und deutete uns, ihm zu folgen. Es wirkte nicht wie eine Falle, und gleichzeitig wirkte es eben doch so. Als wir den Höhleneingang betraten, spürte ich eine Welle von Magie auf meiner Haut.

Sofort war ich in höchster Alarmbereitschaft, die drei Sekunden später endete, als ich die Wände der Höhle wahrnahm. Kristalle in allen Farben ragten aus den Wänden, deren Magie pulsierte und unseren Weg beleuchtete. Eine leise Stimme in meinem Kopf sagte mir, ich solle sie nicht berühren – nicht, weil sie mir wehtun würden, sondern weil sie mir nicht gehörten.

Demjenigen, der sie ungefragt an sich nahm, würden schlimme Dinge passieren.

»Fasst die Kristalle nicht an«, sagten Rowan und ich gleichzeitig, und er richtete seinen Blick blitzschnell wieder auf mich.

Ich konnte nur mit den Schultern zucken. Es war wie mit dem Wald und den Blitzen. Ich hatte keine Ahnung, woher ich wusste, was ich wusste. Was ich aber wusste, war, dass derjenige, der mich leitete, nur mein Bestes im Sinn hatte. Ein Teil von mir fragte sich, ob es Dušan war, der mir ins Ohr flüsterte und unsere Geister über Raum und Zeit hinweg miteinander verband. Oder vielleicht war es das Wissen, das Zeta bei ihrem Tod an Teresa weitergegeben hatte und das auf mich übergesprungen war.

Es war durchaus möglich, dass beides zutraf, und dieser Gedanke stärkte meine Lebensgeister ein wenig.

Die Höhlen schienen kein Ende zu nehmen, die Tunnel schlängelten sich um Stalaktiten, die aus dem klarsten Kristall zu bestehen schienen, und Stalagmiten aus einem lebendigen, atmenden Metall. Sie waren nahezu geschmolzen, aber es ging keine Hitze von ihnen aus.

Alistair und ich rückten näher an Rowan heran. Ich wollte da sein, falls er auf uns losgehen würde. Ich war jetzt stärker – dank ihm –, aber mein Vertrauen in ihn hatte Grenzen.

Rowan schien zu spüren, dass ich hinter ihm ging, denn er begann zu reden, als ob wir ein Gespräch fortsetzen würden. »Die Seelie suchen diese Höhlen schon seit Jahren ab, um uns zu finden, aber sie schaffen es nie.« Er lachte düster, als er über ein paar Fae-Knochen hüpfte, die an der Höhlenwand lehnten – ein Brustpanzer kennzeichnete sie als die Überreste eines Wächters der Seelie.

Ich wollte die Knochen inspizieren, um zu sehen, was die Fae getötet hatte, aber Rowan war nicht zu bremsen.

»Seelie-Magie funktioniert in diesen Wänden nicht. Die Kristalle halten die Verdorbenheit fern. Die Widerstandsbewegung mag überall Zentren haben, aber hier machen wir den größten Teil unserer Arbeit. Wir helfen denen, die es brauchen, versuchen, den Schaden zu reparieren, den die Königin angerichtet hat, und heilen die Verwundeten.« Rowans Schritte stockten für eine Sekunde, als wir an eine Weggabelung kamen. Er schien nach etwas zu suchen, bevor er den dritten Tunnel von links wählte.

»Ich dachte, die Seelie wären die Guten. So steht es doch in allen Erzählungen«, überlegte ich laut, während sich meine Fragen in meinem Kopf zu schnell vervielfachten, um sie zu speichern.

»Die Geschichte der Vergangenheit wird von den Siegern geschrieben, Max. Das ist in Faerie genauso zutreffend wie auf der Erde.«

Rowan kam schlurfend wieder zum Stehen, drehte sich um neunzig Grad nach rechts und klopfte dreimal an die Höhlenwand, hielt inne, klopfte zweimal, hielt inne und klopfte dann noch fünfmal. Die

Höhlenwand wellte sich und die Felsen rutschten wie Blöcke beiseite, um ein menschengroßes Loch in der ehemals festen Wand zu bilden.

War alles in Faerie so verflucht gruselig oder kam das nur mir so vor?

Ohne ein weiteres Wort marschierte Rowan durch den neu geschaffenen Eingang, und ich folgte ihm wider besseren Wissens. Diese neue Höhle war dunkel, und obwohl ich in den Tunneln keine Probleme gehabt hatte, etwas zu sehen, war es jetzt stockfinster.

Da ich mich nicht dazu durchringen konnte, darauf zu warten, dass Rowan ein verdammtes Licht einschaltete, schnippte ich mit den Fingern. Das Ziel war es, Licht in meiner Hand zu erzeugen. Stattdessen schaffte ich es, jede Fackel anzuzünden, jede Kerze zu entfachen und jeden einzelnen nicht beleuchteten Kristall in der unmittelbaren Umgebung zum Leuchten zu bringen.

Das wäre echt ein super cooler Trick gewesen, wenn wir nicht komplett umzingelt gewesen wären.

14

DIE HELL ERLEUCHTETE HÖHLE WAR VOLL VON Fae aller Art, aber Zwerge machten einen großen Teil der Gruppe aus.

Die Sagen der Fae waren mir nicht fremd. Ich war von ihren Geschichten fasziniert, seit ich meine allererste gehört hatte. Empyriale – selbst die, von denen ich noch nichts gehört hatte – waren leicht zu entschlüsseln. Aber Fae? Es gab immer irgendeinen verworrenen Grund dafür, jemanden zu häuten, ein Kind zu stehlen oder an Knochen zu nagen. Und es gab so viele Arten und so viele Varianten. Und von den Fantasy-Büchern wollte ich gar nicht erst anfangen.

Aber nichts davon hatte Zwerge richtig dargestellt.

Ja, sie waren klein – der Größte von ihnen erreichte gerade mal meine Brusthöhe. Ja, sie waren stämmig – ihre dicken Beine und starken Arme schienen geeignet, um Felsen zu schleppen oder Edelsteine abzubauen. Aber sie hatten keine buschigen Bärte oder heiteren Gesichter. Nein, diese Zwerge waren kampfbereit und von Kopf bis Fuß gepanzert. Doch sie trugen weder Äxte noch Schwerter. Jeder von ihnen hatte einen Kriegshammer in der Hand, den doppelseitigen Schläger, mit dem sie je nach Stimmung Steine oder Schädel zertrümmern konnten.

Und die Stimmung hier drin war drei Stufen über feindselig.

Wir waren nicht willkommen. Botschaft angekommen.

Mein erster Instinkt war, aus der Erde zu schöpfen, um zu sehen, ob ich ihnen die Waffen wegnehmen konnte. Aber ich wusste, wenn ich das täte, würden sie mir niemals vertrauen.

Nein, ich konnte sie nicht mit Gewalt für mich gewinnen.

Das Beste, was ich tun konnte, war, zu versuchen, sie umzustimmen. Das war nicht meine stärkste Fähigkeit, aber es war das Einzige, was ich hatte.

Ich drängte mich an Rowan vorbei und ignorierte die geflüsterten Drohungen von Aidan, meiner Mutter und Alistair, ging auf die Schar zu, hob meine Hände und setzte mich auf den Boden in der Mitte des Raumes.

»Ich heiße Max. Wir wollen euch und den Euren nichts Böses.« Als ich mich im Raum umsah, entdeckte ich jede Menge aufgeplatzte Lippen und blaue Augen, ein paar gebrochene Arme und andere Verletzungen. »Was ist hier passiert? Geht es eurem Volk gut?«

Der Zwerg, der mir am nächsten stand, schien verwirrt zu sein, da er mit dieser Frage überhaupt nicht gerechnet hatte. Sein Auge war zugeschwollen, seine Nase war blutig und verstümmelt. Sein linker Arm sah auch nicht ganz richtig aus, als wäre er nicht ordnungsgemäß befestigt. Er verlagerte sein Gewicht, bevor er den Hammer an seine Seite sinken ließ, wobei sein guter Arm die schwere Waffe gerade noch so halten konnte. Mit einem fast schon penetranten schottischen Akzent fragte er: »Du sorgst dich um meine Leute?«

Ich bedeckte meinen Mund mit einer Hand, weil ich befürchtete, einen Fehler gemacht zu haben. In den Überlieferungen der Fae stand nirgends, dass

Mitgefühl etwas Schlechtes wäre. »Wird das hier nicht gemacht? Ich wollte euch nicht beleidigen.«

Ein paar weitere Krieger ließen ihre Waffen sinken und beäugten mich misstrauisch.

»Ich heiße Aramal, und du hast uns nicht beleidigt. Vor einer Nacht oder so kam eine Lass hier durchgestürmt. Sie hatte ein Baby bei sich. Sie wollte vorbei, aber in ihr floss Dämonenblut, und Faerie ist ein gefährlicher Ort für Leute dieser Art. Als wir sie nicht durchlassen wollten, hat sie uns mit einem Zauber belegt. Er brachte uns dazu, unsere eigenen Leute zu bekämpfen.«

Okay, er war definitiv Schotte, wer sonst benutzt bitte das Wort Lass? Warum nicht einfach Mädchen? *Konzentrier dich, Max, das ist doch jetzt echt unwichtig.* Denn nichts von dem, was er sagte, war eine gute Nachricht. Wirklich gar nichts. Warum, zum Teufel, war Melody überhaupt in Faerie? Sie hatte gesagt, sie wolle nach Hause gehen, aber Faerie war absolut nicht ihr Zuhause. Ihr Zuhause war ein Ort des Massakers in irgendeinem Kleinkleckersdorf von Indiana.

»Wir suchen nach dieser Frau. Sie heißt Melody und sie ...« Wie sollte ich diesen Leuten eine zerrissene Seele erklären – dass sie zerrissen und auf eine Art und Weise wieder zusammengesetzt worden war, die es unmöglich machte, dass sie überhaupt bei klarem Verstand war. »Sie ist gebrochen. Ihre Seele, meine ich. Ich bin mir nicht sicher, ob sie weiß, was sie tut.«

Aramal schnaubte, und sein zweifelnder Gesichtsausdruck verriet mir, dass er mir absolut nicht glaubte.

»Sie wurde aus dem Himmel geklaut und falsch wieder zusammengesetzt. Ich weiß nicht einmal, ob sie in ihrem richtigen Körper ist oder ...« Ich schüttelte den Kopf und versuchte, die richtigen Worte zu finden, damit er verstand, wie kaputt sie war.

»Jemand hat sie aus dem Himmel gestohlen? Wer würde so was tun?«

»Ein verdammter Vollidiot«, knurrte Alistair und seine Füße schlurften hinter mich. »Hör zu, ich weiß, dass meine Sippenangehörige euch verletzt hat, aber sie ist nicht bei klarem Verstand. Wir suchen nach ihr und möchten sie nach Hause bringen. Würdet ihr bitte eure Waffen senken? Wir sind nicht hier, um Schwierigkeiten zu machen.«

Aramal hob seine Faust, und die Zwerge und Fae senkten geschlossen ihre Waffen.

Ich dachte an das Einzige, was ich tun konnte, um mich bei diesen Leuten sympathisch zu machen, und fragte: »Gibt es Schwerverwundete? Ich kann helfen, wenn ihr mich lasst.«

Aramal schien nicht überzeugt zu sein, also hielt ich ihm die Hand hin. Zögernd legte er seine rauen Finger um meine. Behutsam zapfte ich das Erdelement an und leitete es in seinen Körper. Fast augenblicklich wich sein geschwollenes Auge zurück, seine Nase knackte, als sie sich wieder einrenkte, und seine Schulter sprang wieder in ihre Gelenkpfanne zurück. Der Zwerg richtete sich auf und holte tief Luft – ich glaubte, es war der erste richtige Atemzug, den er seit einer Weile genommen hatte. Die Jahre flogen förmlich aus seinem Gesicht und die tiefen Furchen des Schmerzes verschwanden.

»Elementar«, flüsterte er und seine Augen leuchteten. »Ich habe die Erde schon lange nicht mehr so gespürt. Bitte hilf meinem Volk, und wir werden uns in gleicher Weise revanchieren.«

Seine Gefühle zerrten an mir. Warum konnte er die Erde nicht spüren, wenn er doch im Zentrum derselben stand? »Natürlich. Bring mich zu den Schlimmsten, und ich werde mein Bestes tun.«

Wir bewegten uns durch die Masse der Leute zu einer Nische, wo die wirklich Verletzten waren. Ich hatte ja keine Ahnung gehabt, aber diese Schar von Kriegern schützte ihre Verwundeten. Und es gab *eine*

Menge Verwundete hier. Einigen fehlten Gliedmaßen, andere hatten gespaltene Schädel. Ich hatte keine Ahnung, ob diese Fae wie ich waren – ob sie sich mit der Zeit regenerieren konnten. Angesichts des Gestanks von Angst, der die Luft verpestete, musste ich darauf wetten, dass dies nicht der Fall war.

»Alistair? Du kommst mit mir. Aidan? Della? Helft mir bei der Aufteilung der Leute«, befahl ich wie eine Generalin, die ich so was von gar nicht war. »Alle anderen, sorgt dafür, dass sie sauberes Wasser zu trinken haben und dass die Toten vorbereitet werden.«

Ich hielt Alistairs Hand, während Aramal mich zu der am schlimmsten Betroffenen führte. Die Frau atmete kaum noch, ihre Haut war bleich, und sie hielt sich einen schmutzigen Lappen an den Bauch. Sie war septisch, und das wusste ich, weil ich jahrelang beobachtet hatte, wie Menschen einander umbrachten. Alistair war da, um mich zu beschützen, aber er war auch nur da, damit ich seine Hand halten konnte, während ich mich mit so viel Schmerz umgab. Ich konnte spüren, wie er bis in meine Zehen sickerte, so gewaltig war er.

»Das ist neu für mich, also werde ich tun, was ich kann. Das verstehst du doch, oder?«

Aramals frisch gerichtetes Gesicht schenkte mir

eine Art trauriges Lächeln. »Wir können immer nur das tun, was möglich ist, meine Königin. Wenn du meinem Volk helfen kannst, werden wir dir bis zum Ende folgen.«

Das war schon die zweite Person, die mich innerhalb der letzten vierundzwanzig Stunden Königin genannt hatte. Ich wusste nicht, ob mir das gefiel oder nicht, aber ich hatte Wichtigeres zu tun, und diese Frau würde es nicht mehr lange machen.

Ich legte eine Hand an die Höhlenwand und schöpfte Kraft aus der Erde, um sie mit meiner Fingerspitze an ihrer Stirn in die Frau zu leiten. Blitzschnell öffnete sie ihre Augen, ihre Wangen wurden wieder rosa und ihre Wunde versiegte.

Wie eine Peitsche flog das Element durch mich hindurch, und ich erkannte die Antwort für so viele Verwundete.

»Berührt alle den Boden, eine Wand oder etwas anderes mit eurer nackten Haut. Mit eurem Fuß, eurer Hand. Egal, womit.«

Diejenigen, die sich bewegen konnten, taten es. Diejenigen, die sich nicht bewegen konnten, brachten wir weg, bevor ich mich in die Mitte setzte. Ich vergrub meine Hände in der Erde, die Steine waren zerklüftet und scharf, und der Sand dazwischen war so glatt wie Butter. Luft pulsierte durch den Raum,

Feuer erblühte aus den Kristallen und Wasser tropfte von den Stalagtiten. Ich saugte alle Elemente in mich hinein und ließ meinen Körper davon kosten, bevor ich sie zu den Verwundeten beförderte.

Zuerst wollten sie nicht gehen, wie rostige Zahnräder hatten sie vergessen, wie man sich drehte. Aber ich schob und drückte und manövrierte die Elemente, damit sie taten, was ich wollte. Ich gab sie Faerie zurück.

Irgendetwas sagte mir, dass diese Leute schon lange keine Luft mehr geatmet, kein Feuer im Blut, keine Erde unter den Nägeln und kein Wasser in den Adern gehabt hatten. Sie waren leer, und sie mussten unbedingt aufgefüllt werden.

»Max?«, rief Alistair. Er klang so weit entfernt, als wäre er nicht hier. »Du tust dir selbst weh, my Love. Du musst aufhören.«

In dem Moment spürte ich, wie das Blut an meinem Kinn hinunterlief. Ich machte es falsch. Ich sollte nach innen ziehen, während ich es zurückgab. Es sollte ein Kreislauf sein. Ein Geben und ein Nehmen.

Ich konnte förmlich spüren, wie Rowan mit den Augen rollte.

»Ich bring das wieder in Ordnung. Lass es mich einfach machen.« Meine Stimme war kaum verständlich, und ich hatte keine Ahnung, ob er mich überhaupt hörte, aber ich wechselte den Kanal und nahm die einzelnen Elemente in mich auf, damit ich diese Leute heilen konnte.

Die Kraft brannte geradezu, als sie durch mich hindurchfloss. Die geschmolzene Hitze des Kerns von Faerie, die Energie, die mich durchströmte, als ich sie an die Leute zurückgab, die sich in einer so katastrophalen Lage befanden, dass sie es unmöglich selbst tun konnten.

Als ich sie nicht mehr halten konnte, durchtrennte ich im Geiste die Fäden, die mich mit den Verwundeten verbanden, und entließ einen nach dem anderen aus dem Kreislauf, bis nur noch ich übrig war. Die geplatzten Blutgefäße in meiner Nase und meinen Ohren schlossen sich, der Schaden, den ich versehentlich an meinen Organen angerichtet hatte, heilte und ich atmete kontrolliert ein.

Als ich meine Augen öffnete, begegnete ich direkt Alistairs Blick. Besorgnis und so etwas wie Stolz zeichneten sich auf seinem gesamten Gesicht ab.

»Am Anfang habe ich es falsch gemacht. Ich habe es korrigiert. Ich wollte dich nicht erschrecken«, flüsterte ich, damit es niemand hören konnte, während ich versuchte, seine Sorge zu lindern.

Ich wollte nicht, dass er mir sagte, ich sollte

aufhören. Ich wollte nicht, dass er mir sagte, dass ich nicht helfen konnte, wenn ich es doch konnte. Nicht, dass ich auf ihn hören würde, aber es würde wehtun, wenn er so sein würde wie der Rest von ihnen.

Alistair sprach kein einziges Wort. Stattdessen nahm er meine Wangen in seine Hände und küsste mir die Seele aus dem Leib. Ich konnte spüren, wie das Feuer in ihm nach mir rief. Ich hatte das Element, das in ihm lebte, noch nie auf diese Weise gespürt, und etwas in mir wollte sich darin aalen, wollte sich darin wälzen, wollte es aufsaugen und sich für immer davon erfüllen lassen. Ich wollte ihn, ihn allein, in jeder Hinsicht.

So fühlt sich Liebe an. Du liebst ihn.

Dieser Gedanke schoss mir durch den Kopf, nicht abfällig oder unfreundlich. Es war eine sanfte Botschaft an die völlig Unwissenden, eine leise Erinnerung daran, dass es das war, was mir bisher gefehlt hatte.

Ich verstärkte den Kuss in der Hoffnung, dass er alles spürte, was ich war, in der Hoffnung, dass ich nicht allein war. Ich glaubte nicht, dass ich das war. Wie immer hatte ich einfach nur viel zu lange auf dem Schlauch gestanden. Als der Kuss endete, zog Alistair sich von mir zurück und fixierte mich mit seinem Blick, in dem das Feuer seines Dämons lag.

»Ich bin so verflucht stolz auf dich, my Love. Ich kann nicht ...« Alistair unterbrach sich selbst, Unglauben und Ehrfurcht beherrschten sein ganzes Wesen. »Ich kann mich glücklich schätzen, dich als meine Frau zu haben.«

Der Stolz, den er empfand, war wie eine warme Decke, und ich fühlte mich behaglich und sicher und so erfüllt, dass ich keinen besseren Zeitpunkt abwarten konnte – einen Zeitpunkt, an dem wir nicht von so vielen fremden Leuten umgeben wären.

»Ich liebe dich.«

Diese drei Worte rutschten mir zum allerersten Mal über die Lippen. Ich hatte noch nie einem Mann gesagt, dass ich ihn liebte – nicht auf die Art und Weise, wie ich es in diesem Moment empfand –, und für den Bruchteil einer Sekunde fühlte ich mich verletzlicher als je zuvor in meinem ganzen Leben.

Aber er ließ mich nicht hängen. Nein, Alistair war die Art von Mann, die mich nie hängen lassen würde.

»Ich liebe dich auch, Max. Bis ans Ende der Welt und weit darüber hinaus. Weiter als bis zum Himmel oder zur Hölle oder zu irgendeiner der Welten dazwischen.«

Das war's. Das war genau das, was ich fühlte, und ich konnte sehen, dass er es ernst meinte, denn sein kindliches Grinsen ähnelte höchstwahrscheinlich meinem breiten, strahlenden Lächeln. In diesem Grinsen konnte ich ein ganzes Leben sehen – verdammt, hunderte von Leben. Unheil und Chaos, Lachen und Sorgen. Ich konnte alles sehen, als ob ich einen kleinen Blick in unsere Zukunft werfen würde.

Alistair strich mir mit dem Daumen über die Wange und fing eine Träne auf, die mir aus dem Auge rann. Ich wusste nicht, warum ich weinte. Ich war so glücklich wie noch nie in meinem Leben. Mitten in Faerie, auf der Suche nach einem halb durchgeknallten Sukkubus und auf der Flucht vor einer wahnsinnigen Königin.

Nur ich konnte dem Mann, an den ich gebunden war, inmitten all dieses Chaos zum ersten Mal sagen, dass ich ihn liebte.

»Ich weiß, dass ihr einen besonderen Moment habt, aber ich glaube nicht, dass die Zwerge noch lange warten werden, um mit dir zu reden, Max«, sagte Della und ließ unsere kleine Liebesblase platzen.

Zum ersten Mal, seit ich die Augen geöffnet hatte, dröhnten die Geräusche um uns herum in meine Ohren. Aufgeregtes Freudengeflüster schwirrte durch die Höhle, und so ungern ich auch wollte, ließ ich mich von Alistair auf die Beine ziehen.

Aramal nutzte die Gelegenheit, um auf mich zuzukommen. »Ich habe die Erde seit Jahrhunderten nicht mehr so gespürt, Kind. Nicht seit ...« Er verstummte, als ihm etwas dämmerte. »Du bist nicht nur eine Königin, oder? Du bist die Tochter von Dušan.«

Ich wusste, dass Dušan ein König gewesen war – der letzte wahre König von Faerie –, aber so, wie Aramal es ausdrückte, war er mehr als das gewesen ... oder? Ich verstand es nicht, und für einen Moment hatte ich Angst.

Alistair spürte das, denn in Nullkommanichts war ich hinter ihm und umringt von Della, Aidan, Hideyo und meiner Mutter.

»Ich will nicht respektlos sein, Majes–«

Alistair unterbrach ihn: »Sie mag das nicht. Sie heißt Max. Einfach nur Max.«

»Richtig. Ich wollte nicht respektlos sein. Es hieß, Dušan sei ein verborgener Gott. Einer der ersten alten Götter. Er schuf diese Welt aus dem Nichts, formte sie, gestaltete sie, gab ihr Leben. Aus ihm sind alle Fae hervorgegangen.«

Das hörte sich nach einer coolen Geschichte an, aber Dušan war tot ... und lebte ein Halbdasein in einer Taschenwelt, die er für sich selbst geschaffen hatte.

Aramal sah, dass ich völlig ungläubig war, und trieb seine Legende bis zum Äußersten weiter.

»Hast du jemals von dem Gott namens Chaos gehört?«

Ich war die Tochter des Chaos? Ja, das klang irgendwie richtig.

15

»Willst du mir sagen, dass ich eine Halbgöttin bin?«

Aramal blinzelte mich an. »Nun, ja. Weißt du nicht, wer dein Vater ist, Lass?«

Nach der griechischen Mythologie war der Gott Chaos die Leere, aus der die Urgötter entsprungen waren. Chaos sollte der Anfang von allem sein. Wenn das, was Aramal sagte, stimmte, dann war Dušan viel mehr, als die Erzählungen vermuten ließen.

»Wenn er ein Gott war – nicht nur ein Gott, sondern einer der ersten Götter –, warum ist er dann tot? Wie konnte Verena einen Unsterblichen töten?«

Dušan hatte es selbst gesagt. Er war tot. Aber warum hatte er mir nicht gesagt, was er war?

Aramal seufzte, und der Schmerz traf mich

mitten in die Brust. »Es war ein Ebereschenpfeil, der ihn ins Herz getroffen hat. Es gibt nur einen einzigen Ebereschenbaum in Faerie. Das war seine einzige Schwäche, und es heißt, dass er ihn nur für den Fall aufbewahrt hat, dass er sterben muss. Aber das war, bevor er Zeta getroffen hat und seine Kinder kamen. Vor deinen Geschwistern war Dušan ein anderer Mann. Ein Gott, der sich in seiner eigenen Schöpfung versteckte. Er war traurig, müde und allein. Seine Art kommt nicht besonders gut allein zurecht.«

Aramal sprach, als ob er meinen Vater gekannt hätte. Als wäre er bei ihm zu Hause gewesen und hätte einen Kaffeeklatsch mit dem Mann geführt. Oder Gott. Oder was auch immer er gewesen war.

»Warum hat er sich versteckt? Warum hat er Faerie überhaupt erschaffen? Und wie zum Teufel konnte er sich verstecken, wenn er ganze Reiche erschaffen hat? Vor wem sollte er sich überhaupt verstecken?«

»Nun, das hängt davon ab, wem du glaubst. Manche sagen, er habe sich vor seinen Brüdern und Schwestern versteckt. Andere sagen, er wollte nur Frieden, da die Kriege ihm zu viel abverlangt haben. Andere sagen, dass er sich gar nicht versteckt hat, sondern einfach nur seinen eigenen Weg gehen wollte, ohne dass ihm jemand in die Quere kommt. Es gibt eine Menge Geschichten, Majes... Max.«

Ich verstand nicht ganz, was Aramal da sagte, aber ich konnte einem Reich voller Hokuspokus nicht helfen.

»Ich glaube nicht, dass ich eine Halbgöttin bin – auch wenn Dušan mein Vater ist. Aber ich habe mein Wort gehalten, deinem Volk geht es doch besser, oder?«

Aramal lachte prustend über mich. »Keine Halbgöttin, mein faltiger Arsch. Sieh dich doch mal um, Max. Sieh dir an, was deine ›nicht göttlichen‹ Fähigkeiten für mein Volk getan haben.«

Als ich mich in der Höhle umsah, entdeckte ich Leute, die vor gerade mal fünf Minuten noch dem Tod nahe gewesen waren – lächelnd, fröhlich und ihre Mitzwerge umarmend.

»Ich habe nur die Elemente angezapft und sie zurückgegeben. Rowan?«, rief ich und entdeckte die Sylphe. Der gesuchte Mann unterhielt sich gerade mit einer Fähe – ihr Geweih und ihre Hufe verrieten alles.

Er schlenderte herüber, ohne zu wissen, worüber wir gesprochen hatten.

»Erzähl ihm, was du mir erzählt hast: dass Elementare aus den Elementen schöpfen können. Du hast mir erklärt, was ich tun muss, um mich zu heilen.«

Rowan sah aus, als säße er in einer Falle. Er hatte die ganze Zeit gewusst – noch vor mir –, dass ich eine Fae war. Er hatte gewusst, dass ich eine Elementare war. Wusste er auch, dass ich eine Halbgöttin war?

»Elementare können aus den fünf Elementen schöpfen, ja. Aber sie können keine Gegenstände aus dem Nichts beschwören, sie können die Elemente nicht zurückgeben, um andere zu reparieren, und sie können nicht eine ganze Höhle voller Verletzter auf einmal heilen. Du beherrschst die Elemente, ja. Aber du kannst Dinge tun, die ich bisher nur bei Göttern gesehen habe.«

Aramal nickte und verschränkte die Arme vor der Brust, als wäre das, was Rowan gesagt hatte, eine beschlossene Sache. »Das letzte Mal, als wir spürten, wie sich die Erde in uns bewegte, die Luft uns berührte, das Wasser uns erfüllte und das Feuer uns wärmte, war vor dem Tod deines Vaters. Kein anderer Elementarer konnte das tun, Lass. Nicht einmal deine Mutter.«

Ich fing an zu lachen – dieses leicht durchge-knallte Lachen einer Frau, die an ihre Grenzen stößt. Es war teils ein hysterisches Kichern, teils ein verzweifeltes, genervtes Aufstöhnen. »Ja, okay, ich bin erstmal durch mit diesem Thema. Aramal, ich bin froh, dass es deinen Leuten besser geht. Wenn du Hilfe brauchst, sag Bescheid. Irgendjemand muss mich jetzt aus dieser Höhle führen, bevor ich den Verstand verliere.«

Alistair legte seinen Arm um mich, und ich lehnte mich an ihn. Erst jetzt dachte ich daran, zu meiner Mutter zu schauen.

Sie spürte meinen Blick und hob kapitulierend die Hände. »Guck mich nicht an. Von dieser Scheiße hatte ich keine Ahnung. Zetas Erinnerungen oder Anweisungen, oder was auch immer das war, enthielten keine Informationen über deinen Vater. Ich kannte nicht einmal seinen Namen, bis Lothan ihn dir gesagt hat.«

»Nicht jeder glaubt, dass Dušan ein Gott war. Ich weiß, dass Lothan etwas gesagt hätte, wenn sein bester Freund ein …« Della stockte und schien zu überlegen, was ihr Mann ihr wohl erzählt hätte und was nicht. Sie blinzelte heftig, schüttelte den Kopf und verzog dann das Gesicht. »Okay, es ist durchaus möglich, dass er es mir verheimlicht hätte, wenn Dušan es verlangt hätte. Verdammt.« Sie stöhnte und rieb sich mit den Händen das Gesicht.

Jupp, ich musste ganz schnell aus dieser Höhle raus. Um mich selbst zu beruhigen, vergrub ich meine Nase an Alistairs Halsbeuge und atmete ein. Er zog mich fester an sich, während ich bis zehn zählte. Als das nicht klappte, zählte ich bis fünfzig, während ich mich bemühte, in einem Raum voller Leute, denen ich gerade geholfen hatte, nicht zu explodieren.

»Lass«, begann Aramal mit leiser Stimme, um mich nicht zu reizen. »Du solltest nicht ohne Krieger in die Wälder gehen. Das Mädchen war dorthin unterwegs. Ich werde einige meiner Besten zu deinem Schutz mitschicken. Wir schulden dir mehr als das, aber ich habe das Gefühl, dass das alles ist, was du akzeptieren wirst.«

Nicht einmal das wollte ich akzeptieren. Uns ging es gut. *Mir ging es gut.* Aber diese Seelie-Wachen hätten uns fast den Arsch aufgerissen. Wenn Verena wusste, dass ich hier war, war ich ein gefundenes Fressen. Und wenn Verena hinter mir her war, würde sie nicht nur mir wehtun. Sie würde uns alle vernichten.

Missgunst, dein Nam' ist Max.

»Ich nehme deine großzügige Hilfe an. Es wäre nützlich, mehr Krieger zu haben.«

Jetzt sieh mal einer an, wie erwachsen ich doch bin, und so.

Ich knurrte zwar ein wenig, aber ich folgte

Aramal dankbar, als er uns aus dem Tunnellabyrinth führte, während seine zehn besten Krieger uns folgten. Ich war schon fast versucht, zu sehen, ob Rowan recht hatte und ich mir eine Flasche Bourbon zaubern konnte.

Ich bräuchte nicht einmal ein Glas. Die Flasche würde völlig ausreichen.

Aber ich musste einen durchgeknallten, leicht mordlustigen angehenden Sukkubus finden, und dafür brauchte ich meinen gesunden Menschenverstand. Die Verleugnung musste noch eine Weile mein bester Freund bleiben.

Als sich der Höhleneingang auftat, musste ich zu meinem Bedauern feststellen, dass es bereits Nacht war. Della hatte gesagt, dass wir nach Einbruch der Dunkelheit nicht mehr unterwegs sein sollten. Aber wenn Melody da draußen ihr Unwesen trieb, mussten wir uns vielleicht mit der Dunkelheit abfinden.

Der Tunnel, den wir verließen, schien nicht derselbe zu sein, wie der, den wir betreten hatten. Der andere war von zerklüfteten Felsen und schwarzem Sand umgeben. Dieser Eingang bestand aus schwammigem Gras vor einer nicht allzu weit entfernten Baumgruppe. Ich konnte sogar das Plätschern eines Baches in der Nähe hören. Es schien fast schon friedlich zu sein, wenn da nicht die Kreaturen wären, von denen ich wusste, dass sie im Wald lebten.

Aramal unterhielt sich gerade mit der Reh-Frau, die sich mit Rowan in der Höhle unterhalten hatte. Sie war groß, mindestens einen Meter größer als Aramal, und trug einen Lederrock, der ihr bis zu den ersten Kniekehlen reichte. Ihr Oberteil war eine Mischung aus lebendiger Metallrüstung, baumelnden Federn, die selbst im schwachen Licht leuchteten, und mehreren Ansammlungen von Tierknochen.

Oder zumindest hoffte ich, dass es Tierknochen waren.

Ihr Geweih wuchs nach oben und zurück, fast wie das eines Schafbocks, und sie hatte zusätzlich einen messerscharfen Knochen, der auf beiden Seiten ihres Halses hervorlugte. Aber all das war nichts im Vergleich zu ihrem Gesicht, das schön und beängstigend zugleich war. Ihre Wangenknochen waren hoch und wichen wie Messerklingen von ihren vollen Lippen zurück. Ihre Augen waren schmal und breit, ihre Iriden und ihre Skleren verschmolzen miteinander, sodass es aussah, als ob der gesamte Kosmos in ihnen zu sehen wäre. Und ihre Haut – der Teil, der nicht pelzig war – hatte einen ungewöhnlichen Grauton, der von Adern aus glühender grüner Magie durchzogen war.

Sie war wahrscheinlich das atemberaubendste Wesen, das ich je in meinem Leben gesehen hatte.

Aramal und die Frau kamen näher, und sie stellte sich vor, ohne sich um die typischen Fae-Bräuche zu scheren, während sie ihre stark beringte Hand ausstreckte.

»Mein Name ist Maireen. Ich bin die Anführerin des Volkes der Rehkitze. Ich bin zu Aramal gekommen, weil deine Melody durch mein Land gezogen ist. Ihre Zerstörung war groß. Ich werde kein Blatt vor den Mund nehmen. Kannst du uns helfen?«

Ich fragte mich, warum sie in der Höhle nicht so viel gesagt hatte. Ich hätte sofort Ja gesagt.

»Ich werde tun, was ich kann«, antwortete ich, bevor ich innehielt und die Frage stellte, die mir am meisten auf der Seele brannte. »Kannst du uns eine sichere Durchreise garantieren? Mir wurde gesagt, die Nacht sei uns nicht wohlgesonnen.«

»Eine Halbgöttin macht sich Sorgen um ein paar Faeries? Ihr habt nichts von der Nacht oder den Bewohnern meines Waldes zu befürchten.«

Achselzuckend schenkte ich ihr ein schwaches Lächeln. »Ich weiß nicht, ob ich an die Halbgott-Theorie glaube. Und ich würde lieber nicht kämpfen oder Leute verletzen, wenn ich es nicht unbedingt muss.«

Maireen wandte sich an Aramal. »Du hast recht. Sie ist völlig anders als Verena.« Dann sagte sie zu mir: »Deine Tante ist meine Feindin. Ist das ein Problem für dich?«

Ich stand einen Moment lang sprachlos da, verblüfft von Maireens direkten Fragen. Ich hatte noch nie eine so unverblümte Fae getroffen.

»Sie hat meine ganze Familie ermordet. Ich bin damit aufgewachsen, nicht zu wissen, was ich bin, nicht zu wissen, wie ich in meiner eigenen Haut leben soll. Allein. Ohne jemanden, der meine Hand hielt, mich liebte oder sich um mich kümmerte, wenn ich es brauchte. Es ist mir egal, dass Verena deine Feindin ist, solange ich es nicht bin.«

Maireen schenkte mir ein rätselhaftes Lächeln, das bedeuten könnte, dass sie meine Ermordung plante oder mich unterstützte – ich wusste nicht, was von beidem.

»Das ist gut. Und nein, ich betrachte dich nicht als Feindin. Wir werden sehen, ob du eine Verbündete bist, wenn du meinem Volk helfen kannst.«

Aha, also irgendwas dazwischen.

»Klingt gut.«

Maireen führte uns tief in den Wald, wo die Luft leicht erwärmt war. Normalerweise kühlte sich Luft ab, wenn Bäume dichter beieinanderstanden, aber hier nicht. Je weiter wir in den Wald hineingingen, desto heißer wurde es.

Ich fand bald heraus, warum.

Teile des Waldes brannten, eine Art magisches Feuer, das sich nicht ausbreitete. Stattdessen schwelte der Baum nur vor sich hin, während die Flammen ihn Stück für Stück abtöteten. Vielleicht gab es einen Zauber, der ihn an seinem Platz hielt, vielleicht konnte das Feuer nicht gelöscht werden. Vielleicht konnte der Baum nicht sterben.

»Hat Melody das getan?«, fragte ich, während ich Alistairs Hand drückte. Er war nicht ein einziges Mal von meiner Seite gewichen, seit wir uns unser ›Ich liebe dich‹ gesagt hatten, und das störte mich nicht im Geringsten.

Traurigkeit überzog Maireens Gesicht, während sich Tränen in ihren Augen sammelten. »Nein«, krächzte sie und schüttelte den Kopf. »Das ist Verenas Werk. Weil wir ihr nicht die Treue schwören wollten. Es war ein heiliger Baum, der als einer der ersten von Dušan geschaffen worden sein soll, als er Faerie erschuf. Er war unser heiliger Ort.«

»Diese Bitch. Ich meine, wer brennt schon eine Kirche nieder? Jetzt mal ganz ehrlich.« Ich wusste, dass die Menschen das auch taten, klar. Ich hatte die Folgen von brennenden Kirchen aller möglichen

Religionen gesehen. Es schien der dreckigste Schachzug zu sein, und es endete nie so, wie die Täter es wollten. Es machte den Feind nur noch aggressiver, mit Wut in den Adern.

Ich ließ Alistairs Hand los und ging näher an die Flammen heran. Es war heiß, aber es brannte nicht, und ich schloss meine Augen, um das Feuer zu spüren. Die Flammen waren empfindsam, sie wollten den Baum nicht verbrennen, aber sie standen unter einem Bann. Einem primitiven und hastig hergestellten Bann. Ich zupfte an den Fäden und befreite die Flammen von ihrer ungewollten Mission, indem ich sie in mich aufnahm, damit sie nicht abtrünnig wurden und sich im Wald verbreiteten.

Aber die Flammen waren zu stark, als dass ich sie hätte halten können – die Kraft war zu gewaltig, als dass mein Körper sie hätte ertragen können. Das magische Feuer wollte raus, es wollte frei leben und nicht in meinem Körper gefangen sein, also gab ich ihm, was es wollte. Ich filterte die Energie zurück in den Boden – in das Zentrum von Faerie, wo sie von Nutzen sein, aber auch wie jedes andere Feuer frei im Kern dieser Welt umherflattern konnte.

Es war zwar rudimentär, aber besser, als wenn der ganze verdammte Wald abbrannte. Und so gewaltig wie das Feuer war, würde es mehr als nur das Holz verbrennen. Verena war nicht clever. Flammen zu beschwören war eine hervorragende Methode, um über Asche zu herrschen.

Als ich meine Augen öffnete, sah ich nur noch den verkohlten Baum. Er stand zwar noch, aber der Schaden war beträchtlich. Ich fragte mich, ob ich den Baum selbst heilen könnte. Wenn Dušan das Chaos war, wenn er ein Gott war, dann war dieser Baum ein Teil von ihm. Könnte ich auch nur die kleinste Veränderung bewirken?

»Es gibt nur einen Weg, das herauszufinden«, murmelte ich vor mich hin, während ich meine Hände auf die brutzelnde Rinde legte.

Die Glut loderte vor Hitze, aber ich spürte sie nicht. Nein, ich spürte die Qualen des Baumes, die versengten Zweige und die geschwärzten Äste. Ich konnte spüren, wie ich selbst schrie – der Schmerz des Baumes peitschte durch mich hindurch. Es war nicht wie bei den anderen. Natürlich hatte ich ihren Schmerz auch spüren können, aber nicht so.

Es fühlte sich an, als würde ich noch einmal auf dem Scheiterhaufen brennen.

Alistairs Arme schlossen mich von hinten ein, aber ich konnte seine Unterstützung nicht würdigen. Ich konnte nur noch fühlen, ich konnte mich nur noch in der sinnlosen Agonie winden.

»Max, my Love, du musst loslassen.«

Wusste er denn nicht, dass ich das nicht konnte, selbst wenn ich es wollte? Verstand er denn nicht, dass dieser Baum lebendig war?

»Dann heile ihn, my Love. Gib ihm Erde, gib ihm Wasser. Gib ihm alle Elemente, und dann lass ihn los.«

Seine Stimme rief den vernünftigen Teil in meinem Gehirn an, der beschlossen hatte, sich zu verpissen und zu verstecken, während der Schmerz auf mich einprügelte. Ich befolgte Alistairs Worte und tat, was er sagte. Ich holte alles aus der Erde, der Luft und dem Wasser des angrenzenden Sees. Das alles gab ich dem Baum, gab ihm alle Werkzeuge, die er brauchte, um sich selbst zu heilen, denn ich konnte nicht alles allein vollbringen.

Das Wasser traf zuerst, die Erleichterung über das kühle Nass, das die schwelende Rinde benetzte, führte dazu, dass ich fast unsere Verbindung verlor. Dann folgte die Erde, wobei die grünen Sprösslinge des neuen Wachstums die verkohlten Teile übernahmen. Sie absorbierten alles, während der Baum in die Höhe schoss und alle anderen Bäume des Waldes überragte. Neue Knospen sprossen und ihre Blütenblätter öffneten sich für den Mond. Die Luft traf zuletzt, während sie die Blätter aufwirbelte und ihre Pollen mit dem Sturm davontrug.

Bald würden überall in Faerie mehr Bäume wie dieser auftauchen. Eine ganze Familie, damit er nicht mehr allein war. Ich lächelte, löste die Verbindung und öffnete meine Augen.

Alistair hielt mich mit einem Arm hoch, während er mich bewachte, seine Sense in der Hand, mit der er die Leute zurückhielt.

»Was habe ich verpasst?«, flüsterte ich und ließ meinen Blick über die Menge schweifen.

»Du hast diesen Baum zwanzig Minuten lang geheilt, my Love, und zuerst sah es so aus, als würdest du ihn umbringen.«

Ich löste meinen Blick von den ziemlich stark bewaffneten Leuten vor uns und sah mir den Baum an. Er war um einiges größer als zu Beginn. Zehn Männer könnten ihre Arme nicht um ihn legen. Am Anfang war er so groß wie eine alte Eiche gewesen, jetzt glich er eher einem Mammutbaum.

Hoppla?

Die Rinde war verheilt und die Äste blühten in der Nacht.

»Aber jetzt ist er wieder in Ordnung, also ...?«

»Du hast Wasser aus dem See gestohlen. Sie sind nicht begeistert.«

Ich rollte so heftig mit den Augen, dass ich fast Kopfschmerzen bekam. Ich richtete mich auf, der Schmerz war nur noch eine ferne Erinnerung, als meine Wut sich bemerkbar machte.

»Wollt ihr mich jetzt komplett verarschen? Habt ihr mich nicht schreien hören? Der Baum hatte Schmerzen, und ihr seid lieber angepisst, dass ich Wasser genommen habe, um die Flammen zu löschen, als euch zu freuen, dass der Baum – euer heiliger Ort – nicht gestorben ist? Das ist doch wohl die dümmste Scheiße überhaupt.«

Knurrend stapfte ich zu dem nahe gelegenen See. Es musste doch eine Wassernymphe oder so etwas geben, mit der ich reden konnte, um die Sache in Ordnung zu bringen.

»Klopf, klopf«, rief ich.

Und in diesem Moment tauchte ein vertrauter Wasserdrache aus dem Wasser auf.

»Zillah, du wunderschönes Biest, wie geht es dir?« Ich war mir nicht ganz sicher, wie der riesige Wasserdrache von der Hölle hierhergekommen war, aber ich beschloss, es auch nicht weiter zu hinterfragen. Er war sein eigener Herr – oder Drache – und er konnte tun, was er wollte.

Zillah schenkte mir ein sanftes Schnurren und legte seinen Kopf ans Ufer, damit ich ihn streicheln konnte. Ich hatte das schuppige Monster vermisst und war froh, dass ich ihn wiedersehen konnte.

»Bist du sauer, dass ich mir etwas Wasser genommen habe? Ich werde einen Sturm erzeugen und es zurückbringen, wenn du das möchtest. Aber der Baum war am Absterben. Das verstehst du doch, oder?«

Er warf mir einen Blick zu, der bedeutete, dass es ihm nichts ausmachte, dass ich etwas Wasser genommen hatte.

»Seht ihr, Zillah ist es egal«, bot ich der immer noch aufgebrachten Gruppe von Kriegern an, die sich seit meiner Begegnung mit dem Baum vervielfacht zu haben schien.

»Zillah ist nicht für die Wasser-Fae zuständig. Sondern ich«, rief eine Stimme von links.

Aber als ich mich umdrehte, war es kein Mensch, sondern ein Pferd mit Seegrasmähne.

Ein angepisster Kelpie. Fabelhaft.

16

MAN SAGTE, DASS KELPIES PASSANTEN MIT einer List dazu brachten, auf ihren Rücken zu springen, um sie dann zum Ertrinken ins Wasser zu locken. Ich hatte nicht die Absicht, auf den Rücken des Wasserpferdes zu springen, und ich konnte mir auch keine Welt ausmalen, in der jemand das tun würde. Dieser Kelpie sah gemein aus. Pferde wirkten auf mich immer majestätisch, aber diese Stute hier war nur eine lästige Bemerkung davon entfernt, mich in Grund und Boden zu stampfen, und das wusste ich schon allein durch ihren Gesichtsausdruck.

»Wie soll ich dich nennen?« Ich fragte, weil ich es bevorzugte, den Namen von Leuten zu kennen, mit denen ich mich stritt – und ich hatte das Gefühl, dass ich mich mit dieser Stute in ungefähr einer Minute *definitiv* streiten würde.

»Du willst meinen Namen?« Sie klang beleidigt. Oh, supi. So wollte sie die Sache also angehen.

»Es ist mir scheißegal, wie du heißt. Ich will wissen, wie ich dich nennen soll. Wenn du dir keinen Namen aussuchst, nenne ich dich einfach Karen und höre auf, mich damit rumzuärgern.« Sie klang auf jeden Fall wie eine Karen.

Sie wieherte, und ich hoffte wirklich, dass sie die Beleidigung verstanden hatte. Trotzdem wurde immer noch kein Name genannt.

»Okay, gut. Hör zu, Karen, ich habe Wasser genommen, um einen heiligen Baum wiederzubeleben. Wenn du es ersetzt haben möchtest, gib mir eine Minute und ich sorge für einen Sturm. Dann bekommst du dein Wasser zurück und kannst dich wieder in den See verpissen. Ganz ehrlich, ich dachte, Fae wären etwas verständnisvoller, aber okay.«

Alistair ergriff meine Hand und versuchte, meine Aufmerksamkeit zu gewinnen. »Eine diplomatische Herangehensweise wäre vielleicht besser geeignet, my Love.«

Ich stimmte zu, aber ich war angepisst. »Eine diplomatische Herangehensweise wäre es gewesen, meinen Ehemann nicht mit den Waffen zu bedrohen, als ich ihnen einen Gefallen getan habe. Eine diplomatische Herangehensweise wäre gewesen, sich vorzustellen. Habe ich eins von beidem bekommen? Nein. Ich wollte nur dafür sorgen, dass der Baum nicht mehr leiden muss, und was kriege ich dafür? Drohungen, erhobene Waffen und eine bitchige Attitüde. Nein. Verdammte Scheiße noch mal, nein.«

»Du nimmst das meiste von dem, was wahrscheinlich das einzige saubere Wasser ist, das wir haben, und dann hast du auch noch die Frechheit, beleidigt zu sein?«

Ich drehte den Kopf zu Karen, der Kelpie. »Was meinst du? Wieso ist das, was ich genommen habe, euer einziges sauberes Wasser?«

Sie stampfte mit den Hufen und wieherte. »Verena vergiftet unser Wasser – unser Lebenselixier –, weil wir uns ihr nicht anschließen wollen. Jetzt, wo du unser wertvolles Wasser genommen hast, werden wir sterben. Genau wie deine Tante es geplant hat.«

Oh. Scheiße. Jetzt konnte ich die gezogenen Waffen durchaus verstehen. Hoppla?

»Heilige Schicksale, diese Frau ist echt zum Kotzen.« Ich knurrte kurz und suchte in meinem Kopf nach einer Lösung. Ich hatte keine, aber ich könnte zumindest versuchen, auch dieses Problem zu lösen. »Okay, mal sehen, was ich tun kann.«

Ich machte mich auf den Weg zum See, aber Karen stellte sich stampfend vor mich.

»Hör mal zu, Lady, ich habe den Baum in Ordnung gebracht.« Ich wedelte zu dem verflucht riesigen Ding hinter uns. »Lass mich doch einmal sehen, was für einen Scheiß meine Tante des Untergangs abgezogen hat, dann kann ich das vielleicht auch reparieren.«

Karens Augen verengten sich, aber sie wich zurück, als sie meinen stählernen Blick sah. Ich hatte tausendprozentig die Schnauze voll von ihrer Haltung. Ich verstand sie, klar. Aber war ich bereit, mich damit auseinanderzusetzen? Auf gar keinen Fall.

Ich schnippte mit den Fingern, und tauschte meine Lederkleidung gegen ein Kleid, damit ich mit nackten Füßen in den See gehen konnte, ohne diesen peinlichen Prozess des Ausziehens meiner Stiefel. Als ich ins Wasser watete, spürte ich das Gift sofort. Es war nicht in der Nähe, aber die schwarzen Finger des Giftes reichten weit. Die Fae waren krank, einige lagen im Sterben. Ich wusste, dass das böse Zeug aus dem Wasser rausmusste, aber was ich damit machen sollte, wenn es draußen war, wusste ich nicht.

Konnte ich es verbrennen? Es in der Erde einkapseln? Und was war es überhaupt?

Ich konzentrierte mich noch mehr und versuchte, es zu erkennen. Eisen. Verena vergiftete das Wasser mit Eisen. Was für eine Arschgeige. Zu meinem Glück wurde ich durch Eisen nicht verletzt. Zumindest glaubte ich das. Ich zog an dem Element, saugte das eisenverseuchte Wasser aus dem See, damit es niemanden mehr vergiftete, und ließ es verdampfen. Das verbliebene Eisen ließ ich von der Luft zu mir tragen.

Der Gegenstand, der das Wasser vergiftete, war ein Eisendolch, der nicht viel größer war als eines meiner Athamen. Natürlich war er das. Denn warum sollte sie das Wasser nicht mit dem einen Gegenstand vergiften, der sie töten könnte. Ich lockte ihn zu mir und verschmolz die Partikel in der Luft mit dem stupide verschnörkelten Dolch.

Eisen verletzte Fae, aber ich konnte es ändern. Alles, was ich brauchte, war ein bisschen Alchemie. Ich schnippte mit den Fingern, und formte das Metall in eine Struktur, die die Fae am wenigsten verletzen würde, und als ich fertig war, war der Dolch eine kristalline Waffe, so klar, dass sie wie Glas aussah.

»So. Kein Gift mehr. Deine Gewässer sind wieder sauber.«

Zillah schnurrte von seiner Position am Ufer aus, und ich war schon fast versucht, ihm den Kopf zu kraulen. Stattdessen schnippte ich erneut mit den Fingern, und legte meine Lederkleidung mit einer neuen Gürtelschlinge an, in der nun der Kristalldolch steckte.

Karen, die Kelpie, war weniger gnädig. »Du hast deine Schulden beglichen. Wir haben keine Vorwürfe gegen dich.«

»Da wird mir ja richtig warm ums Herz, Karen, das kann ich dir sagen. Wenn du das nächste Mal ein Problem hast, frag einfach, anstatt mit Waffen herumzufuchteln. Ich bin meistens ein recht einsichtiges Mädchen.«

Ich drehte ihr den Rücken zu und schaute zu den Fae, die mit Waffen auf uns zielten.

»Wenn du deine Tante tötest und Königin wirst, werden wir gut zusammenarbeiten«, sagte die Kelpie, ihre Worte waren wie ein Schlag.

Meine Füße kamen stockend zum Stillstand, dann drehte ich mich um und marschierte zu ihr zurück. »Ich kann nicht gut mit Leuten umgehen, die meine Familie bedrohen. Merk dir das.«

Mit diesen Worten drehte ich mich wieder weg und marschierte auf Maireen und Aramal zu – angepisst darüber, dass auch die beiden sich gegen uns gestellt hatten, als ich ihr einen Gefallen getan hatte. Mein Gesichtsausdruck musste das verraten, denn die beiden verbeugten sich vor mir.

»Hört auf damit«, sagte ich verärgert. »Hätte ich gewusst, dass es ein Problem mit dem Wasser gibt, hätte ich es behoben. Vielleicht sagt ihr mir das nächste Mal einfach Bescheid. Klingt gut? Und hört auf, euch zu verbeugen. Das ist schräg.«

»Verzeihung. Wir dachten ... Verena ...«

Ich füllte die Lücken selbst aus. »Ihr dachtet, obwohl sie eine bösartige Bitch aus der Hölle ist und meine ganze Familie umgebracht hat, würde ich mich auf ihre Seite stellen? Da habt ihr wohl nicht richtig nachgedacht, was?«

»Das haben wir wohl nicht«, antwortete Maireen und ihre Hufe schlurften vor Unbehagen. »Aber hier ist nicht alles so, wie es scheint – auch für uns nicht. Wir wussten nicht, ob wir dem Ganzen trauen können. Dass du hierhergekommen bist, schien zu schön, um wahr zu sein. Zu groß, um etwas zu hoffen.«

Das verstand ich sehr gut – nicht hoffen zu wollen, weil es zu sehr wehtat, wenn nichts dabei herauskam. »Mach dir keine Gedanken darüber. Ich verstehe das, aber ... glaub mir, wenn ich sage, dass ich keine Freude daran habe, gute Leute zu verletzen.

Was Verena getan hat, macht mich krank. Wenn man unter so einer Fuchtel lebt, kann ich verstehen, dass man keine Hoffnung mehr hat, aber ich bin nicht sie.«

Ein Teil von mir wollte ins Geisterreich marschieren und Dušan eine Standpauke halten. Wie konnte ich diese Leute leiden lassen und nichts tun? Wie konnte ich den Kampf jemand anderem übergeben? Der andere Teil von mir erkannte nur allzu schnell, dass ich ihren Platz einnehmen müsste, wenn ich Verena aus dem Weg räumen würde. Ich würde hier in Faerie bleiben müssen, und auch dieser Gedanke tat mir im Herzen weh.

Faerie war nicht meine Heimat und ich hatte keine Lust, Königin zu sein. Nicht hier, nicht auf der Erde, nicht in der Hölle, nirgendwo.

»Bitte, bring mich einfach zu deinem Volk. Ich will sehen, ob ich helfen kann.« Ich mochte diese Worte gesagt haben, aber der Kampfgeist hatte mich für einen Moment verlassen. Alles, was hier geschah, lastete auf mir. Ihr Schmerz zerrte an meinem Herzen, und ich wusste nicht, ob ich diesen Ort mit so vielen Leidenden überhaupt verlassen konnte.

Warme Finger verschränkten sich mit meinen, während wir Maireen tiefer in den Wald folgten. Ich hatte die Kälte in der Luft nicht bemerkt, seit das

Feuer gelöscht war, und Alistairs Griff um meine Hand war in jeder Hinsicht ein Trost. Für einen Moment fühlte ich mich erleichtert, als ich nach einer qualvollen Minute des Versinkens wieder Luft holen konnte.

Ich wollte ihn angucken, aber ich schaffte es nicht. Er würde meinen inneren Kampf sehen, und ich war mir nicht sicher genug, was ich wirklich dachte, um diese Diskussion zu führen.

»Ich weiß, was du denkst«, flüsterte er mir ins Ohr, als ich ihm nicht in die Augen sah.

Mir wurde flau im Magen – ich war noch nicht bereit.

»Du überlegst, wie wir Zillah als Haustier behalten können. Ich bin ungern der Überbringer schlechter Nachrichten, aber du lebst in Denver, my Love. Wir können auf keinen Fall einen Wasserdrachen in deinem Garten halten, egal, was du vorschlägst.«

Ich konnte nicht anders, ich musste lachen. Zillah würde der bravste aller Jungs sein.

Ich tippte mit dem Finger auf mein Kinn und tat so, als würde ich über die lächerliche Vorstellung nachdenken. »Ich verstehe, was du meinst. Wir müssten an einen See oder so umsiedeln.«

Er stieß mich mit der Schulter an, und ich

schaute zu ihm auf. »Ich weiß, dass du darüber nach-
denkst, my Love. Diesen Leuten zu helfen. Zu bleiben. Ich weiß, dass es dich zerreißt, dieses Gefühl,
dass du etwas tun kannst und es auch tun solltest.«

Meine Augen wurden nass und ich stöhnte auf.
Warum war ich die ganze Zeit über die reinste
Sprinkleranlage? Hatte ich nicht schon genug
geweint?

»Ich bin bei dir, Max. Wie auch immer du dich
entscheidest. Und wenn du, sagen wir mal, ein paar
Ideen mit mir durchgehen willst, kann das sicher
auch nicht schaden. Du musst das nicht alleine
machen.«

»Okay«, flüsterte ich, und das war das Einzige,
was ich angesichts des Kloßes in meinem Hals
herausbekam. Ich wollte ihn küssen, aber wir hatten
noch etwas zu erledigen. Stattdessen drückte ich
seine Hand, stieß seine Schulter mit meiner an und
fühlte mich für einen Moment sicher in unserer
kleinen Blase.

Dieser Moment war in der Sekunde vorbei, als wir
um das nächste Wäldchen bogen. Magie lag in der
Luft und ich verstand nicht so recht, was ich da sah.
Die ganze Gegend war mit einer Art Lähmungs-
zauber belegt, wofür ich sehr dankbar war, aber der
Rest …

Rehkitze schwebten in der Luft – manche ausgeweidet, manche unversehrt. Waldgeister waren eingefroren oder brannten in einer Glut. Es gab Pixies, die in Gegenstände verwandelt worden waren, und einige, die sich in schwebende, pixieförmige Wassertropfen gemorpht hatten. Bei einigen Fae waren ihre Innereien nach außen gestülpt, andere waren zu Formen verzogen, die kein Körper je bilden sollte. Es gab noch mehr Dinge, die verkorkst waren, aber mein Gehirn weigerte sich, sie alle zu verarbeiten.

Und dieser Lähmungszauber würde sie nicht ewig halten können.

Es war eine absolute und uneingeschränkte Shitshow. Ein Durcheinander epischen Ausmaßes. Ich glaubte, dass nicht einmal ich, meine Mom und alle Magieanwender im Reich diese Scheiße wieder in Ordnung bringen konnten.

Ich starrte Della mit großen Augen und voller Angst an. »Wir brauchen Verstärkung. Kontaktiere die Elfen. Wir brauchen jeden, den sie schicken können, um zu helfen. Das … das ist …« Ich konnte nicht einmal zu Ende sprechen.

»Wir brauchen keine Hilfe von den Elfen«, zischte Maireen und stampfte mit ihren Hufen für meinen Geschmack etwas zu nah an meinen Füßen auf.

Ich drehte mich zu ihr und streckte meine Hand aus, um wild gestikulierend auf die Situation hinzuweisen, in der wir uns befanden. »Tja, Lady, ich brauche die sehr wohl. Ich kann das unmöglich alles alleine in Ordnung bringen. Nicht, nachdem ich jeden Hans und Franz geheilt, den heiligen Baum repariert und den See wieder in Ordnung gebracht habe. Wenn die Leute bereit und in der Lage sind, dir zu helfen, dann solltest du deinen Kopf jetzt aus dem Arsch ziehen und die Hilfe verdammt noch mal annehmen.«

»Sie werden bei jeder Gelegenheit auf uns schimpfen. Sie werden über uns herrschen. Mein Volk ist stolz – es wird keine Hilfe von Elfen wollen.«

»Dann sind sie Idioten, und du auch! Du würdest dein Volk lieber leiden lassen, als Hilfe anzunehmen? Ist es dir lieber, wenn sie sterben? Wie wäre es damit: Wenn die Elfen kommen – und das werden sie, weil ich sie darum gebeten habe –, werden sie dich mit Respekt behandeln oder mir Rede und Antwort stehen müssen?«

Maireen wich überrascht einen Schritt zurück. »Das würdest du tun? Du würdest unsere Ehre verteidigen?«

»Ich werde eine Rede halten und alles. Einverstanden?«

Sie lächelte mich an, mit jenem rätselhaften Lächeln, das Tod oder Freundschaft bedeuten konnte. »Du bist nett, Max. Ich hätte nicht gedacht, dass eine Göttin wie du so nett sein kann.«

Ich steckte mir die Finger in die Ohren und machte ein kindisches »Lalalala«.

»Ich werde mir das Gerede von Göttern, Göttinnen oder Halbgöttern jetzt nicht anhören. Lass uns das einfach in Ordnung bringen.«

Maireen schnaubte, aber ihr Blick fiel auf ihre verletzten Leute. »Verleugnung ist nicht dein Freund, kleine Göttin. Alles, was du verdrängst, wird zu dir zurückkommen, bevor du bereit dafür bist. Am besten, du stellst dich dem direkt.«

Wir wussten beide, dass sie recht hatte, und deshalb tat ich das Einzige, was mir einfiel.

Ich streckte ihr mit einem blubbernden Geräusch die Zunge raus und machte mich auf den Weg zu Della.

Erwachsenwerden konnte bis morgen warten.

17

DIE ELFEN KAMEN SCHNELLER, ALS ICH ES FÜR möglich gehalten hätte – aus einem Portal, das irgendjemand beschworen hatte. Ich war mir nicht sicher, welche Fähigkeiten die Elfen hatten, aber ich wusste, dass sie starke Magie benutzten und wir jede Hilfe brauchten, die wir bekommen konnten. Und ja, ich musste eine Rede halten wie eine Lehrerin vor Kindergartenkindern, in der es darum ging, Respekt zu zeigen und jeden mit Freundlichkeit zu behandeln.

Das kam bei allen so richtig gut an. Das würde auf gar keinen Fall nach hinten losgehen.

Ehrlich gesagt wäre es wahrscheinlich besser gewesen, das erste Arschloch, das etwas anstellte, einfach umzuhauen und mit meinem Tag fortzufahren, aber ich wollte meinen diplomatischen Zug ausprobieren. Das war Blödsinn.

Als die Elfen merkten, dass ich keinen Scherz machte, was das Nicht-Arschlochhafte betraf, machten wir uns daran, jeden Fluch, Gegenfluch, jede Verhexung, jeden Zauber, jede Transmogrifikation und jeden anderen beschissenen Mist, der den Waldbewohnern angetan worden war, rückgängig zu machen. Als ich kurz vorm Ohnmächtigwerden war, hatten wir noch nicht einmal die Hälfte aller Flüche abgearbeitet. Es würde Tage dauern, die Verwüstungen zu beseitigen, die Melody angerichtet hatte, und so viel Zeit hatten wir nicht.

Ich starrte auf eine Karte von Faerie, meine Augen brannten vor Erschöpfung, und meine Sicht verschwamm. Maireen zeigte auf die leuchtenden Punkte. »Das ist ihre Zerstörung. Das ist es, was sie getan hat.«

Die glühenden Punkte der betroffenen Kreaturen sahen aus wie ein Waldbrand, der sich direkt auf den Seelie-Hof zubewegte. Das war die ultimative Definition von ›nicht gut‹. Della hatte gesagt, dass Melody nach Hause gehen würde. Das hatte sie in ihrer Nachricht geschrieben – dass sie nach Hause nach Faerie gehen würde. Warum sollte Melody denken, dass Faerie ihr Zuhause war?

Und wie war sie durch den ›LSD-Trip aus der Hölle‹-Wald gekommen? Ich wusste, dass mir die Antwort ins Gesicht starrte, aber ich konnte einfach nicht mehr denken.

»Du musst dich ausruhen, Max«, sagte Teresa und zog mich an der Hand weg von dem behelfsmäßigen Kriegsraum, der kaum mehr als ein Zelt mit einem Tisch darin war. »Du tust dir keinen Gefallen damit. Dich zu verschleißen, hilft niemandem. Alistair hat ein Zelt für euch beide aufgebaut. Geh schlafen.«

Ich war gerade müde genug, um zu tun, was sie sagte, und nicht zu widersprechen. Ohne Widerstand ließ ich zu, dass sie mich zu unserem Zelt führte und hineinschob. Ich erblickte Alistair, der auf einem Zweipersonenbett völlig ausgelaugt eingeschlafen war. Sein Körper war um meinen Platz geschlungen, und ich kroch mit meinen Stiefeln ins Bett und war in der Sekunde eingeschlafen, in der mein Kopf das Kissen berührte.

Ich wachte mit einem Schrecken in einem Mantel aus Schwärze auf. Es war noch Nacht, aber irgendetwas hatte mich aus dem Tiefschlaf gerissen. Alistair war immer noch am Schlafen, sein Gesicht war friedlich, seine Stirn glatt und nicht gerunzelt. Ich weigerte mich, ihn zu wecken, und machte mich auf den Weg aus dem Zelt. Fackeln brannten um die betroffenen Fae herum und spendeten nur ein spärliches Licht. Eine Kraft, die ich nicht benennen konnte, rief nach mir, und das Bedürfnis, zu ihr zu gehen, war fast unausweichlich.

»Was glaubst du, wo du hingehst?«, flüsterte Aidan, und jagte mir eine Scheißangst ein. Er hockte auf einem abgeschnittenen Baumstumpf vor meinem Zelt, die Waffen gezückt, als würde er mich bewachen, während ich schlief – und als mein langsamer Verstand mich endlich einholte, wurde mir klar, dass Aidan genau das tat.

»Heilige Scheiße auf Toast«, zischte ich. »Ich hab mir fast in die Hosen gemacht.«

»Und du weichst meiner Frage aus. Wo gehst du hin?«

Ich ließ meinen Verstand schweifen, lauschte auf den Ruf, der mich aus dem Erschöpfungsschlaf geweckt hatte, und zeigte in die Richtung. »Da lang. Ich muss in diese Richtung gehen. Ich weiß nicht, warum. Ich muss einfach dahin.«

Aidan gab einen leisen Pfiff von sich, und Hideyo sprang von einem nahen Ast herunter und ließ mich mir wieder fast in die Hosen scheißen. »Du musst irgendwohin gehen – du wirst es nicht alleine tun. Los geht's.«

Ich überlegte eine Millisekunde lang und beschloss dann, einfach mitzuspielen. Dem Ruf folgend, verließen wir die Lichtung und gingen in einen dichteren Teil des Waldes. Am Fuße einer knorrigen Eiche saß Torren zusammengerollt und schaukelte hin und her. Er hielt sich mit einem Arm an den Knien fest und zitterte, während er hin und her wippte. Er hatte gerade einen leisen Nervenzusammenbruch, was nur möglich war, weil er sich eine Hand vor den Mund hielt, um sein Schluchzen zu unterdrücken.

Ich kniete mich vor ihn, weil ich befürchtete, dass es ihn nur noch mehr verletzen würde, wenn ich ihn berührte. »Torren? Schatz?«

Aber er antwortete nicht, sein Blick war starr, während er sich wiegte. Vorsichtig legte ich ihm eine Hand auf die Schulter, und obwohl er zusammenzuckte, hörte er nicht auf zu schaukeln.

»Einer von euch muss Della oder Lothan holen. Sofort«, befahl ich, und ich hörte das leise Rauschen des Windes, als Aidan meiner Aufforderung nachkam.

Ich hatte Torren mit meinem Geist erfüllt. Vielleicht verband mich das auf irgendeine Weise mit ihm. Wenn ich noch mehr einströmen ließe, könnte er mir vielleicht zeigen, was passiert war. Ich schaute auf und bemerkte Hideyos besorgten Blick. »Ich werde nachsehen, was passiert ist, da er nicht redet. Passt du auf mich auf?«

»Immer, meine Königin«, antwortete er, wobei seine Stimme kaum mehr als ein leises Flüstern war. Er sagte es mit so viel Aufrichtigkeit und Überzeugung, dass ich nichts erwidern konnte.

Meinen Mut zusammennehmend, spürte ich, wie ich in den Boden sank, und ließ zu, dass die Erde mich mit Energie versorgte, die Luft mich aufweckte, das Wasser mich belebte und das Feuer meine müden Knochen wärmte. Dann zapfte ich das Element Geist an, das flüchtig und schwer zu halten war, bevor ich Torren etwas davon gab und es in ihn hineinrieseln ließ, während ich versuchte, ihn zu lesen.

Es war dieselbe Stimme, die ich vorher schon in seinen Erinnerungen gehört hatte. *Keiner wird dir glauben.*

Und dann wusste ich es. Der Mann, der ihn geschändet hatte, war hier. Er war hier, und Torren hatte ihn gesehen oder war wieder von ihm verletzt worden oder ... der Mann verletzte jemand anderen.

Das war's.

Der Mann, der ihm wehgetan hatte, tat jemand anderem weh, und Torren hatte versucht, zu uns zurückzukehren – er hatte versucht, es jemandem zu sagen, aber entweder konnte er es nicht oder er war aufgehalten worden. Ich riss an der Magie, die ihn zum Schweigen zwang, und befreite ihn aus dem Gefängnis seiner eigenen Gedanken.

Verschwommene Bilder schlugen mir entgegen, aber ich konnte die schwachen Umrisse des Mannes nicht zuordnen – Torrens Verstand schützte sich selbst davor, sich zu erinnern. Behutsam zog ich mich zurück. »Es ist okay. Ich werde ihn finden.«

Torren antwortete nicht, aber das war in Ordnung. Lothan war angekommen. Er war von Aidan zu dieser kleinen Baumgruppe gebracht worden und kniete nieder, um sich um seinen Sohn zu kümmern.

»In diesem Wald ist jemand, der einem Rehkitz wehtut. Ich glaube, es ist ein Elf, aber vielleicht auch nicht. Torren hat versucht, es mir zu sagen, aber er kann gerade nicht, also werde ich nach der Person suchen.«

Lothan versteifte sich, jede Linie seiner Körperhaltung war auf einen Kampf ausgerichtet. »Das ist doch Wahnsinn. Kein Elf würde ein Rehkitz verletzen. Wir sind zivilisiert. Du denkst, einer aus meinem Volk ist ...«, begann Lothan, verstummte aber, als er mein Gesicht sah.

»Willst du sehen, wozu dieser Mann fähig ist?«,

fragte ich, wartete aber nicht auf Lothans Antwort, sondern berührte seine Stirn, um ihm zu zeigen, was ich gesehen hatte. Ich ließ ihn sehen, was seinem Sohn angetan worden war, seinem eigen Fleisch und Blut.

Lothan fiel zurück, drehte sich um und übergab sich. Als er wieder zu Atem kam, standen ihm die Tränen in den Augen. »Niemand sollte das jemals durchmachen müssen. Mein Junge«, wimmerte er, als er nach seinem Kind griff und seinen erwachsenen Sohn in seine Arme zog.

»Ich habe geschworen, dass ich den Täter finden werde. Pass gut auf deinen Sohn auf. Ich bin bald wieder da.«

Ich spürte wieder die Anziehungskraft, den Faden, den ich ausgestreckt hatte, um den Mann zu finden, der Torren gebrochen hatte, der seine Unschuld und seine Seele gestohlen hatte. Aidan, Hideyo und ich folgten dem Faden und bahnten uns einen Weg durch den Wald, wobei wir fast einen vollen Kreis drehten und auf der anderen Seite des Lagers ankamen.

Wie weit war Torren gelaufen, während er den Verstand verloren hatte? Wie weit hatte der Mann ihn geschickt, während er Torrens Gehirn zu Brei hatte verfaulen lassen?

Der Faden zerrte fester an mir, und ich fing an zu rennen, während die leisen Töne einer verzweifelten Frau an meine Ohren drangen. Ehe ich mich versah, zuckten Blitze über den Himmel und tauchten in den Bäumen unter wie ein verspieltes Hündchen, das darum bettelte, eingesetzt zu werden. Als ich sie sah, als ich die arme Frau sah, die sich an einen Baum klammerte, während ein Riese von einem Elfen sie verletzte, ließ ich das Feuer in meinen Adern frei.

Das Licht wuchs in meinen Händen, bis sich die Elektrizität aus ihren Fesseln löste und in den Elfen strömte.

Ich hatte ihn schon einmal gesehen. Er saß im Rat und hatte gefordert, dass sie den Zwergen mehr Zugang und mehr Raum geben sollten – eine freundliche Geste, die nun durch seine Taten befleckt war. Er war ein Vergewaltiger, ein Missbraucher, ein Monster. Ein Mann mit Macht, der diejenigen misshandelte, die er eigentlich beschützen sollte.

Das Rehkitz fiel auf den Waldboden und die arme Frau weinte, während sie sich immer und immer wieder bei uns bedankte. Ich wollte kotzen. Ich wollte auf keinen verdammten Fall, dass man mir dafür dankte.

Die Erde bebte unter meinen Füßen, als ein Sturm der Wut mit beißendem Regen und dröhnendem Donner über uns hereinbrach. Ich wusste, dass ich das ganze Lager aufgeweckt hatte, aber das war mir egal. Sie mussten das sehen. Sie mussten miterleben, was als Nächstes geschah.

Schnell regte sich der Elf und erhob sich mühsam, während er versuchte, sich zu rechtfertigen.

Er schrie Argumente, die ich schon so oft von Männern gehört hatte – von Männern, die ich getötet hatte. Von Ehemännern, die ihre Frauen ermordeten und von Männern, die ihre Freundinnen missbrauchen. Von hohen Tieren, die dachten, es würde niemanden interessieren, dass sie Kinder verletzten, und von Magistraten, die niemanden hatten, der sie im Zaum hielt.

Seine Verteidigung war nicht anders als die der anderen und ihm würde das gleiche Schicksal bevorstehen.

»Es ist mir egal, was deine Gründe sind. Es gibt keine Entschuldigung, die du mir geben könntest, die ich akzeptieren würde. Ich habe der Anführerin dieser Frau gesagt, dass sie respektiert werden oder die Übeltäter sich vor mir zu verantworten haben werden. Und genau so wird es sein.«

Der Elf knurrte und schoss vorwärts, aber er kam nicht sehr weit. Ich schnippte mit den Fingern und genoss seinen sekundenbruchteillangen Schrei, bevor ich seinen Körper von innen nach außen stülpte. Ein feiner Blutnebel spritzte empor und bedeckte dann den Waldboden, und ich konnte zusehen, wie die Erde das meiste davon aufsaugte und die Opfergabe als eine solche annahm. Blitze zuckten durch die Baumkronen und Feuer erblühte über dem Kadaver des Elfen, bevor die Luft einen Teil der Asche verschlang und den Rest in den See streute.

Meine Elemente waren genauso blutdürstig wie ich, und sie wurden durch das Opfer besänftigt.

Aber mir ging es nicht gut. Die Wut durchströmte mich immer noch. Unbefriedigt vom schnellen Tod des Elfen wollte ich mehr Blut für die gestohlene Unschuld. Ich wollte Gerechtigkeit für die, denen Unrecht getan worden war.

Aber ich hatte niemanden mehr, den ich verletzen, und kein Blut, das ich vergießen konnte.

Also schrie ich stattdessen. Ich schrie für jede Frau, die ich enttäuscht hatte, für jeden Tod, den ich nicht hatte verhindern können, für jede Brutalität, die ich nicht hatte aufhalten können, während die Welt um mich herum wütete.

Ich wollte niemanden mehr verletzen, aber ich war gierig nach Blut, lechzte nach Gewalt und hungerte nach einem Kampf. Unfähig, mich aufrecht zu halten, fiel ich auf die Knie, und als ich die Augen öffnete, war ich zurück in einem vertrauten Wald.

Dušan hockte vor mir, sein Gesicht war eine Maske des Schmerzes. Ich wollte nur noch weinen.

»Wie mache ich, dass es aufhört?«, krächzte ich, während der Hunger nach Gewalt immer noch durch meine Adern floss.

»Du atmest die Luft ein, du spürst den Regen auf deiner Haut, du gräbst deine Finger in die Erde, spürst das Feuer im Wind, du lässt den Geist durch dich fließen und du wartest. Auf solche Brutalität gibt es keine Antwort, und auch diese Narbe muss geheilt werden.«

Eine einfache Antwort, aber manchmal war das einfach der Lauf der Dinge. Ich nahm einen zitternden Atemzug nach dem anderen und ließ den Geist dieses Ortes meine Seele ein wenig heilen.

»Du bist ein Gott, nicht wahr?«, fragte ich, als ich wieder denken konnte. »Chaos? Warum hast du mir das nicht gesagt?«

»Manche Dinge erfährt man besser in kleinen Portionen. Ich wollte mehr als alles andere, dass du in Sicherheit bist, also habe ich dir gesagt, was du wissen musstest.«

Ich schnaubte. »Das ist eine beschissene elterliche Angewohnheit, die du dir unbedingt abgewöhnen solltest. Von diesem Müll habe ich genug für zehn Leben.«

Dušan lächelte das nachsichtige Lächeln eines Vaters, der mit einem streitlustigen Kleinkind verhandelte. »Ich werde es mir merken.«

»Aber ich bin froh, das zu wissen. Ich bin froh, dich ein wenig zu kennen. Ich bin froh, ein Stück von dir hierzuhaben. Es tut mir leid, dass es ein Gefängnis für dich ist.«

Ich versuchte, mich auf die Besonderheiten dieses Ortes zu konzentrieren – dieses kleinen Schlupfwinkels, den er für sich selbst geschaffen hatte –, aber ich konnte die Details nicht genau erkennen. Wir waren in einem nächtlichen Wald. Ab und zu tauchten Glühwürmchen auf, aber die Ränder waren unscharf, wie eine unfertige Zeichnung.

»Es ist eins und es ist auch wieder keins. Ich kann dich sehen, nicht wahr? Das allein ist es schon wert.«

Um mich nicht in eine Tränenlache aufzulösen, entschied ich mich für eine freche Antwort. »Du bist fest entschlossen, noch ein weiteres Heulsusenfest auf deiner Schulter zu erleben, was?«

»Das ist meine Lebensaufgabe«, antwortete er trocken, und ich konnte mir ein Lachen nicht verkneifen. »Ich freue mich schon auf deinen nächsten Besuch, Massima. Pass auf dich auf.«

Als ich meine Lider öffnete, starrte ich in die braunen Augen meiner Mutter. Sie weinte, und ich wusste nicht, warum.

»Was ist los?«, krächzte ich – meine Stimme war eingerostet vom Nichtgebrauch.

»Oh, den Schicksalen sei Dank«, hauchte sie und nahm mein Gesicht in ihre Hände. »Tu das nie wieder, Schatz. Du hast mir eine Scheißangst eingejagt.«

»Was soll ich nicht wieder tun? Was habe ich denn getan?«

Teresa zog mich in ihre Arme, das Leder ihrer Rüstung war weicher, als ich gedacht hätte. »Du hast eine Stunde lang aufgehört zu atmen. Wo warst du?«

»Versprichst du mir, dass du mich nicht für verrückt halten wirst?«

»Natürlich bist du nicht verrückt. Sag es mir.«

Ich schürzte die Lippen und überlegte, was ich sagen könnte, um nicht als unzurechnungsfähig abgestempelt zu werden. Aber dann erinnerte ich mich daran, dass wir hier in Faerie waren und dass verrückter Scheiß dort gang und gäbe war. »Ich war im Reich der Geister. Ich habe mit Dušan gesprochen. Er ist ein Gott, Mom. Das hier ist echt. All das hier ist echt.«

»Natürlich ist es echt, Baby. Dies ist das Land der Möglichkeiten.«

»Max!«, rief Alistair hinter uns. Er klang so verzweifelt, als wäre er zwei Sekunden davon entfernt, Leute in Brand zu setzen.

Ich erhob mich von meiner Position im Dreck und Teresa zog an meiner Hand.

»Ich entschuldige mich im Voraus für das, was er dir gleich sagen wird. Er war am Ausflippen, also habe ich ihn ein bisschen ausgeknockt. Aber nur, damit er die Elfen, die stinksauer waren, weil du einen von ihnen getötet hast, nicht gleich zum Teufel schickt. Lothan hat ihnen erzählt, was passiert ist, und sie haben sich zurückgezogen, aber –«

Meine Mutter wurde unterbrochen, als Alistair in mich krachte und mich an seine Brust drückte, als wollte er mich nie wieder loslassen.

»Es tut mir leid, dass ich nicht da war, my Love. Es tut mir lei–«

Ich küsste ihn, um ihn zum Schweigen zu bringen. Ich war diejenige, die ihn wie eine Idiotin hatte schlafen lassen. Ich fragte mich, wie viel Geistelement ich hätte nehmen müssen, wenn Alistair bei mir gewesen wäre. Hätte ich so viel Wut entfesselt?

Ich schätzte, wahrscheinlich nicht.

Er hätte mich beruhigt. Er hätte mir geholfen.

Wir versanken tiefer in dem Kuss und scherten uns nicht um die Leute um uns herum. Das war der Frieden, den ich brauchte.

Ein leises Rascheln drang an meine Ohren, und ich brach den Kuss ab und drehte meinen Kopf in Richtung des Geräusches. Es zog mich an, so wie bei Torren, als er im Wald festgesteckt hatte. Es war ein Hilferuf – ein vertrauter. Einer, dem ich nicht antworten wollte. Nie wieder.

Aber ich musste dem Ruf folgen, und das tat ich auch.

Nur um meinen ehemals besten Freund zitternd am Fuße eines Baumes zu finden. Er war nass, zerfleddert und angeschlagen. Seine blutige Wange war rot und geschwollen von einer Infektion und sein ganzer Körper war irgendwie einfach falsch.

»Huhu, Maxie. Lange nicht gesehen«, krächzte Striker, bevor er auf dem Waldboden zusammenbrach.

Träumchen.

18

»WACH AUF, DU IDIOT«, MURMELTE ICH UND schnippte vor meinem frisch geheilten ehemaligen besten Freund mit den Fingern.

Strikers Augen flogen auf, und er sprang von seinem Feldbett auf, nur um am Ende einer Kette auf Widerstand zu stoßen. Jupp, ich hatte ihn an einen Pfahl im Boden gekettet – einen, von dem mir meine Mutter versichert hatte, dass er ihn nicht brechen könnte –, und es tat mir nicht leid.

Ich traute ihm nicht – nicht einmal ansatzweise.

Striker starrte auf die Kette, auf sein gefesseltes Handgelenk, auf den Pfahl im Boden und dann auf mich. »Erst ein Faustschlag ins Gesicht, und jetzt das? Ich glaube langsam, dass du mich nicht magst, Max.«

Er sagte das so, als hätte er den Schlag oder seine jetzige Gefangenschaft nicht verdient. Als ob er nichts falsch gemacht hätte. Als ob er keine Seele aus dem Himmel gestohlen hätte.

»Das tue ich auch nicht. Du hast gesehen, wie ich mich von vielen Leuten getrennt habe, Striker. Leute, die mich missbraucht haben, die mir Dinge weggenommen haben, ohne zu fragen, die mich angelogen haben, die mich wie Dreck behandelt haben. Ich habe vielleicht ein Jahrhundert gebraucht, um klüger zu werden und den toten Winkel zu verlassen, den du geschaffen hast, aber ich sehe dich als das, was du bist. Also nein, ich mag dich nicht.«

Meine Worte schienen ihn wie eine Ohrfeige zu treffen, denn er bäumte sich auf und zerrte an der Fessel um sein Handgelenk.

»Ich habe dich *beschützt*.« Er stellte seine Füße auf den Boden, als wollte er aufstehen und sich mir entgegenstellen. Er kam nicht sehr weit, bevor er auf das spitze Ende von Alistairs Sense starrte.

»Du hast einen Scheißdreck gemacht. Setz dich, Striker, meine Frau hat noch mehr zu sagen.«

Striker verzog wütend die Lippen. »Du wirst diese Klinge nicht benutzen, *Dämon*. Der Waffenstillstand verbietet es.«

Darüber musste ich eine ganze Minute lang

lachen. »Schätzchen, du bist in Faerie. Es gibt in keinem Reich einen Waffenstillstand, der deinen Arsch rettet, nur weil du dich dumm stellst, also setz dich verdammt noch mal hin. Niemand schert sich einen feuchten Furz um deine Ausreden. Niemand ist bereit, dir zuzuhören, wenn du so tust, als hättest du einen guten Grund, eine Seele zu stehlen und dann auch noch zu lügen. Und glaub ja nicht, dass du mit deinen Fähigkeiten versuchen kannst, uns zum Zuhören zu bewegen. Ich habe sie ausgeschaltet, als du ohnmächtig warst.«

Ja, ich hatte ein wenig an seinen Kräften herumgepfuscht, um zu verhindern, dass sein Mojo uns beeinträchtigte. Noch mal: Es tat mir nicht leid. Ich wusste nicht, ob seine Fähigkeiten anders auf mich wirkten, jetzt da der Glamour weg war, und ehrlich gesagt wollte ich es nicht riskieren.

»Du hast meine Fähigkeiten ausgeschaltet? Als ob ich ein Hund wäre, der eingeschläfert werden muss?«

War der high?

»Du. Hast. Eine. Seele. Aus. Dem. Himmel. Gestohlen!«, knurrte ich und unterstrich jedes Wort mit einem Klatschen in sein Gesicht. »Eine Seele, hinter der ich jetzt schon seit zwei Tagen her bin, und ich bin müde. Weißt du, was sie getan hat? Weißt du, wie viele Leute ich nicht retten konnte, weil sie durch

Faerie spazieren wollte, als würde sie auf Zehenspitzen durch ein verdammtes Tulpenfeld flanieren? Die Leute sind tot, Striker. Tot.«

Von all dem anderen Scheiß, den er angerichtet hatte, wollte ich gar nicht erst anfangen. Die Liste war zu lang.

»So sollte es nicht sein.« Sein Körper schmolz zurück auf das Feldbett, als hätte ich ihm die Luft rausgelassen.

»Als ob das die Sache besser machen würde. Wie immer hast du den empathischen Teil von dir ausgeschaltet. Du hast den Teil, der tatsächlich ein Gewissen hat, ausgeschaltet. Du hast getan, was du wolltest, und alle anderen waren dir scheißegal. Hast du sie überhaupt gefragt, ob sie zurückkommen will? Oder hast du sie einfach genommen?«

Die Scham ließ sein Gesicht schmaler werden – ein Kunststück, das ich bei einer Visage wie der seinen nicht für möglich gehalten hätte. Er war schon immer schön gewesen, aber jetzt wirkte er einfach nur verloren. Verloren und beschämt.

»Ich habe sie nicht gefragt«, gab er zu, wobei seine Stimme so leise war, dass ich sie fast nicht hörte. »Ich habe sie gesehen und war so glücklich, dass ich sie einfach mitgenommen habe. Sie hatte ihren Frieden gefunden. Das wusste ich, aber ich wollte sie bei mir haben.«

Hatte ich es doch gewusst. Ich hatte gewusst, dass er genau das getan hatte. Ich war einfach so enttäuscht, dass ich ihn nicht einmal ansehen wollte. Trotzdem musste ich wissen, warum er hier war und wer ihn bis zur Besinnungslosigkeit geschlagen hatte.

Da ich sein Gesicht nicht mehr länger ansehen konnte, schaute ich an der Zeltwand hoch, während ich die nötigen Fragen stellte. »Was ist im Wald mit dir passiert?«

Ein leises Stöhnen brachte mich dazu, mich ihm zuzuwenden, obwohl ich es nicht wollte. Tränen füllten Strikers Augen und er schüttelte den Kopf. Nicht so, als wollte er mich abweisen, sondern eher, als könnte er nicht verarbeiten, was passiert war.

»Ich bin dir gefolgt, seit du hier angekommen bist. Ich dachte mir, dass du Melody vor mir finden würdest, denn egal, was ich getan habe, ich konnte unsere Verbindung nicht nutzen, um sie zu finden. Ich habe eine Frau im Wald gehört. Sie hat nicht geschrien, aber sie hat ein furchtbares Geräusch von sich gegeben. Aber Geräusche machen hier überhaupt keinen Sinn. Das Geräusch von ihr war überall und nirgends, ich konnte ihm nicht folgen, also habe ich meinen emotionalen Schutzwall fallen lassen.«

Striker bedeckte seine Augen, schüttelte den Kopf und schniefte, als würde er die Tränen allein durch bloße Willenskraft verdrängen.

»Sie wurde … sie wurde verletzt. Ein Elf hatte ihre Handgelenke an einem Baum zusammengebunden und er …« Striker schüttelte den Kopf, unfähig, weiterzusprechen.

Das brauchte er auch nicht. Ich wusste, was er gesehen hatte. Ich hatte dasselbe gesehen, bevor ich den Elf von innen nach außen gestülpt hatte.

»Ich habe ihn angegriffen, zumindest habe ich es versucht. Da meine Schutzwälle ausgeschaltet waren, konnte ich nicht viel Schaden anrichten – ich war zu sehr von ihrem Schmerz beeinflusst. Er hat meinen Arsch in den Boden gestampft und ist zu ihr zurückgegangen. Dann kamst du.«

Aber das war schon immer sein Problem gewesen. Er schaltete seine Emotionen ab und verwandelte sich in ein nerviges Arschloch, nur damit ihn dann irgendetwas daran hinderte, sie wieder einzuschalten. Diesen Kreislauf durchliefen wir schon seit einem Jahrhundert. Ich wusste, dass der einzige Grund, warum er seine Emotionen dieses Mal wieder eingeschaltet hatte, war, weil er Melody finden wollte. Ich machte mir diesbezüglich keine Illusionen. Aber es war zumindest ein kleiner Pluspunkt für ihn, dass er tatsächlich mal etwas für jemand anderen al ssich selbst tat.

Auch wenn es unsere Freundschaft nicht heilen würde, war ich froh, dass er kein absolutes Monster war.

»Hast du eine Ahnung, warum Melody überhaupt nach Faerie kommen wollte? Das ist das Einzige, was ich nicht kapiere. In ihrem Brief nannte sie es ihr Zuhause. Warum sollte sie Faerie für ihr Zuhause halten?«

»Als ich sie auf die Erde zurückbrachte, nachdem ich versucht hatte, ihre Seele zu reparieren, sagte sie immer wieder, dass sie nach Hause, nach Faerie, wolle. Aber soweit ich wusste, war sie ein Mensch. Wenn sie teilweise Fae war, könnte das erklären, warum ...« Striker stockte, aber ich wusste, was er dachte.

Wenn Melody eine Fae gewesen war, würde das erklären, warum der Zauber, mit dem er die beiden Teile ihrer Seele verschmolzen hatte, nicht funktioniert hatte.

Es würde erklären, warum sie immer noch gebrochen war.

»Wurde sie adoptiert? Ein Kuckuckskind? Was ist sie?«

Meine Mutter war diejenige, die mit einer

Antwort herausrückte. »Sie könnte ein Teil der Fae aus einer entfernten Linie sein. Es gibt viele Menschen mit einem gewissen Anteil an Fae-Blut. Fae kommen immer wieder ins Reich der Erde. Was glaubst du, woher die Sagen kommen?«

»Also was? Ihr Gehirn wurde bei der Wiederverschmelzung durcheinandergebracht«, schlug Alistair vor, »und dann ist es irgendwie bei den Fae hängen geblieben wie mit einem Peilsender? Das klingt absurd.«

Ich glaubte es auch nicht. »Es muss äußere Einflüsse gegeben haben. Bei wem hast du sie gelassen, um zu versuchen, sie zu heilen?«

»Ich war es nicht. Caim hatte Leute organisiert, die sie in eine Art Kloster gebracht haben. Erst als sie ausgerissen ist, haben wir gemerkt, dass es ein Problem gibt.«

Aidan steckte seinen Kopf ins Zelt. »Hey, die Fae drehen am Rad. Ihr solltet lieber rauskommen.«

Als wir aus dem Zelt traten, sahen wir, wie sich die Fae stritten. Die Rehkitze versuchten, ihre Verwundeten einzusammeln und von hier wegzubringen. Die Elfen waren in höchster Alarmbereitschaft, und die Zwerge machten ihre Waffen bereit.

Ich drehte mich wieder zu Aidan und Hideyo.

»Behaltet ihn im Auge. Wenn er Mist baut, schlagt ihn k. o. Ich bin gleich wieder da.«

Alistair und meine Mutter folgten mir, als ich nach Della und Lothan suchte. Oder Maireen oder Aramal. Zu diesem Zeitpunkt würde ich jeden nehmen. Ich fand Della und Lothan im ›Kriegszelt‹ – dem Zelt, in dem wir uns die Karte des Untergangs angeschaut hatten.

»Was ist los?«, fragte ich, wobei ich wahrscheinlich eine hitzige Diskussion unterbrochen hatte.

»Die Seelie kommen. Wir müssen hier abhauen oder uns auf den Kampf vorbereiten«, antwortete Della, deren Akzent entweder von Angst oder von Wut geschärft war. Bei Della schien es das Gleiche zu sein.

»Woher wisst ihr das?«

Della deutete starr auf die Karte. Blaue Punkte, die sich in Gruppen zu einem Pfeil formierten, kamen direkt auf uns zu. *Scheiße auf Toast.* Melodys Zerstörung leuchtete golden. Die beiden steuerten direkt aufeinander zu.

»Wie kann ich helfen?« Ich stellte die Frage, weil ich kaum Kampferfahrung hatte und noch weniger mit Militärtaktiken. Aber ich konnte eine Waffe sein. Darin war ich *wirklich* gut.

»Ich weiß es nicht, Max. Wie kannst du helfen?«

Dellas Tonfall war bissig, und ich wusste, warum. Ich hatte ihr nicht von den Grausamkeiten, die Torren angetan worden waren, erzählt.

»Es war nicht mein Geheimnis«, murmelte ich mit leiser Stimme, damit sie wusste, dass ich keinen Streit wollte. »Hättest du gewollt, dass ich es erzähle, wenn es dir passiert wäre? Er war verängstigt und schämte sich. Es war nicht mein Recht.«

»Aber du hast es Lothan erzählt. Du hast es ihm gezeigt.«

»Das war eigentlich nur, damit er sich mir nicht in den Weg stellt, während ich sein Ratsmitglied umbringe. Der Mann hat jemand anderem wehgetan, und ich hatte keine Chance, es zu erklären.«

Ich begegnete Dellas Blick und hoffte, dass sie sah, wie sehr es mir wehgetan hatte, es ihr nicht zu sagen. Ich hoffte, sie wusste, dass ich ein solches Vertrauen nicht missbrauchen konnte. Niemals.

Sie hob ihr Kinn und presste die Lippen aufeinander. Als sie wieder sprach, klang es so rau, dass ich ihre Verzweiflung bis in die Knochen spürte.

»Ich bin wütend, aber ich weiß, dass du es nicht ändern kannst. Ich weiß, du hast getan, was du für das Beste gehalten hast. Aber ich bin einfach so wütend. Wütend, dass ich ihn nicht töten kann. Dass ich nicht … Er hat meinem Baby wehgetan.«

Ich schlang meine Arme um ihre Schultern, denn ich wusste, dass es lange dauern würde, bis Della das alles verarbeiten konnte. »Wenn ich mehr Zeit gehabt hätte, hätte ich ihn gedrängt, es dir zu sagen. Aber wir hatten in dem Moment keine Zeit, und wir haben auch jetzt keine Zeit. Wie kann ich helfen?«

Sie schüttelte den Kopf. »Ich weiß es nicht. Lothan und die anderen Elfen bauen Portale, damit wir alle auf Tandrirr unterbringen können. Einige Rehkitze wollen nicht mitkommen. Ich weiß nicht, was wir sagen könnten, um sie zu überzeugen, nachdem was Irion getan hat. Ein Teil von mir möchte seine ganze Familie von einer Klippe stürzen, aber ich weiß, dass sie es unmöglich wissen konnten – oder wenn doch, wurden sie genauso eingeschüchtert und missbraucht wie mein Sohn.«

Keiner wird dir jemals glauben.

Ich erschauderte. »Ein Problem nach dem anderen. Ich werde mal sehen, ob ich mit den Kitzen reden kann. Vielleicht hören sie auf mich.«

Ich drehte mich um, um zu gehen, aber Della legte mir eine Hand auf den Arm. »Ich danke dir, Max. Danke, dass du meinen Sohn geheilt hast, dass du seinen Angreifer gefunden und für Gerechtigkeit gesorgt hast, als ich es nicht konnte. Das werde ich nie vergessen.«

»Du hättest das Gleiche getan.«

»Verdammt richtig, das hätte ich.«

Ich küsste ihre Schläfe, drückte sie kurz ganz fest an mich und machte mich dann mit Alistair und meiner Mutter im Schlepptau auf die Suche nach Maireen. Ich fand Maireen in der Nähe des Sees, wo sie versuchte, eine verletzte Pixie zu überreden, sie zu begleiten. Pixies waren größer, als ich gedacht hätte, fast dreißig Zentimeter groß, mit filigranen Flügeln, die so dünn waren, dass sie nahezu unsichtbar wirkten. Sie hatten eine menschenähnliche Form mit längeren Beinen und Armen, ihre Gesichter waren kräftig und schön, abgesehen von den rasiermesserscharfen Zähnen.

Diese Pixie hatte einen gebrochenen Flügel und ein kaputtes Bein, was das Reisen fast unmöglich machte, aber sie wollte nicht mit Maireen gehen.

»Goliah, du musst mit mir kommen. Die anderen sind nach Tandrirr aufgebrochen. Wenn du nicht mitkommst, werden die Seelies dich töten. Hör auf, so stur zu sein«, diskutierte Maireen mit der Pixie, aber deren mürrischer Gesichtsausdruck verriet ihr, dass sie sich nicht rühren würde.

»*Um Himmels* ... Goliah, richtig?«, fragte ich, wobei ich die beiden aufschreckte. Die Pixie nickte.

»Hast du einen Todeswunsch? Wünschst du, dass andere Leute sterben?«

Die Pixie schüttelte den Kopf. Maireen konnte die Pixies in ihrem Kopf sprechen hören, aber das konnten nicht viele andere. Pixies hatten aus irgendeinem Grund keine Stimmbänder, also bestand die Kommunikation hauptsächlich aus Gebärden und Kopfbewegungen.

»Dann schwing deinen sturen Arsch in Sicherheit, bevor du jemanden das Leben kostest. Hast du mich verstanden?«

Goliah nickte, aber sie schien nicht glücklich darüber zu sein. Sie reichte Maireen ihre winzige Hand, die die winzige Lady behutsam hochhob und in eine Tasche steckte.

»Wie viele werden nicht mehr kommen?«

»Nicht viele. Sogar das Rehkitz, das du gerettet hast, wird mit seiner Familie kommen, auch wenn sie sich von den Elfen fernhält, aber Torren passt auf sie auf. Er hat noch kein Wort gesagt, aber er hilft, wo er kann.«

Ich atmete erleichtert auf. »Gut. Ich muss meine Leute von hier wegbringen. Wir müssen Melody finden und aus diesem Reich verschwinden. Vielleicht wird sich Verena beruhigen, wenn ich weg bin.«

Aber ich wusste, dass sie das nicht tun würde. Ich wusste, dass sie ihre Gegner so lange aus dem Weg räumen würde, bis ganz Faerie unter ihrer Fuchtel stand.

Maireens Gesicht verriet mir, dass sie dasselbe dachte wie ich – dass Verena niemals aufhören würde, dass es egal war, ob ich hier war oder nicht.

Scheiße!

Was sollte ich tun?

»Rette so viele, wie du kannst, my Love.«

Ich blickte zu Alistair auf, nicht wissend, dass ich meine Frage laut gestellt hatte. »Wie kann ich das tun und mein Versprechen halten? Sie steuert direkt auf eine Armee zu.« Mit ›sie‹ meinte ich Melody. »Wie soll ich sie und ihren Sohn mitten in einem Krieg beschützen? Und sie tötet Leute, Alistair. Was ...« Ich konnte den Satz nicht zu Ende bringen.

Was soll ich mit einer Frau machen, die anscheinend nicht gerettet werden will?

Alistair griff nach meinen Händen und schloss sie in seine ein – er teilte ein wenig Frieden und Wärme mit mir. »Du ziehst dich zurück und formierst dich neu. Überdenke alles noch einmal, wenn wir nicht in den Lauf einer geladenen Waffe gucken. Okay?«

»Okay. Geh und hilf Maireen, so viele Fae wie

möglich zusammenzutreiben. Wir holen Striker und treffen dich dann im Kriegszelt?«

Anstatt zu antworten, zog er mich in seine Arme und gab mir einen schnellen, leidenschaftlichen Kuss.

Wir lösten uns voneinander und gingen in entgegengesetzte Richtungen.

»Weißt du, als ich die Prophezeiung über euch beide gehört habe, war ich dagegen, aber jetzt ergibt das alles einen Sinn«, murmelte meine Mutter – mehr zu sich selbst als zu mir.

»Welche Prophezeiung? Die, dass wir heiraten werden?«

»Genau diese. Hätte ich damals schon gewusst, dass er dein Gegenstück sein würde, wäre ich vielleicht nicht so dagegen gewesen.«

Ich lachte, als ich mich daran erinnerte, wie es mir unter ihrem Dach ergangen war. »Oder vielleicht wären wir gar nicht zusammen, weil wir den Segen unserer Eltern gehabt hätten. Das Schicksal ist eine lustige Sache, Mom. Lass uns einfach froh sein, dass es so gekommen ist, wie es gekommen ist.«

Wir näherten uns Strikers Zelt und ich wurde langsamer und blieb stehen. Wo waren Aidan und Hideyo?

Ich streckte meine Hand aus, um Teresa daran zu

hindern, weiterzugehen. Unsere Blicke trafen sich und sie nickte. Ohne ein Wort trennten wir uns und umrundeten das Zelt auf entgegengesetzten Seiten. Auf meiner Seite fand ich einen stark angenagten Aidan, seine Arme blutig von scharfen Zähnen, sein Schwert gezogen und rot gefärbt. Er war bewusstlos, aber er atmete.

»Max«, rief meine Mutter von der anderen Seite des Zelts, und ich ging um die Ecke, wo ich einen blutigen Hideyo vorfand, der halb in seiner Kitsune-Gestalt war und halb nicht.

Mein Herz setze einen Schlag aus, bis ich merkte, dass er atmete. Aber wenn Hideyo auf diese Weise feststeckte, ging es ihm ganz sicher nicht gut. Ich kniete auf dem Boden und zwang die Erde, sich zu erheben und ihn zu begrüßen, und flehte sie an, meine Freunde zu heilen. Hideyos andere Hälfte schmolz dahin und seine Atmung wurde weniger flach.

Ich wollte Erleichterung spüren, aber ich wusste, dass ich das nicht konnte. Wir waren hier in Gefahr.

»Wer hat das getan?« In den Worten meiner Mutter schwang Angst mit, während sie den Wald nach einem Angreifer absuchte.

Ich schüttelte den Kopf. Könnte es Melody gewesen sein? Warum sollte sie hierher zurückkommen? Sie sollte doch auf dem Weg zum Seelie-Hof sein ...

Ohne nachzudenken erhob ich mich und schlitzte die Zeltplane auf, anstatt drumherum zu gehen. Das Innere war leer, bis auf ein einsames Feldbett und Strikers zerbrochene Fesseln.

Plötzlich blühte ein stechender Schmerz an meinem Hinterkopf auf. Ich taumelte, und dann kam der Boden auf mich zugerast.

Bevor mich die Dunkelheit einholte, sah ich ein vertrautes Paar dunkler Stiefel vor mir stehen. Ich kannte sie und den Mann, dem sie gehörten.

Striker.

19

An einen Baum gekettet zu sein, war nicht so spaßig, wie man denken könnte. Es machte überhaupt keinen Spaß, nicht einmal im Entferntesten. Mit einem stacheligen Holzhalsband an einen Baum gekettet zu sein, war sogar noch weniger spaßig. Vor allem, als ich spürte, dass das Holz aus einer Eberesche geschnitzt war.

Demselben Ebereschenbaum, der meine leiblichen Eltern getötet hatte.

Jeder einzelne geschnitzte Stachel drückte gegen meine Kehle, ihre scharfen Spitzen gruben sich in meine Haut. Wenn ich mich falsch bewegte, wurde mir ein Ebereschenstachel in die Kehle getrieben.

Großartig.

Mein Gehirn holte das Letzte ein, woran ich mich

erinnerte. Aidan und Hideyo waren verletzt gewesen. Aidan hatte ausgesehen, als wäre er von einem wilden Hund angegriffen worden? Oder könnte es auch ein Kitsune gewesen sein? Und Hideyo hatte ausgesehen, als wäre er von einer Klinge aufgeschlitzt worden und beim Versuch, in seine andere Gestalt zurückzukehren, stecken geblieben.

Hatten sich die anderen nicht auch so verletzt? Sie hatten sich gegenseitig angegriffen. War es Melody, die ihren Sukkubus-Einfluss nutzte, oder war es Striker?

Es hörte sich nicht nach meinem ehemaligen besten Freund an, aber ich konnte auch nicht darauf vertrauen, dass das, was ich über Striker wusste, der Wahrheit entsprach. Der Mann, den ich kannte, hätte das seinen Freunden nie angetan. Der Mann, den ich kannte, hätte mir niemals auf den Kopf geschlagen. Oder mich an einen Baum gekettet. Oder dafür gesorgt, dass ich mit dem einzigen Mittel gefesselt wurde, das mich wirklich töten konnte.

Ich wollte glauben, dass der Mann, den ich kannte, immer noch da drin war, aber als ich Striker dabei zusah, wie er Siegel in den Dreck kratzte, war ich mir sicher, dass der Mann, den ich kannte, schon lange verschwunden war.

Strikers blonde Haare hingen lose in sein Gesicht,

die Strähnen waren durcheinander, während er mit einer Stahlklinge in die Erde ritzte. Von diesem Aussichtspunkt aus konnte ich das Muster nicht sehen, aber ich konnte es spüren. Es war keine Sprache, die ich kannte – und auch keine, von der ich gedacht hatte, dass Striker sie kannte.

Er murmelte vor sich hin, aber nicht in einer Weise, die darauf hindeutete, dass jemand seine geistigen Fähigkeiten im Griff hatte. Nein, es war, als würde er mit sich selbst diskutieren, während er in die Erde ritzte und dann die Furchen glättete, bevor er wieder von vorn anfing.

Ich starrte an meinem ehemals besten Freund vorbei und nahm unsere Umgebung in mich auf – na ja, zumindest so viel, wie ich konnte, ohne meinen Kopf zu bewegen. Wir befanden uns in einer tiefen Erdspalte, deren Ränder über uns aufragten und über denen nur ein breiter Streifen des Himmels zu sehen war. Obwohl es oben Nacht war, gab es hier unten Licht. Ein gespenstisches blaues Licht schimmerte um zwei geschlossene Flügel einer Tür in einem rissigen und zerklüfteten Torbogen, der sich im kleinsten Teil der Erdspalte befand – das Licht sickerte an den Rändern hindurch, als würde es darum betteln, herauszukommen.

Das bedeutete aber nicht, dass die Flügeltür klein

war. Nein, im Vergleich zu dieser Tür wirkte die an der Naht wie aus einem Puppenhaus. Jeder der Flügel war gut und gerne dreißig Meter hoch und zehn Meter breit, wobei das darin eingeätzte Muster ein Siegel darstellte, das zu zerbrechen drohte.

»Was machst du da, Striker?«, rief ich dem murmelnden Mann zu, der bereits zum fünften Mal Siegel in die Erde ritzte und wieder wegwischte. Es konnte auch mehr als sein fünfter Versuch sein, denn ich war eine Weile weggetreten gewesen.

Er zuckte zusammen, als hätte er mich gehört, aber er antwortete nicht. Stattdessen zeichnete er die Siegel erneut und erweiterte sie dieses Mal, bis sie einen ganzen Kreis aus Ritzungen in der Erde bildeten.

»Warum tust du das? Warum hast du mich geschlagen?« Als er mich immer noch ignorierte, wurde ich so wütend, dass der Boden unter uns bebte – na ja, nicht unter mir, aber unter ihm wühlte die Erde und störte seine Zeichnungen.

»Antworte mir!«, brüllte ich und zischte, als sich ein Ebereschenstachel in mein Fleisch grub. Es floss zwar kein Blut, aber es war sehr knapp. Schreien war also nicht mehr angesagt.

Striker sah auf, sein Gesicht war eine Maske aus hageren Falten und eingefallenen Wangen. Er war um fünfzig Jahre gealtert, seit ich ihn das letzte Mal gesehen hatte. Als ob etwas das Leben aus ihm herausgestohlen hätte. Seine Augen – normalerweise ein wunderschönes Braungrün – waren jetzt getrübt.

Konnte er mich sehen? Konnte er mich überhaupt hören?

»Was ist mit dir passiert?«, hauchte ich und erwartete auch auf diese Frage keine Antwort.

Er schüttelte den Kopf, wandte sich wieder der noch immer bebenden Erde zu und fing erneut an zu ritzen. Die Erde, in die er sein Messer gegraben hatte, blieb still, aber alles andere bewegte sich durch meine Wut, durch meine Angst. Blitze schmetterten durch den Himmel über uns und ein einer davon schlug in einen Baum auf einem nahe gelegenen Felsvorsprung ein. Der Stamm ging in Flammen auf, und ich fragte mich, ob ich einen Blitz dazu bringen könnte, das Gleiche mit dem Baum zu tun, an den ich gekettet war.

Das Feuer würde mich nicht verletzen, und wenn es das Holz verbrannte, wäre das umso besser.

Ich schloss meine Augen und versuchte, das Feuer dazu zu bringen, näher zu kommen, aber es hörte nicht auf meinen Ruf. Als ich die Augen wieder öffnete, war ich bereits schweißgebadet, aber der Blitz kam nicht näher als ein paar Meter an mich heran. Er schlug mitten in Strikers Zeichen ein, weigerte sich aber, zu mir zu kommen.

Hatte dieser Baum etwas Besonderes an sich?

Dann verstand ich. Das war *der* Baum – die Versicherungspolice meines Vaters gegen die Ewigkeit. Striker hatte mich an einen Ebereschenbaum gekettet und mir dann Stacheln um den Hals gehängt.

Was für ein Arschloch.

Wenn das Feuer zu viel Angst hatte, um hierherzukommen, würde mir dann die Erde helfen? Ich tat mein Bestes, um die Erde zu lesen, und ließ mich in sie sinken. Das Element akzeptierte mich, begrüßte mich, konnte aber nichts gegen den Baum ausrichten. Es war keine Magie oder ein Zauber, den ich brechen konnte, der das Element daran hinderte, näher zu kommen. Es war mehr als das.

Es war weder Magie noch ein Zauber oder ein Fluch. Dieser Baum war eine Leere aus Nichts, die in den knorrigen Ästen steckte. Er war ein Instrument wie die Naht – ein Ort, an dem nichts existieren konnte, also nahm er wahllos alles Leben auf.

Die Elemente konnten mich nicht befreien.

Unbeirrt und in völliger Verleugnung beschloss ich, weiter in der Erde zu lesen und weiter an dem Problem zu arbeiten. Ich konzentrierte mich auf die Siegel von Striker. An der Oberfläche sahen sie nur wie Furchen in der Erde aus. Aber darunter, wo niemand außer mir sie sehen konnte, schlängelten sich blaue Ranken der Magie in Richtung der riesigen Tür.

Versuchte er, sie zu öffnen? Ha, wow, war das nicht offensichtlich? Natürlich versuchte er, sie zu öffnen. Aber warum? Welchen Grund könnte Striker haben, die Tür zu öffnen, in der die Monster aufbewahrt wurden? Warum sollte es ihn interessieren, was sich hinter der Tür befand?

Oder zwang ihn jemand dazu?

Ich sah mir die Magie genauer an, wie sie mit kränklichen blauen Fingern auf die Tür zusteuerte. Die Magie stammte nicht von den Siegeln, wie ich anfangs gedacht hatte. Nein, diese Kraft, diese Magie kam direkt von Striker. Jede Furche in der Erde goss mehr Magie in den Boden, und jede Rille saugte den Reichtum der Macht aus Striker. Sie trockneten ihn aus.

Ja, es zwang ihn definitiv irgendjemand, das zu tun. Es gab keinen guten Grund für ihn, diese Tür zu öffnen – nicht, wenn niemand die Schrecken dahinter kannte.

War es das? War das die Art, wie ich gehen würde?

Rowan hatte gesagt, dass ich die einzige Person

war, die diese Tür öffnen konnte, und genau wie bei Soren wurde ich an einen Ort geführt, an dem ich nicht sein wollte.

Nein.

Ich hatte nicht vor, vierhundert Jahre voller Scheiße überlebt zu haben, nur um mich von einem blöden Baum umnieten zu lassen.

Ich konnte das stoppen. Ich konnte. Vielleicht.

Ich war zu sehr damit beschäftigt, über das wahrscheinliche Instrument meines Todes nachzudenken, um zu bemerken, dass Striker aufgehört hatte, seine Siegel zu zeichnen. Ich realisierte es erst, als er direkt vor mir stand. Er schwang ein Athame – eines von meinen, dieser Penner –, griff nach einem meiner gefesselten Handgelenke und schlug zu. Er traf voll ins Schwarze, und mein Unterarm wurde in der Mitte gespalten. Blut strömte aus meinem Arm, während der Schmerz ein paar Augenblicke wartete, um sich bemerkbar zu machen. Doch als er mich traf, unterdrückte ich den Schrei, der mir die Kehle zuschnürte und das ganze Reich erschüttert hätte, wenn ich ihn herausgelassen hätte.

Aber ich konnte nicht schreien, auch wenn ich das am liebsten getan hätte. Das Letzte, was ich brauchte, war ein Hals voller Eberesche.

Ich hätte Striker mit einem Blitz erschlagen

sollen, als ich die Chance dazu gehabt hatte. Ich hätte ihn töten sollen. Das wäre besser gewesen, als zuzulassen, dass er mir wehtat, als zuzulassen, dass er den Zauber in Gang setzte, um die Tür zu öffnen. Es wäre besser gewesen, als zuzulassen, dass er auf diese Weise benutzt wurde.

Das *Platsch-Platsch-Platsch* von Flüssigkeit, die auf Metall traf, ließ mich erschrocken nach unten blicken. Striker hatte mir eine Schale unter den Arm geschoben und sammelte mein Blut. Das war gar nicht gut. Ich hatte das Gefühl, dass ich wusste, wohin das Blut fließen würde.

»Striker, tu das nicht«, flehte ich, meine Stimme war kaum mehr als ein Flüstern. Ich hasste es. Ich brauchte nicht zu betteln – und das würde ich auch nicht tun. »Du weißt nicht, was hinter dieser Tür ist. Kämpf dagegen an. Ich weiß, dass du das nicht bist. Ich weiß, dass du das nicht tun würdest.«

Striker schüttelte den Kopf, als wollte er ihn befreien. Es funktionierte nicht – was auch immer ihn in seiner Gewalt hatte, war stärker als er selbst. Er schlug sich selbst auf den Kopf, ins Gesicht, aber es funktionierte nicht.

Vielleicht sollte ich noch mal versuchen, ihn mit Blitzen zu treffen. Dieser Gedanke schoss mir nur eine Sekunde durch den Kopf, bevor ein Feuerblitz in ihn einschlug. Ein Drache zu sein, sollte ihn zumindest teilweise vor der Hitze des Blitzes schützen. Vielleicht. Okay, ich hatte diese Aktion nicht einmal ansatzweise durchdacht, aber es war das Einzige, was ich zur Verfügung hatte, und wenn es ihn davon abhalten konnte, die Monstertür zu öffnen, dann war ich voll dafür.

Zwei weitere Blitze schlugen in Striker ein und seine Arme streckten sich in den Himmel, als die Elektrizität durch ihn hindurchfloss. Er schrie aus vollem Halse, und die Qualen, die er durch die Luft schleuderte, waren so stark, dass ich sie ebenfalls spüren konnte. Und dann ließen die Blitze nach, der Strom war verbraucht, und Striker sackte zu Boden.

Ich hoffte, dass ich das Richtige getan hatte. Ich hoffte, dass ich ihn nicht einfach getötet hatte, obwohl ich wusste, dass das Öffnen der Tür mich sonst umbringen würde.

War das nicht einfach nur dumm? Es fühlte sich dumm an. Ich war eine solche Idiotin, dass ich ihm so lange vertraut hatte. Dass ich ihn mit dummen Sachen hatte davonkommen lassen, dass ich ihn hatte lügen lassen. Und jetzt, wo er eine Marionette für jemand anderen war – auch wenn er sich mir gegenüber scheiße benommen hatte –, hasste ich es immer noch, dass er …

Ich schüttelte den Kopf. Er war nicht tot. Das konnte er nicht sein.

Trotzdem überprüfte ich, ob er atmete, ob sich sein Brustkorb auch nur einen Millimeter bewegte. Das tat er nicht.

Tränen schossen mir in die Augen, obwohl ich es nicht wollte. Ich wollte doch gar nicht weinen. Ich wollte raus aus diesen Fesseln. Ich wollte, dass einer meiner allerbesten Freunde *tatsächlich* mein bester Freund war und mir nicht mitten im Nirgendwo von Faerie wegstarb, während ich an einen Todesbaum gekettet war und verblutete.

Tränen waren da echt nicht hilfreich.

Zitternd – die Kälte des Blutverlustes traf mich hart – flehte ich die Erde an, mir einen Gefallen zu tun. Ich überredete sie, ihn ein wenig zu nähren. Nicht genug, um ihn vollständig zu heilen – nur so viel, dass er nicht sterben würde ... und vielleicht so viel, dass dieser beschissene Zauber, der seinen Geist vergiftete, gebrochen wurde.

Die Erde wollte Striker nicht helfen. Sie wollte mich heilen, sie wollte mich erreichen, aber die Wurzeln des Baumes hinderte sie daran, mich zu retten.

Blöder. Scheiß. Baum.

Ich flehte das Element an, mir zu helfen – wenn

es tun würde, was ich verlangte, wäre Striker vielleicht nicht so ein Hornochse und würde mir diese verdammten Ketten abnehmen. Ja, das wäre gut. Widerwillig folgte das Element meiner Bitte und fütterte den Idioten mit ein ganz klein wenig Energie. Ich sah zu, wie Striker seinen ersten Atemzug machte, seinen zweiten, und dann hörte die Erde auf.

Sie weigerte sich, weiterzuhelfen, aber das war okay. Wenigstens war Striker am Leben – auch wenn ich nicht sagen konnte, ob das gut oder schlecht war.

Während ich Striker aufmerksam beobachtete, hörte ich Schritte, die durch die Gletscherspalte knirschten und das Herannahen einer anderen Person ankündigten. Es waren leichte, vorsichtige Schritte, und die Erde sagte mir, dass es eine Frau war. Ich konnte meinen Kopf nicht allzu weit drehen – das Halsband mit den Todesstacheln sorgte dafür, dass ich unbeweglich blieb –, aber ich hoffte, dass es nicht die Frau war, nach der ich im ganzen verdammten Reich gesucht hatte.

Ich hoffte, dass es nicht sie gewesen war, die Striker zu dieser Tat angestiftet hatte. Ich betete, dass es nicht alles ein fauler Trick war.

Aber als die kleine Frau in mein Blickfeld kam, wurden alle meine Hoffnungen zunichtegemacht.

Sie stand am Fuße des Baumes und schaute

zwischen mir, die an einen Baum gekettet war, und Strikers Körper, der noch atmete, hin und her.

»Melody?«

Sie seufzte, bevor sie mir ihre volle Aufmerksamkeit schenkte. »Ich wusste, dass er versagen würde.« Sie schüttelte den Kopf. »Aber du weißt ja, wie man sagt. Wenn du willst, dass etwas richtig gemacht wird«, sie schnappte sich das Athame, mit dem Striker mich aufgeschnitten hatte, »musst du es selbst machen.«

20

VERRAT SOLLTE ZU DIESEM ZEITPUNKT ECHT schon eine Selbstverständlichkeit für mich sein. Es war wirklich nicht schwer herauszufinden, warum entthronte Könige und Königinnen so scheiße paranoid waren. Jetzt mal ehrlich: Wenn einem so viele Leute im Leben allen möglichen Scheiß verschwiegen, Hintergedanken hegten und einem regelrecht das Messer in den Rücken stießen – oder in den Arm, wie es derzeit der Fall war –, war Paranoia einfach nur schlau.

Die Melody, die vor mir stand, sah nur wenig so aus wie die, an die ich mich erinnerte. Zugegeben, das letzte Mal, als ich sie gesehen hatte, hatte sie verblutend auf einem ramponierten Billardtisch gelegen, während Ian versucht hatte, das kleine Ding wieder zusammenzusetzen, also konnte ich sie danach wohl nicht beurteilen. Nicht mehr da waren ihr riesiger Babybauch und ihre prallen Schwangerschaftsbäckchen. Weg waren ihr süßes Lächeln und das verspielte Glitzern in ihren Augen. Und sie hatte nichts mehr von dem niedlichen Mädchen, das vor so langer Zeit in meinem Tattoo-Studio gesessen und mit den Augen um Hilfe gefleht hatte.

Nein, diese Frau und die, an die ich mich erinnerte, waren grundverschieden.

Aber wenn sie ihren Sohn nach Faerie gebracht hatte, wo war er dann? Denn in diesem Moment lag er ganz sicher nicht in ihren Armen. Faerie hatte ja auch nicht gerade eine Reihe von Babysittern auf Abruf.

Wo war Ronan also?

»Wo ist Ronan, Melody?«, fragte ich mit gesenkter Stimme, weil ich mit einer Frau sprach, die höchstwahrscheinlich stark unausgeglichen war.

Sie summte nur als Antwort, während sie mit meinem Athame herumspielte und die scharfe Spitze in die Fingerkuppe drückte – nicht so, als ob sie Blut abzapfen wollte, sondern als ob sie einfach nur sehen wollte, wie scharf es war. Als sie ihren Finger zurückzog und das Fleisch nur leicht beschädigt war, lächelte sie.

Ja, die Kanten waren verdammt scharf, und nein, ich musste sie nicht schärfen. Das Metall war weder verrostet noch angelaufen, seit ich sie besaß, und ich nahm an, dass das Gleiche für die dazugehörige Klinge galt, die meine Mutter all die Jahre bei sich getragen hatte.

Ich versuchte erneut, Melodys Aufmerksamkeit zu gewinnen. »Micah ist tot. Ich habe ihn getötet. Sein Puppenspieler ist auch tot, und auch der über ihm.«

Zugegeben, Elias, Ruby und Soren hatte ich nicht getötet, aber immerhin hatte ich Samael und Micah ausgeschaltet.

Melody nickte und summte wieder, als sie die Rune fand, um die Klinge zu verlängern – nur war es so, als wüsste sie bereits, wo sich diese Rune befand. Ein mulmiges Gefühl machte sich in meinem Bauch breit und ich konnte mich nicht entscheiden, ob es der Blutverlust war oder die Erkenntnis, dass diese Frau ganz und gar nicht so war, wie ich sie in Erinnerung hatte.

Die Melody, die ich kannte, wollte ihren Sohn, liebte ihn, obwohl sie ihn noch nicht kannte. Die, die ich kannte, hatte mich angefleht, für ihn zu sorgen, während sie ihren letzten Atemzug getan hatte.

Das war nicht Melody. Das konnte nicht sein.

»Wo ist Ronan, Melody?«, fragte ich eindringlich, und ein greller Blitz unterstrich meine Frage wie eine Drohung.

»In der Nähe.« Sie zuckte mit den Schultern, als ob es eine gute Erziehungsmethode wäre, einen Säugling in Faerie herumkrabbeln zu lassen. Falls er überhaupt noch lebte.

Die Nicht-Melody beendete ihre Inspektion meiner Athame und ging zu Striker, um sich neben ihn zu knien. »Striker, mein Süßer, du musst aufstehen. Unsere Arbeit ist noch nicht beendet.«

Ich spürte die Macht in ihrer Stimme. Eine Macht, die ich schon bei Micah gespürt hatte. Scheiße! Vielleicht war es doch Melody, denn diese Überredungskunst konnte nicht jeder Dämon anwenden. Nein, diese Art von mächtiger Gedankenkontrolle war etwas, das nur Inkubi und Sukkubi beherrschten.

Strikers Körper zuckte, erstarrte und zuckte dann erneut. Er stöhnte lang und tief, als ob er sich von einem Blitzschlag oder drei erholen würde.

Okay, das tat mir nur ein bisschen leid – vor allem, weil ich jetzt wusste, dass er noch lebte.

Er rollte sich von ihr weg und steckte seine Hände in den Dreck, während er sich mühsam aufrichtete. Seine Haare qualmten noch immer von der Elektrizität, die ich in ihn hineingepumpt hatte und sie waren jetzt weniger blond und etwas weißer.

Hoppla?

Er wandte sein Gesicht von der Nicht-Melody ab und stöhnte vor Schmerz, als er auf die Füße taumelte.

»Du musst zu Ende bringen, was du angefangen hast, mein Süßer«, rief die Nicht-Melody auf zuckersüße Art und Weise und steckte noch mehr Kraft in ihre Worte.

Striker taumelte näher, seine Füße stolperten fast übereinander, als er sich seinen Weg zu mir bahnte. Er war zwischen ihr und mir, und erst dann hob er den Kopf. Sein Gesicht war immer noch gealtert und eingefallen, aber seine Augen sahen ganz anders aus. Seine braungrünen Augen waren kristallklar, als er mich anblickte.

Und dann zwinkerte er mir zu.

Ich versuchte, mir die Erleichterung nicht anmerken zu lassen, versuchte, die Erde und das Feuer in ihn zu lenken, um ihm ein bisschen mehr Wumms zu verleihen, denn ich wusste, dass mein bester Freund nicht länger unter dem Bann von Nicht-Melody stand. Kein bisschen.

Mit jedem Schritt sah ich, wie sich sein Gesicht

füllte, wie die Falten auf seiner Haut verschwanden und seine Wangen rosig wurden.

Er heilte direkt vor meinen Augen und ich war wirklich froh darüber.

Denn ich war drauf und dran, einen Kampf zu beginnen.

»Wie lange lebst du schon in Melodys Körper – falls es das ist, was du tust? Denn ich weiß, dass du nicht sie bist. Du kannst mit dem Theater aufhören.«

Nicht-Melodys Blick wanderte zu mir, mit einem Gesichtsausdruck, der an widerwilligen Stolz grenzte. Hätte sie nicht gedacht, dass ich so schnell dahinterkommen würde?

»Was hat dir einen Hinweis gegeben?«, fragte sie, und bestätigte meinen Verdacht.

Ich wollte alles an meinen Fingern abzählen, aber meine Handgelenke waren gefesselt, also musste ich mich mit Worten begnügen. »Melody liebte ihren Sohn. Sie würde ihn nicht verlassen, wenn sie nicht müsste. Sie liebte Striker. Sie würde ihn nicht ausnutzen. Niemals. Und Melody hat Micah Goode gehasst und wäre außer sich vor Freude, dass ich diesen elenden Bastard umgebracht habe.«

»Schade, dass du nicht diejenige bist, die ich überzeugen musste. Dein Freund hier hat mir viel zu schnell geglaubt. Es war schon irgendwie traurig, wie leicht er zu täuschen war. Ist es das, was blinde Liebe und Hingabe mit den Leuten macht? Macht sie leichtgläubig?«

Jupp, definitiv nicht Melody.

»Manchmal. Manchmal kann das Chaos, das die Liebe mit uns anrichtet, eine vernünftige Person verrückt machen. Andererseits ist er nicht derjenige, der sich für jemand anderen ausgibt, um eine Tür zu öffnen, die eigentlich geschlossen bleiben sollte. Also, wer ist hier wirklich der Idiot?«

Nicht-Melody lächelte breit, wobei die Bewegung ihrer Lippen nicht ganz zu ihrem Gesicht passte. »Denkst du, ich weiß nicht, was hinter dieser Tür ist? Oh, du liebes Kind. Natürlich weiß ich, was sich hinter diesem Siegel verbirgt, meine Liebe. Und das ist der Grund, warum es niemanden stören wird, wenn ich dich töte. Egal, wie viel Unterstützung du bekommen hast, egal, wie sehr dich die Leute jetzt lieben, niemand wird das mehr tun, wenn diese Tür einmal weit geöffnet ist.«

»Warum sollte dich die Unterstützung, die ich habe, auch nur einen feuchten Furz ...« Ich stockte, und wusste genau, wer sie war.

Ich war eine Idiotin. »Verena, nehme ich an?«

Nicht-Melody lächelte wieder breit, ihr ganzes Gesicht schmolz und veränderte sich, während ihr

Körper wuchs. Melodys hellbraune Haare fielen ihr vom Schädel und blonde Haare wuchsen an deren Stelle, und zwar im Eiltempo. Ihre Haut wurde ein wenig dunkler – nachdem sie sich umgeformt hatte –, ihre Nase ein wenig breiter und ihre Augenbrauen dunkle schräge Striche über den stechenden, überirdisch blauen Augen. Auf einer Seite ihrer Wange und ihres Mundes klaffte eine alte Narbe, die sich zackig über ihren Wangenknochen, durch beide Lippen und entlang ihres Kiefers nach unten zog. Trotzdem war sie hübsch und die Narbe machte sie irgendwie nur noch attraktiver.

Verena war mindestens fünfzehn Zentimeter größer als Melody, und ich war froh, dass ihre Illusion auch neue Kleidung mit sich brachte. Allerdings bestand diese Kleidung aus einem luftigen Kleid im mittelalterlichen Stil und einem goldenen Krönchen. Verena war weder für einen Kampf gebaut noch war sie für einen solchen gekleidet, und ich hoffte, dass das zu meinen Gunsten sein würde.

»Gestaltwandlerin?«, schlug ich vor, wobei mich Sorge erfüllte. Gestaltwandler konnten sich in alles wandeln, was sie wollten – sie waren nicht auf ein bestimmtes Tier beschränkt, solange jenes, in das sie sich wandelten, eine ähnliche Masse hatte. Aber wenn sie eine war, dann könnte Melody schon lange tot sein – falls sie überhaupt jemals zurückgebracht worden war.

Striker sah aus, als würde seine Welt wieder einmal untergehen, aber er ließ seinen Blick nicht zu Verena schweifen. Er zuckte nicht einmal. Stattdessen kniete er sich zu meinen Füßen nieder und nahm die Schale mit dem Blut an sich.

Sie lächelte und schüttelte den Kopf. »Wechselbalg, um genau zu sein. Es bedeutet aber etwas anderes als das, was die Menschen damit meinen. Ja, ich wurde in deinem Reich geboren, aber ich hatte einen Hauch zu viel Fae in meinem Blut. Meine menschlichen Eltern steckten mich in einen Faerie-Zirkel und verließen mich – ohne zu wissen, ob ich an den Folgen sterben oder entführt werden würde. Ich war acht. Wechselbälger können genau das – sich verändern, wechseln, sich anpassen – also kann ich jedermann sein. Meine Eltern mochten es nicht, wenn ich mich als meine Schwester ausgab. Sie warfen mich in den Faerie-Zirkel und schauten nie wieder zurück.«

Als ob das eine Entschuldigung für vierhundert Jahre Bockmist sein könnte. Ich wollte Mitleid mit ihr haben – das hatte ich auch –, aber ich konnte einfach kein Mitgefühl für jemanden aufbringen, der so viele Leute getötet hatte wie sie.

»Ich wurde auf dem Scheiterhaufen verbrannt und mit vierzehn Jahren verstoßen. Und trotzdem siehst du mich nicht massenhaft Leute ermorden.« Ich wollte mit den Augen rollen, aber ich war zu müde. »Ist Melody überhaupt in Faerie oder hast du sie auf der Erde getötet und ihren Platz eingenommen?« Ich fragte das nicht nur für mich, sondern auch für Striker. Er musste es wissen.

Verena schien sich zu freuen, dass ich einen solchen Logiksprung gewagt hatte. »Oh, du musst mich für sehr verschlagen halten. Nein, ich kann Faerie nicht mehr verlassen. Das heißt aber nicht, dass ich sie nicht nach Hause gerufen habe – ziemlich beharrlich, wie ich hinzufügen möchte –, aber ich denke, das ist nebensächlich. Du willst wissen, ob sie noch lebt?«

»Ja, das wäre prima. Ich würde gerne wissen, ob die Person, nach der ich überall in diesem verdammten Reich gesucht habe, tatsächlich noch atmet. Und ihr Sohn auch.«

»Das letzte Mal, als ich sie gesehen habe, waren sie noch am Leben, aber die Kerker des Hofes sind auch nicht gerade das Beste, um jemanden am Leben zu erhalten.«

Ich spürte, wie meine Augen zuckten. Ich musste

raus aus diesen Ketten, damit ich dieser Frau die Scheiße aus dem Leib prügeln konnte.

»Wurdest du als Kind nicht genug geliebt? Ich meine, komm schon, so schlimm ist es jetzt auch wieder nicht, adoptiert zu sein.« Ich hielt inne und dachte über meine eigenen Erfahrungen nach. »Okay, manchmal ist adoptiert zu werden eine absolute Scheiße, aber ganz ehrlich? Musstest du alle umbringen und dich wie eine Furie aufführen? Warst du einfach nur eifersüchtig? Gibt es einen bösen Plan, den du mir erklären kannst? Denn ich kapiere das alles hier überhaupt nicht.«

Verena seufzte. »Ich würde ja, aber was bringt das? Du wirst bald tot sein, genau wie deine Eltern und alle anderen, die sich mir widersetzen. Dann habe ich endlich den Thron – nicht die abgespeckte Version, die ich jetzt habe, weil du noch atmest. Am Ende werde ich eine andere arme Seele dazu bringen, das Höllentor zu öffnen. Übrigens habe ich Soren, was das angeht, vielleicht ein bisschen angeflunkert. Ich brauche keinen Elementaren, um es zu öffnen. Ich habe nicht einmal dich gebraucht. Ich wollte nur sehen, wie weit er gehen würde, um dich dorthin zu locken. Kompliment, dass du ihn umgebracht hast. Ich bin dir wirklich dankbar, dass du den Müll für mich rausgebracht hast.«

Ich war noch dabei, die Auswirkungen ihrer Worte zu verarbeiten, als Verena die Schale mit dem Blut aus Strikers schlaffen Fingern riss und sie in Richtung der Furchen im Boden schleuderte.

Die dicke, rote Flüssigkeit floss aus der Schale und tränkte die Siegel. Kaum war das Blut auf die Erde getroffen, bebte sie, und ich wusste, dass ich es nicht war.

21

Als die roten Tröpfchen auf dem Boden aufschlugen, stürzte sich Striker auf Verena, wobei er mitten im Flug sein Phasing einsetzte. Die beiden stürzten auf den Boden, aber Verena schaffte es, sich weitgehend unversehrt zu befreien. Strikers Veränderung traf ihn hart.

Bei den wenigen Malen, die ich Striker im Phasing gesehen hatte, war seine Form meist menschlich geblieben, und das verursachte ganz sicher keine Schmerzen. Bei den wenigen Malen, die ich ihn in seiner anderen Form gesehen hatte, hatte er nicht einmal gemerkt, dass es ihn überkommen war.

Diesmal war das anders.

Er schrie vor Schmerz, als sein Körper immer

größer wurde und sich in ein riesiges geflügeltes Tier wandelte, das Zillah in den Schatten stellen konnte. Seine Schuppen waren immer noch überwiegend scharlachrot und er hatte seine schuppenähnlichen, aber gefiederten Flügel behalten – sie waren nur hundertmal so groß wie vorher.

Striker öffnete sein Maul und brüllte Verena an; der ohrenbetäubende Lärm wurde von lodernden Flammen unterbrochen, die den Boden aufwirbelten, während sie ihr Bestes gab, um aus dem Weg zu springen.

Striker war ein Feuerdrache. *Gut zu wissen.*

Das letzte Mal, als ich Striker im Phasing gesehen hatte, war er nicht annähernd so groß gewesen. Hatte ich ihm das angetan? Hatte ich seine Fähigkeiten mit meinem seltsamen Halbgott-Mojo irgendwie gesteigert? So sah es irgendwie aus.

Aber ich durfte Verena nicht unterschätzen. Sie hatte nicht vierhundert Jahre in Faerie verbracht und einfach nur Däumchen gedreht. Ich hatte keinen Zweifel daran, dass sie sich in ihrer Zeit als Superschurkin von Faerie in eine Vielzahl von Kreaturen gewandelt hatte, und sie war dabei, sich vor meinen Augen in eine solche zu wandeln.

Weg waren ihr Krönchen und ihr hübsches Kleid. Jetzt hatte sie ein knochenähnliches Gesicht und zierliche Flügel – abgerundet mit Krallen, die Fleisch zerreißen konnten, und leuchtend gelben Augen, aus denen Albträume gemacht waren. Winzige Knochen hingen an Lederschnüren an ihrer Taille wie ein makabres Windspiel.

Knochen-Fae.

Wenn ich eine Liste der Fae aufstellen müsste, die mir am meisten Angst einjagten, stünden die Knochen-Fae ganz oben auf dem Treppchen.

Verena stürzte sich auf Strikers Beine und grub ihre geschwärzten Krallen in sein schuppiges Fleisch. Er brüllte wieder und spuckte Feuer, während er kickte, aber Verena blieb wie eine Seepocke an seinem Bein kleben und kletterte an seiner Flanke hoch.

Ein Teil von mir wünschte sich, er würde etwas von dem Feuer auf mich abfeuern. Ich würde nicht verbrennen – zumindest glaubte ich das nicht – und ich würde gerne sehen, wie dieser Baum zu Asche zerfiel.

Außerdem musste sich jemand um das rissige Siegel an der Tür kümmern, von dem ich das Gefühl hatte, dass es jeden Moment aufbrechen würde. Und ich war mir ziemlich sicher, dass ich die einzige Person war, die mit diesem Scheiß fertig werden konnte. Ich wollte von diesem blöden Todesbaum befreit werden. Das alles erinnerte mich zu sehr an meine Verbrennung, zu sehr an das erste Mal, als ich hilflos gewesen war.

Ich war nicht hilflos. Das war Quatsch.

Mein Wunsch wurde mir etwa dreißig Sekunden später erfüllt, als Striker mit seinen riesigen Klauenhänden nach unten griff, Verena von seinem Bein riss und sie von sich wegschleuderte, als würde er einen Käfer wegschnippen. Sie flog, ihr Knochen-Fae-Körper drehte sich in der Luft, aber sie landete nicht auf ihren Füßen. Nein, sie prallte gegen die Wand der Felsspalte und stürzte zu Boden.

Ein solider Abstand. Wenn ich eine Punktkarte hätte, würde ich ihm eine Zehn geben.

»Yo, Eidechsenjunge«, forderte ich und versuchte, nicht zu schreien, um mir nicht die Kehle zu verletzen und mich selbst aus diesem Kampf zu kicken. »Möchtest du mich vielleicht hier rauslassen?«

Striker beugte seinen Hals so, dass er mich ansehen konnte, während sein Bauch auf dem Boden ruhte. Verdammt, er war riesig.

»Ich vermute, du musst Feuer auf mich speien. Ich kann die Elemente nicht näher herbeirufen, aber ich kann sie immer noch beherrschen. Also, zeig mir, was du hast. Spuck's aus.«

Strikers Echsengesicht runzelte die Stirn, und es war sehr verwirrend, dass er selbst in dieser Form noch wie er selbst aussah.

»Tu es einfach, bevor ich dich wieder mit dem Blitz attackiere.« Nicht, dass es in dieser Gestalt allzu sehr wehtun würde, aber egal.

Der Drachen-Striker gab ein leises Knurren von sich.

»Jetzt mach schon, du Arsch«, stichelte ich und betete, dass er seinen Kopf schnell genug aus seinem Arsch ziehen würde, damit ich ausreichend Zeit hatte, um von diesem Baum wegzukommen.

Strikers Knurren wurde lauter und erschütterte den Boden mit seiner Kraft. *Ich wäre dann jetzt bereit.*

Sein Maul öffnete sich weit und ich hörte ein kleines Klicken, bevor er mich in Flammen tauchte. Ich war noch nie in meinem Leben so froh gewesen, feuerfest zu sein. Die Hitze der Flammen war zwar brennend, aber ich spürte sie kaum. Was ich jedoch spürte, war, wie das Halsband auf meinen Schultern klapperte, während die hölzernen Stacheln wegbrannten. Die Ketten an meinen Handgelenken und meiner Taille schmolzen, und dann war ich frei.

Ohne dass ich es dem Element befohlen hätte, füllte es mich aus, stärkte mich, versorgte mich mit dem Blut, das ich verloren hatte, und heilte den Schlag auf meinen Kopf.

Das Einzige, was Strikers Flammen nicht taten, war, den blöden Baum zu verbrennen. Umhüllt von einem Feuer, das Metall schmelzen konnte, stand der Baum aufrecht, ohne dass auch nur ein Blütenblatt verwelkt oder die Rinde angesengt worden wäre. Ich fragte mich, ob ich ihn ausgraben und in die Naht werfen könnte. Oder ihn ins Weltall schießen. Irgendwas.

Als ich mich von den Wurzeln löste, spürte ich, wie mich alle Elemente wieder erfüllten, und die Kraft in meinen Adern summte, als ich sie einsog.

Ich sah zu Striker auf und nickte ihm dankend zu, bevor ich die Stelle absuchte, an der ich Verena hatte fallen sehen.

Sie hatte sich nicht bewegt und ich war versucht, Striker zu bitten, sie zu fressen oder in die Luft zu jagen, bevor sie sich aufsetzte wie der Killer in einem Horrorfilm. Gerade als ich genau das fragen wollte, bebte der Boden unter unseren Füßen und die Quelle des Bebens zerbrach das Siegel, das die riesige – noch verschlossene – Tür zu wer weiß was gesichert hatte.

Ich hatte Gerüchte darüber gehört, was sich hinter dieser Tür befand – oder hinter einem der vielen Portale in Faerie zum verborgenen Teil dieses Reiches. Manche sagten die Unseelie. Andere nannten es den Dunklen Ort. Alles, was ich wusste, war, dass ich mit meiner Unwissenheit sehr zufrieden war. Ich hatte absolut keine Sehnsucht, zu wissen, was sich dahinter verbarg.

Zu dumm, dass ich eine Meisterin darin war, nicht zu bekommen, was ich wollte.

Das Siegel an den Türen war ein riesiger Widderkopf, dessen Hörner sich nach oben und hinten wölbten, wo sie in das kunstvolle, in den Stein eingravierte Muster übergingen. In der Mitte des Widderkopfes wurde der Riss breiter und der Stein zischte, als Luft hindurchströmte.

Ich wusste nicht, was ich tun sollte. Wenn ich ihn mit einem Blitz beschoss, könnte der Stein noch mehr Risse bekommen. Wenn ich ihn mit reinem Feuer beschießen würde, befürchtete ich das Gleiche. Erde vielleicht? Würde das helfen?

Inmitten meiner Grübeleien sah ich aus dem Augenwinkel eine Bewegung. Verena war aufgestanden und bewegte sich schnell, ihre dunklen, hauchdünnen Flügel trugen nur zu ihrer Geschwindigkeit bei, als sie mit voller Wucht auf mich zusteuerte. Bevor ich reagieren konnte, erwischte sie mich mit einem fliegenden Angriff – ihre Krallen bohrten sich in meine Schultern, als wir beide im Dreck landeten.

Aber Verena hatte nicht das letzte Jahr mit einem Wächter trainiert, und obwohl sie mir mit ihren dummen Knochen-Fae-Krallen die Haut zerriss, hatte ich immer noch die Oberhand. Ich landete auf dem Rücken und rollte mich sofort ab, wobei ich sie mitnahm, bevor wir die Positionen tauschten – sie auf dem Boden und ich oben. Der Boden erhob sich zur Begrüßung, kletterte über ihr Gesicht und füllte ihren Mund und ihre Nase mit Erde. Sie hustete und atmete den Dreck ein, während ich von ihr zu meinen Athamen krabbelte. Eines lag am Fuß des Baumes, das andere in der Mitte der seltsamen Siegel, in die Erde gefrorenen zu sein schienen.

Ich fuhr die Klingen aus und drehte mich gerade noch rechtzeitig um, um Verena zu begrüßen, als sie sich losriss. Sie öffnete ihr totenkopfähnliches Maul, kreischte mich an wie in einem Albtraum und stürzte sich auf mich. Aber es war kein Sprung, sondern sie flog förmlich. Ihre zarten Flügel waren unerwartet stark, und sie schoss auf mich zu wie ein Projektil.

Ich schlug mit meinen Schwertern zu, und markierte ihre Brust mit einem blutigen X. Mein Angriff traf ins Schwarze, aber sie stürzte sich trotzdem auf mich und griff nach mir, während ich auswich. Meine Schultern kribbelten an den Stellen, an denen das Fleisch bereits wieder zusammenwuchs, und mein Körper zog an den Elementen, ohne dass ich es ihm befahl.

Mitten in all dem konnte ich Strikers Stampfen spüren und sein Brüllen hören, aber das war das erste Mal, dass ich die Chance hatte, ihn zu sehen. Er brüllte das Tor an und spuckte Feuer auf den schwarzen Rauch, der aus der rissigen Öffnung entwich. Das Gute daran war, dass das Feuer den Rauch verbrannte – *seltsam, ich weiß* – und ihn zurücktrieb.

Die Schlechte?

Das Tor bekam weitere Risse, die Spalte im Kopf des Widders war so tief, dass Licht aus ihr herausströmte.

Der Boden bockte und warf sogar Striker von den Füßen. Ich gab mein Bestes, um herauszufinden, wie ich das Tor daran hindern konnte, sich ganz zu öffnen.

Ich bat den Wind um einen Sturm, um die Furchen der Siegel im Boden wegzublasen, aber egal wie stark der Wind drückte, kein einziges Schmutzkorn bewegte sich.

Ich rief Regen vom Himmel und Feuer von den Wolken und flehte die Erde an, sich zu bewegen, aber nichts berührte die Siegel – nichts bewegte sie. Außerdem spürte ich, wie sie nach der Tür griffen. Ich spürte, wie die Magie in ihnen das Siegel der Tür aufbrach, wie sie es Stück für Stück zerstörte.

Während ich damit beschäftigt war, den Öffnungszauber zu brechen, hatte Verena ihre eigenen Probleme. Irgendwie geheilt von dem X, das ich ihr auf die Brust gesetzt hatte, wehrte sie sich gegen den schwarzen Rauch, der sich wie ein Leichentuch um sie legte. Verena riss und kratzte an ihrem eigenen Kopf – ihre Krallen konnten den Rauch nicht berühren. So sehr sie sich auch anstrengte, sie konnte den Rauch nicht bekämpfen und riss sich schließlich selbst das Fleisch vom Leib.

Schwarze Ranken drangen in ihre Nase und ihren Mund ein, und sie stolperte und fiel. Es erinnerte mich daran, wie Rowan die Seelie-Wache getötet hatte, und ich machte mir Sorgen, ob wir eine dunkle Sylphe an der Backe hatten. Der Dampf stieg von Verena auf, und sie schnappte nach Luft.

Er wollte sie also nicht töten? Ich konnte nicht sagen, ob das tröstlich war oder nicht.

Das Band des Schattens kroch zurück auf die Erde, bevor es in sie einschlug und die Schwärze ganz verschwand.

Nein, das war ganz und gar nicht beruhigend.

Die Erde ruckte wieder und keiner von uns wusste, ob es von der Tür kam oder von dem schwarzen Rauch, der die Erde zu seinem Zuhause gemacht hatte. Striker kreischte gegen die sich bewegende Tür – das Siegel war inzwischen weit aufgerissen.

Anstatt zu versuchen, es selbst herauszufinden, stürzte ich mich auf Verena und riss sie vom Boden hoch.

»Was hast du getan?«, schrie ich ihr ins Gesicht und schüttelte sie ein wenig, um ihre Aufmerksamkeit zu erregen.

Selbst halbtot war Verena eine diabolische Bitch, denn sie lachte nur – ihr knöcherner Kiefer öffnete sich zu einem makabren Grinsen.

»Nur ich kann sie schließen. Nur ich kann die Bessssstien aufhalten«, zischte sie, was eigentlich gar nicht möglich sein sollte, da sie keine Zunge oder Lippen hatte.

Ich schleuderte sie von mir weg und sah mit großer Genugtuung zu, wie sie flog, abprallte und mit einem angenehmen Platschen auf dem Boden aufschlug. Als sie landete, schossen geschwärzte Hände aus der Erde und griffen nach ihr, ihre Krallen rissen an ihrem Fleisch.

Und ich musste zugeben, dass ich mich dabei für

etwa fünf Sekunden gut fühlte.

Das war, bis ganz ähnliche Hände vor mir in der Erde auftauchten und auch nach mir griffen. Ich schrie auf, als ich zu Striker rannte, aber sie packten meine Knöchel und benutzten mich, um sich wie augenlose Zombies vom Boden zu erheben. Ihre vergrößerten Köpfe und skelettierten Körper krochen aus dem Dreck wie im schlimmsten Albtraum.

Jupp, wir waren so richtig gepflegt am Arsch.

22

WENN ICH DAS HIER JEMALS ÜBERLEBTE, würde ich mir nie wieder einen Zombiefilm ansehen, solange ich lebte. Ich hatte keine Ahnung, was für Fae diese Bastarde waren, und ich wollte es auch nicht wissen. Alles, was ich in diesem Moment wollte, waren eine Schrotflinte und eine Gasmaske, damit ich den Gestank nicht ertragen musste.

Wie jeder, der auch nur zehn Minuten eines Films oder einer TV-Serie mit Zombies gesehen oder auch nur einen Blick auf die ersten Seiten eines solchen Comics geworfen hatte, wusste ich, dass ich ihnen den Kopf abschlagen musste. Das Problem war nur, dass meine Athamen voll im Einsatz waren und wie Hubschrauberblätter rotierten, ohne dass ich auch nur eine Delle in die Horde von dem, was da aus dem Boden kam, gemacht hätte.

»Striker! Du darfst ihnen jederzeit den Arsch abfackeln«, brüllte ich und hackte einem Zombie wie durch Butter durch den Hals. Und dann dem nächsten, und dem nächsten. Meine Schnitte und Schürfwunden heilten zwar schnell, aber das hier war kein Zuckerschlecken.

Das herrliche Gefühl von Strikers Flammen überkam mich, und ich hatte genug Zeit, um das Vernünftigste zu tun und so viele Blitze herabzurufen, dass sie ein kleines Land mit Strom versorgen könnten. Und da meine Blitze ausreichten, um so gut wie alles zu töten, hatte ich nicht vor, Striker mit ihnen zu treffen. Stattdessen spielte ich die Freundliche und beseitigte die Zombies, die ihn angriffen – oder es versuchten –, einen nach dem anderen, bis sie alle in denselben Flammen wie ihre Brüder badeten.

Die Zombie-Asche füllte den Spalt für einen Moment, bevor ich sie mit einem Windstoß wegfegte und durch die aufgebrochene Tür zurückschleuderte. Ein kleines bisschen Erleichterung erfüllte mich, bis die Welt wieder zusammenbrach. Diesmal öffnete sich das Tor nicht nur einen Spalt. O nein. Die Tür flog weit auf, angetrieben von einer geschwärzten Gestalt, die größer war als jeder Mensch.

Das Ding war mindestens zweieinhalb Meter groß und bestand aus Schatten und Rauch. Wenn ich es nicht besser wüsste – und das tat ich –, hätte ich geglaubt, es sei ein Dämon. Sein Gesicht nahm die Form eines Widders an, mit Hörnern, die von seinem Kopf abstanden und sich mit Rauch umwickelten. Dieses Ding sah Andras' Phasengestalt so ähnlich, dass ich ein bisschen Angst bekam. Vor allem, weil es als Erstes auf Verena losging. Der Riese griff nach ihr, als sie erfolglos versuchte, wegzukrabbeln.

Er brüllte sie in einer Sprache an, die ich nicht zuordnen konnte, und selbst mit meinem Übersetzungszauber konnte ich nicht verstehen, was er ihr entgegenschrie. Verenas Gestalt wandelte sich, während sie in seinem Griff war, und wurde wieder zur vernarbten, blonden Königin. Sie zappelte und wehrte sich gegen ihn, bis er sie von sich wegschleuderte.

Verena landete auf ihren Füßen und schrie ihn noch einmal an. »Ich werde bekommen, was mir zusteht. Weder du noch sie wird es mir wegnehmen.«

Sie veränderte ihre Gestalt, als sie auf ihn zurannte – sie wurde doppelt so groß, als sie sich in eine Baumperson wandelte. Eine Dryade, vielleicht? Sie prallten aufeinander, und Verenas Gliedmaßen krachten in ihn hinein. Oder fast. Das Monster entmaterialisierte sich genau in dem Moment, als sie zum Schlag ausholte, wich ihr aus und formte sich hinter ihr neu, wobei sich seine Krallen in ihre Rinde gruben und sie zu Boden rissen.

Eigentlich wollte ich den beiden beim Kämpfen zugucken, aber es kamen immer mehr Dinge aus dem weit geöffneten Tor. Schatten stürzten auf uns herab, während Hände aus dem Boden wuchsen. Wieder. Die Zombies waren zurück, und sie hatten Freunde mitgebracht.

Heilige Schicksale, konnten diese Dinger nicht endlich sterben?

Aber die Zombies und die Schatten waren nicht allein. Groteske und monströse Dinge krochen aus dem offenen Portal, Dinge, die ich weder benennen noch beschreiben konnte. Dinge, für die es keine Worte gab. Eine Horde von ihnen strömte in die Felsspalte und überrannte uns mit hirnloser Entschlossenheit und rasiermesserscharfen Klauen.

Striker und ich gossen Flammen auf das Land – und das wirkte bei den meisten der surrealen Wesen, die auf uns einhackten und zuschlugen. Aber einige waren aus Flammen, aus Rauch, aus Luft, und dieses Element konnte sie nicht aufhalten.

Ein besonders fieses Ding aus giftigem violettem Rauch und gekrümmten Zähnen riss mir ein Stück aus dem Arm – das Gift in seinem Biss reichte aus, um mich fast in die Knie zu zwingen. Ein brennender und zugleich eisiger Schmerz durchzog meine Adern – so schlimm, dass ich nicht glaubte, mich auf den Beinen halten zu können. Mein Körper wurde langsamer und ließ mich im Kampf im Stich, während ich versuchte, mir einen Weg durch die Horde zu hacken und zu schneiden.

Ein Schatten fiel über mich – Verenas Rauchmonster –, und ich war mir sicher, dass das mein Ende sein würde. Ich würde es nicht aus diesem Abgrund schaffen. Aber anstatt mich zu treten, wenn ich am Boden lag, stach das Rauchmonster mit seinen Klauen nach dem lila Ding und riss es von mir weg – seine Krallen konnten es durchschneiden, während mein Schwert es nicht konnte. Dieses einzelne Monster schien auf unserer Seite zu sein, denn es half uns, die Horde zurückzudrängen.

Mein Arm war für ein paar quälende Minuten nutzlos, während ich mit einem einzigen Schwert ausholte und zuschlug, bis mich die Elemente wieder erfüllten. Aber so sehr ich auch von den Elementen selbst zehrte, ich heilte nicht schnell genug, bewegte mich nicht schnell genug. Ich wurde immer schwächer und konnte kein Licht am Ende des Tunnels sehen.

Die Erde fing wieder an zu beben, eine sanftere Vibration als die vorherigen. Es fühlte sich an, als würden Hufe auf den Boden stampfen, und kurz darauf sah ich den riesigen Kopf eines Kitsune auf uns zustürmen, dessen sieben Schwänze sich hinter ihm ausbreiteten wie die Fahnen einer Armee.

Und Hideyo war nicht allein.

Neben ihm – der sich durch die Monster kämpfte, als wäre es sein Paradies – rannte Alistair, der mit seiner Sense die Menge wie Butter zerschnitt. Hinter ihm waren Aidan und meine Mutter, die sich mit der Zielstrebigkeit von Kriegern durch ruchlose Wesen kämpften. Rowan, Aramal, Maireen und ihr ganzes Heer folgten, Della und Lothan nicht weit dahinter. Lothan und seine Elfen beschossen die Horde mit Magie, während Aramal und die Zwerge ihre Kriegshämmer schwangen und die Rehkitze ihre Pfeile abfeuerten.

Die Kavallerie war angekommen.

Alistair riss seine Sense durch drei Körper, bevor er zu mir kam, und zerrte ein blindes Zombie-Ding von meinem Bein, bevor er mich in eine schnelle Umarmung hüllte.

»Ich lasse dich nur fünf Minuten allein und

schon hast du die Apokalypse ausgelöst«, stichelte Alistair, bevor er mir einen schnellen Kuss auf die Lippen drückte. »Ich schwöre, dass ich dich von jetzt an *wirklich* nicht mehr allein lassen werde. Nie wieder. Du bringst dich allein einfach in viel zu viele Schwierigkeiten.«

Ich war noch nie so froh gewesen, ihn zu sehen. Ich würde ihn abknutschen, wenn wir nicht gerade mitten in der größten Shitshow stecken würden, die ich je gesehen hatte.

»Das kannst du mir unmöglich in die Schuhe schieben. Ach, und übrigens: Der Drache ist Striker. Frag nicht, töte ihn einfach nur nicht.«

Alistair dachte eine Sekunde lang darüber nach, bevor er mir einen klugen Rat gab. »Du solltest vielleicht eine Durchsage machen, my Love«, forderte er, während er einen weiteren Körper zerfetzte, »sonst halten sie ihn vielleicht für ein weiteres Monster.«

Da hatte er nicht ganz unrecht.

»*Audite me*«, flüsterte ich und drückte meine Finger in meine Kehle. *Höret mich.* »Tut dem Drachen nicht weh. Er ist ein Freund. Treibt die Horde zurück zum Tor. Wir dürfen nicht zulassen, dass sie noch mehr Boden gewinnen.« Ich ließ meine Kehle los und schaute zu Alistair. »Hat das geklappt?«

»Du meinst, ob ich das in meinem verdammten Kopf gehört habe?«, fragte er, riss sein Flammenschwert aus der Scheide auf seinem Rücken und enthauptete ein kriechendes Ding, das beinahe von innen nach außen gestülpt aussah. »Ja, my Love. Es hat verdammt noch mal funktioniert.«

»Gut«, murmelte ich, bevor ich mir wieder in die Kehle drückte – eine Aktion wie bei einem Walkie-Talkie. »Hat irgendjemand eine Idee, wie wir das Tor schließen können? Die Siegel lassen sich nicht bewegen. Diese Typen auszuknipsen ist toll, aber wenn wir das Tor nicht schließen, sind wir am Arsch.«

Die Stimme meiner Mutter ertönte in meinem Kopf, und ich verstand Alistairs schaudernde Reaktion. »Wenn du das Tor, das du hast, nicht wieder zusammenbauen kannst«, begann sie, grunzte und fuhr dann fort, »warum bastelst du dann nicht einfach ein neues Tor?«

Ich hätte mir am liebsten selbst auf den Kopf gehauen. *Wach auf, Max.* Zu meiner Verteidigung musste man aber sagen, dass ich mit Monstern kämpfte und irgendwie verlor, also sollte mir so ein kleiner Aussetzer gegönnt sein.

»Will jemand meinen Arsch bewachen, während ich das mache?«

Ja, Alistair leistete gute Arbeit, aber wir würden

in etwa einer Minute überrannt werden, wenn alles so blieb, wie es war.

»Alle zurück!« Strikers Stimme ertönte in meinem Gehirn, zehnmal lauter als die meiner Mutter, und der Klang schepperte in meinem Schädel wie ein Gong. »Meine Damen und Herren, wir starten jetzt die Motoren.«

Alle außer Alistair und den Monstern verteilten sich. Striker stieß ein weiteres ohrenbetäubendes Gebrüll aus, und dann badeten die Flammen uns in der Hitze. Alistair und ich kämpften uns Rücken an Rücken durch die Monster, die nicht von den Flammen erfasst wurden. Diejenigen, die wir verfehlten und nicht zu Asche zerfielen, wurden von einer Art weißem Miasma angegriffen – der vertrauten Gestalt einer Sylphe, die durch die verbleibenden Kreaturen zog und ihnen auf eine Art das Leben raubte, die ich nicht benennen konnte.

»Dein Arsch ist geschützt, my Love. Finde einen Weg, ein neues Tor zu bauen«, forderte Alistair, während sein Flammenschwert wie eine brennende Schlange um seinen Körper wirbelte.

Das Einzige in dieser ganzen Spalte, das nicht von Flammen, Wind oder Erde berührt worden war, war der Todesbaum – die Eberesche, die mein Vater als Versicherungspolice gegen die Ewigkeit erschaffen hatte. Wenn ich ihn nicht zerstören und nicht entfernen konnte, konnte ich ihn dann überzeugen, mit mir zusammenzuarbeiten?

Ich machte mich auf den Weg zu dem Baum – oder versuchte es zumindest. Der Pfad war durch kollidierende Körper und Gemetzel versperrt, nur die Stelle direkt vor der Wurzelreihe war frei.

»Ach, scheiß drauf«, murmelte ich, bevor ich mich an Alistairs Hand festhielt und mit den Fingern schnippte. Ich war hier bisher noch nicht so wie auf der Erde gereist – ich hatte zu viel Angst gehabt, diese besondere Kraft zu benutzen, weil ich nicht wusste, wo ich landen würde. Als wir bei den Wurzeln des Baumes aufsetzten, atmete ich erleichtert auf.

»Bist du ... Bist du einfach so mit uns gereist, ohne zu wissen, ob es klappt?«, fragte er, ein bisschen griesgrämig für einen Mann, der vor einer Sekunde noch glücklich gewesen war.

»Vielleicht? Wir stehen unter Zeitdruck. Es waren Leute im Weg.«

Alistair sah mich mit einem strengen Blick an.

»Okay, von mir aus. Es tut mir leid. Das war unhöflich.«

Er murmelte etwas vor sich hin und schüttelte den Kopf, während er sich auf Angreifer vorbereitete.

Aber es schien, als ob niemand in der Nähe des riesigen Baumes sein wollte. Sogar Alistairs Flammenschwert flackerte und erlosch, als er näher an die Rinde herantrat.

Niemand kam in die Nähe des Baumes, weil sie es nicht konnten – selbst die Elemente weigerten sich, hier zu mir zu kommen.

Alistair griff nach meinen Fingern und presste sie an seinen Mund. »Du bist in Sicherheit, my Love. Tu, was du tun musst.«

Zitternd drückte ich meine Hände an das, was mich töten könnte. Der Baum fühlte sich warm an, das Feuer, das wir in die Felsspalte gekippt hatten, erhitzte ihn, ohne ihn zu verbrennen. Die raue Rinde kratzte an meiner Haut und ich sank bis zu den knorrigen Wurzeln, die aus der Erde ragten, hinunter und lehnte meine Stirn an den Stamm. Ich spürte, wie ich entglitt und mich von meinem Körper löste, als mein Bewusstsein in den Baum fiel.

Ich hatte gedacht, dass der Baum aus Schwärze und Tod bestünde, wie so vieles in Faerie – wie die Kreaturen, die einst von dem zerstörten Tor zurückgehalten worden waren –, aber ich hatte mich geirrt. Hier war es hell, so hell, dass ich kaum die Augen öffnen konnte, obwohl ich wusste, dass ich hier eigentlich keine ›Augen‹ hatte.

»Hallo? Ich störe dich nur ungern, aber ich brauche Hilfe.« Ich konnte nichts erkennen, alles, was ich sah, war Helligkeit und Weiß.

»Erst willst du mich abfackeln oder zerreißen oder mich in – wie hieß das noch gleich? Oh, ja, ins Weltall befördern. Und jetzt willst du meine Hilfe?«

Die Stimme der Frau schockierte mich. Ich hatte gedacht, ich würde ein Gefühl oder so etwas wahrnehmen, aber nicht ein richtiges Gespräch führen. Sie hatte einen Akzent, den ich nicht zuordnen konnte, aber das war nicht wichtig.

»Du hast recht. Ich war unhöflich. Ich hatte keine Ahnung, dass du ein empfindungsfähiges Wesen bist, und selbst wenn, hätte ich immer noch einen Groll gegen dich. Deine Rinde hätte mich fast umgebracht. Sie hat meine Eltern und Geschwister umgebracht. Für mich warst du ein Symbol des Todes meiner Familie.«

»Ah«, sagte sie, als sich ein Schatten durch die weiße Fläche bewegte.

Die Erscheinung einer Frau nahm Gestalt an, die sich in ihrer Färbung nicht sehr von der Welt um sie herum unterschied. Sie schien die Helligkeit in sich hineinzuziehen, und sie wurde klar. Weiße Haare krönten die albino-weiße Haut und die leuchtenden eisblauen Augen. Ihre Lippen waren strahlend blau, ebenso wie die Mondsichel in der Mitte ihrer Stirn. Ein Paar Hörner lugte aus ihren Haaren hervor, deren Knochen sich wie eine Art Krone zu ihrer Stirn hin wölbten.

Sie war eine beeindruckende Frau mit einem Gesicht wie aus Stein und betrachtete mich abschätzend, bevor sie wieder sprach. »Bin ich nicht immer noch ein Symbol des Todes deiner Familie?«

Ich dachte einen Moment lang darüber nach und wog meine Worte sorgfältig ab. »Das bist du, aber du kannst nichts dafür, wie du benutzt wurdest. Wenn du deine Zweige nicht freiwillig hergegeben hast, hat jemand sie als Waffen benutzt. Jemand hat dich als Instrument des Todes benutzt. Auf der Erde sind Ebereschen Symbole des Lebens und der Beharrlichkeit. Sie wachsen auf Berggipfeln in kaum vorhandenem Nährboden. An den Rändern von Klippen, wo nichts anderes gedeihen kann. Es fällt mir schwer zu glauben, dass du jemals den Tod beabsichtigt hast – selbst wenn mein Vater dich dafür geschaffen hat.«

Dann lächelte sie und verbeugte sich mit einem Nicken. »Du bist intuitiv, aber von der Tochter des Chaos würde ich auch nichts anderes erwarten. Ich bin Aiyana die Ewige. Ich kann nicht verbrannt, zerhackt oder ausgegraben werden. Ich kann nicht bewegt werden und ich kann niemals sterben. Aber gelegentlich fallen meine Äste hinunter, und die Leute benutzen sie für schreckliche Zwecke. Zwecke, die ich weder vorhersehen noch verstehen kann.«

Sie bestätigte meinen Verdacht auf Umwegen, und ich verstand, dass sie seit einiger Zeit mit niemandem mehr gesprochen hatte. Ich musste direkte Fragen stellen, in der Hoffnung, direkte Antworten zu bekommen.

»Du kannst nicht bewegt werden, aber kannst du dich selbst bewegen? Kannst du deine Wurzeln ausstrecken?«

»Vielleicht. Wenn ich einen guten Grund habe.«

»Das Tor zum Dunklen Ort ist offen – auf eine Weise zerbrochen, die ich nicht reparieren kann. Ich kann das alte Tor nicht mehr flicken, aber ich dachte, wenn deine Wurzeln die Magie aufheben, könntest du eine neue Tür wachsen lassen, die nicht durch Magie geöffnet werden kann. Eine, die …«

»Ja, ich weiß, was du von mir willst. Aber warum? Was sagt dein Volk dazu? Was springt für mich dabei heraus?«

Oh, Scheiße. Aiyana war keine Fae, aber sie war auch keine Göttin – oder vielleicht doch. Trotzdem wollte ich nie wieder mit jemandem einen Deal eingehen.

»Du hättest einen anderen Zweck, als nur still in

einer Felsspalte zu sitzen. Du würdest Dinge zurückhalten, die töten.«

»Alles kann töten, Kind.«

Mann, ich hatte es wirklich satt, dass man mich Kind nannte. Zugegeben, Aiyana war älter als die Zeit selbst, also war ich für sie wahrscheinlich ein verdammter Embryo.

»Okay, ich verstehe die Dinge hinter dieser Tür also nicht. Ich weiß nicht, warum sie dort sind, und ich weiß nicht, ob man sie zur Vernunft bringen kann, damit sie nicht ein ganzes Reich voller Kreaturen niedermähen. Ich weiß nicht, was ich nicht weiß. Ich brauche Zeit, um mich schlau zu machen, und dazu möchte ich, dass du diese verdammte Tür schließt. Besser?«

Aiyanas Lächeln wurde breiter, als sie einen Ring an ihrem ersten Finger drehte. Es war ein schlichtes Band aus Holz, nicht breiter als mein Fingernagel.

»Du erinnerst mich an deinen Vater. Er ist genauso direkt und ungestüm wie du. Ich werde tun, was du verlangst, und ein Tor bauen, das durch keine Magie geöffnet werden kann. Und wenn du dich eingelebt hast, wirst du zu mir kommen. Ich werde dich lehren, was du noch nicht weißt. Das ist meine Bedingung.«

Ich würde ein geschlossenes Tor *und* Antworten

bekommen. Ich konnte gar nicht schnell genug zustimmen.

»Verkauft. Ich stimme diesen Bedingungen zu, aber nur unter der Voraussetzung, dass es schnell geht. Meine Leute werden da draußen verletzt. Ich kann es spüren.«

Und das konnte ich wirklich.

Aidan und meine Mutter bluteten. Einer von Hideyos Schwänzen war fast abgerissen und würde vielleicht nicht mehr nachwachsen. Della wurde von Lothan aufrechtgehalten, weil aus ihrem Bauch Blut floss, und die Liste ging weiter. Zwerge starben, Rehkitze wurden abgeschlachtet.

»Einverstanden«, murmelte sie, ihr Körper direkt vor mir. Ich hatte nicht einmal gesehen, dass sie sich bewegt hatte.

Aiyana drückte mir zwei Finger auf die Stirn, und ich fiel nach hinten, mein Körper folgte mir, bis ich wieder zu mir kam.

Ich schnappte nach Luft und die Welt schwamm um mich herum, als ob ich in einem Wirbelsturm gefangen wäre. Alistair packte mich an den Schultern und richtete mich auf, während ich mich abmühte, mein eigenes Gewicht zu halten.

»Geht es dir gut, my Love? Kannst du stehen?«

Ich klammerte mich mit aller Kraft an seine

Schultern. »Bring mich vom Baum weg«, krächzte ich, und kaum hatte er mich abseits der Kronentraufe auf den Boden gesetzt, konnte ich wieder atmen, und die Elemente erfüllten mich, bis ich aus eigener Kraft stehen konnte.

»Sie hat gesagt, sie würde uns helfen. Wir müssen alle Monster auf die andere Seite des Tores bringen.«

»Sie? Du meinst, der Baum ist eine Sie?«

»Jupp. Aiyana.« Ich drückte wieder auf meine Kehle und rief zu meinen Leuten. »Bringt alle Monster zurück auf die andere Seite des Tores.«

»Was glaubst du, was wir hier draußen bisher getrieben haben? Wir können sie kaum in Schach halten«, knurrte Aidan und seine Stimme klang in meinem Kopf wie eine Ohrfeige.

Die Elemente reichten nicht aus, um sie zurückzudrängen, aber ich war ja auch nicht nur eine Elementare, oder?

Nein. Ich war eine verdammte Halbgöttin. Mein Vater war Chaos.

Es war an der Zeit, für eines zu sorgen.

Ich schöpfte aus allen Elementen und stopfte mich voll, bis ich nicht mehr ziehen konnte. Dann schob ich, nicht mit den Elementen selbst, sondern nur meine Magie und ich. Die Macht, die seit meiner Geburt in mir innewohnte. Die Macht, die niemand benennen oder messen konnte, die Fähigkeiten, die mich als Ausgestoßene markiert und dafür gesorgt hatten, dass ich verbrannt worden war.

Ich schob sie alle weg, die Dinge im Boden, den Rauch am Himmel. Alles, was auf diese Seite der Pforte gehörte, drängte ich zurück. Zombie-Fae wurden wie Gänseblümchen aus dem Boden gepflückt, geschwärzte, rauchähnliche Dinge flatterten dorthin zurück, wo sie herkamen. Jedes Monster und jeder Ghul, jedes namenlose groteske Ding, alles.

Ein paar Dinge stürzten sich auf meine Leute, während sie vorbeiflogen, und versuchten, sich an irgendetwas festzuhalten, während sie in ihr Gefängnis zurückgedrängt wurden, aber nichts konnte sie aufhalten. Sie verschwanden alle, jeder Einzelne.

Und ich sah zu, wie Wurzeln aus der Erde wuchsen wie Kletterranken. Die dicke Rinde wurde breiter, dehnte sich aus und wob sich immer weiter um sich selbst, bis nichts mehr aus dem neuen Tor herauskommen konnte. Die Ranken verfestigten und verwandelten sich in eine neue geschnitzte Tür, blau wie die Dunkelheit des Weltalls und mit einem größeren Siegel.

Diesmal war das Schloss, das die beiden Türen

zusammenhielt, eine geschnitzte Darstellung von Aiyanas Gesicht, mit ihren Hörnern als Krone und allem Drum und Dran.

Ich drehte mich um und suchte nach Alistair, aber ich fand ihn zusammengesunken direkt vor der Kronentraufe von Aiyanas Baum. Alles andere vergessend, rannte ich zu ihm und drückte meine Hände auf seine Brust, bereit, ihn mit jedem Element zu füllen, das mir zur Verfügung stand.

Aber kaum hatte ich ihn berührt, griff er nach meinen Händen und wachte mit einem Luftschnappen auf.

»Geht es dir gut? Was ist passiert?«

Alistairs Stirn legte sich verwirrt in Falten und er starrte erst mich und dann seine Umgebung an. Er schüttelte den Kopf, blinzelte und rieb sich die Schläfe. »Es geht mir gut, my Love. Alles in Ordnung. Nur eine Beule am Kopf.«

Ich konnte meine Erleichterung nicht mehr zurückhalten und umarmte ihn – okay, es war eher ein Attackieren–, als wäre er das Leben selbst. Wir waren wohlauf. Es würde alles gut werden.

Zum ersten Mal, seit wir Faerie betreten hatten, spürte ich endlich ein wenig Erleichterung.

»Meine Königin, was sollen wir mit der Usurpatorin machen?«

Ich wich von Alistair zurück und warf Hideyo einen bösen Blick zu. »Usurpatorin? Das ist doch einfach nur ...« Mir fiel nicht einmal der richtige Ausdruck dafür ein. »Schräg. Und hör auf mit der Königin-Scheiße. Du weißt, wie ich darüber denke. Ich heiße Max. Einfach nur Max.«

»Du solltest dich ganz schnell daran gewöhnen, *Majestät*. Du hast ein ganzes Reich voller Leute, die sich weigern werden, dich bei deinem Namen zu nennen. Betrachte das hier als Crashkurs.«

»Bla, bla, bla«, brummte ich. »Bringt Verena zu mir.«

Usurpatorin. Ich rollte mit den Augen.

Hideyo schenkte mir ein breites Grinsen, das nur aus Zähnen bestand, und machte sich auf den Weg, um die ehemalige Königin einzusammeln.

Mein Blick schweifte über die kampfmüden Fae, und ohne dass ich es ihnen befahl, streckten sich die Elemente nach ihnen aus und stärkten mein Volk. Wir hatten Verluste, und die mussten gewürdigt werden.

Ich stand auf und suchte die Menge nach meiner Mutter, Della, Striker und Aidan ab. Striker war schwieriger zu finden, seit er wieder seine menschliche Gestalt angenommen hatte. Ich entdeckte sie alle, wie sie sich um eine Frau gruppiert hatten, bis

Hideyo zu ihnen stieß. Er griff in die Mitte der Gruppe, riss die ehemalige Königin aus der Erde und schleppte ihren strampelnden Körper zu mir.

Ich sah den Moment, in dem sie den Wechsel über sich kommen lassen wollte, und schlug zu.

Ich drückte meine drei mittleren Finger gegen ihre Brust und drehte sie wie einen Schlüssel, um ihre Kraft wie einen Wasserhahn abzustellen. »Träum weiter. Deine Tage als Wechselbalg sind vorbei.«

Sie wollte mich anschreien, ihr Mund öffnete sich und sie holte tief Luft, aber ich schnippte mit den Fingern, und schaltete ihre Stimme aus. Sie bäumte sich vor Wut auf, und ich beschloss, Hideyo einen Gefallen zu tun.

»*Somnum*«, murmelte ich, und ließ sie einschlafen, während ihr Körper in Hideyos Griff erschlaffte. »Das macht die Reise einfacher.«

»Welche Reise?«, fragte meine Mutter und schob ihre Schulter unter meinen Arm, um mich zu drücken. Ich lehnte sie, weil ich so froh war, dass es ihr gut ging – dass es ihnen allen gut ging.

Alistair antwortete für mich, da er genau wusste, wohin ich gehen wollte.

»Wir gehen zum Hof der Seelie.«

23

Ich konnte mir nicht vorstellen, was die Seelie-Wachen dachten, als sie sahen, dass etwa vierhundert ihrer Feinde mitten im Hof auftauchten, als hätten sie ein Recht darauf, dort zu sein. Ich würde vermuten, dass sie sich in die Hosen machten, aber ich konnte mir nicht sicher sein.

Als Striker mir auf den Kopf geschlagen und mich zum Unseelie-Tor gebracht hatte, hatte es eine Minute gedauert, die Truppen zu mobilisieren. Striker hatte nicht nur mich geschlagen, als er aus dem Lager ausgebrochen war, sondern auch Teresa, die bewusstlos geworden war. Als sie es geschafft hatte, die Nachricht zu verbreiten, dass ich entführt worden war, waren die Seelie-Soldaten schon fast über sie hergefallen. Die Tandrirr, Zwerge, Kitze und

Wasser-Fae hatten sich zusammengetan und sie zurückgedrängt.

Erst dann hatten sie mir zu Hilfe kommen können, wobei Alistair wieder einmal seinen Obsidianzauber eingesetzt hatte, um meinen Arsch zu retten. Ich wollte nicht daran denken, was passiert wäre, wenn sie nicht aufgetaucht wären. Striker und ich hätten es nicht überlebt.

Striker schien mehr er selbst zu sein als seit fast einem Jahr. Ich hatte es erst verstanden, als ich seine Stirn berührt hatte und tief in sein Gehirn eingetaucht war – um sicherzugehen, dass ich ihm vertrauen konnte. Nach den Ereignissen des letzten Jahres hatte ich kein Risiko eingehen wollen. Ich hatte gespürt, dass in ihm Spuren alter Magie steckten – die gleichen Bannsprüche, die ich in Cinder gefunden hatte, nachdem sie von Soren kontrolliert worden war. Die Blitze, die ich in ihn gejagt hatte, hatten anscheinend etwas gelöst, aber etwas Magie war noch in ihm gewesen.

»Das wird wehtun«, hatte ich ihn vorgewarnt, bevor ich die letzten Reste des Zaubers, der seinen Geist gefangen gehalten hatte, weggebrannt hatte. Vielleicht hatte ich ihm ein wenig Nasenbluten verursacht, aber das war besser, als wenn er keine Kontrolle über sein eigenes Gehirn hatte.

Ich hatte in seinen Gedanken Erinnerungen an seine Entführung gesehen. Ich hatte das Gefühl, dass es in den Stunden seiner Abwesenheit passiert war, als wir auf der Suche nach Melody gewesen waren, bevor sie gestorben war. Da hatte er wirklich den Verstand verloren, aber es könnte auch schon vorher gewesen sein. Striker hatte sich schon seit einiger Zeit danebenbenommen.

Das war der einzige Grund, warum er an meiner Seite war, während wir durch den Seelie-Hof spazierten, als ob wir hierhergehören würden. Die ummauerte Stadt nahm fast die Hälfte des Reiches ein, wobei sich die Mauern durch Magie bewegten, wenn mehr Land erobert wurde. Diese Mauer würde als Erstes verschwinden, wenn alles geregelt war.

Im Zentrum des Seelie-Hofes stand ein Schloss – ein riesiges steinernes Bauwerk, das viel mehr Land umspannte, als ein einzelnes Gebäude es sollte. Die Türme berührten die Wolken, ihre Spitzen waren für das bloße Auge nicht auszumachen. Jeder der Steine war so strahlend weiß, dass ich sie ein wenig verunstalten wollte. Das gesamte Bauwerk bereitete mir eine Gänsehaut, weil es so schön und perfekt und einfach *falsch* war.

Ich führte den Trupp durch die Straßen und stieg die letzten paar Stufen bis zu den geschlossenen

Türen des Schlosses hinauf. Davor standen vier Wachen und ein spießig aussehender Kerl mit Zweigen als Hörner, gezeichneter Gesichtsbemalung und spitzen Ohren. Er trug Kleidung wie aus einem historischen Liebesroman und schien sich darin genauso wenig wohl zu fühlen wie ich, die ihn darin ansehen musste.

»Wer –«

»Ich werde dich direkt hier unterbrechen, Jeeves. Ich bin Massima Bertrand Laffitte, die einzige lebende Tochter von Dušan. Ich bin gekommen, um meinen Platz als Königin von Faerie einzunehmen. Oh, und um deine Dreckskönigin in das tiefste, dunkelste Loch zu werfen, das ich finden kann.«

Die Wachen verstanden die Botschaft. Jeeves nicht.

»I-Ihr k-könnt nicht –«, begann er wieder und zerrte an seiner Krawatte, als würde sie ihn erwürgen.

»Ich bin die Tochter des Chaos. Willst du in deinen schnuckeligen Strumpfhosen hier rüberkommen und mich aufhalten?« Ich verschränkte meine Arme vor der Brust und musterte ihn. Jeeves wirkte nicht so, als wollte er mich herausfordern, eher als hätte er Angst davor, was passieren würde, wenn er es täte.

»Ich habe ihre Magie ausgeschaltet. Sie kann weder dir noch sonst jemandem etwas antun.«

Erleichtert ließ er die Schultern sinken, als hätte ich ihm die Luft abgelassen. Er richtete sich wieder auf. »Seid Ihr sicher?«

»Hideyo, zeig ihm seine frühere Königin«, rief ich, damit der arme Fae seinen Boogeyman außer Gefecht gesetzt sah.

Hideyo packte Verena an den Haaren und präsentierte ihm ihr Gesicht. Jeeves wankte wieder, und einer der Wächter musste ihn auffangen, bevor er stürzte.

»Sie kann nicht sprechen, sie kann nicht aufwachen und sie kann sich nicht wechseln. Sie hat keine Kräfte mehr.«

Jeeves sprach wieder, nur dieses Mal waren seine Worte von Tränen getrübt. »Sie hält unsere Familien als Gefangene. Wenn wir einen falschen Schritt machen, wird sie …«

»Dann führ mich zu den Kerkern. Ich hab mir schon gedacht, dass ich einige Gefangene befreien muss.«

Jeeves – dessen richtiger Name Warrick war – führte uns viele Treppen hinunter, bis wir die feuchten und eiskalten Kerker erreichten. Es dauerte ewig, aber er erzählte mir, weswegen die einzelnen Gefangenen inhaftiert worden waren. Fast keiner der Gefangenen blieb in seinen Zellen. Es gab ein paar Ausnahmen, Männer, die wegen Mordes oder Folter eingesperrt waren, aber ich hatte vor, ihre Fälle noch einmal zu überprüfen, um sicherzustellen, dass sie aus den richtigen Gründen dort waren.

In einer der allerletzten Zellen befand sich die Frau, nach der ich das ganze verdammte Reich abgesucht hatte. Melody saß auf einem einsamen Hocker und hielt ihren Sohn fest, der an ihrer Brust schlief. Ich machte mir Sorgen, dass sie sich nicht an mich erinnern könnte – oder an Striker. Ich machte mir Sorgen, dass ihre Seele so zerbrochen war, wie sie sagten.

»Melody?«, fragte ich, und hoffte, sie würde mich erkennen.

»Max?«

Ich konnte nicht anders, mir kamen ein paar Tränen. Ich hätte nie gedacht, dass ich sie so sehen würde – lebendig und mit ihrem Sohn im Arm. »Ja, Süße. Ich bin's. Bist du ... du?«

Ich war mir nicht sicher, wie sehr Verena sie beeinflusst hatte, zu wie viel sie Melody gezwungen hatte. Aber ich hätte mir keine Sorgen um Melodys geistige Gesundheit machen brauchen.

»Du meinst, ob ich vorhabe, Leute gegeneinander aufzustacheln, um mich zu bereichern? Nein, Max, das habe ich im Moment nicht geplant.«

Ein erleichtertes Lachen entrang sich meiner Kehle und ich nickte Warrick zu, damit er die Tür öffnete. Striker war direkt hinter mir, also reichte Melody mir ihren schlafenden Sohn, trat um mich herum und boxte Striker mitten ins Gesicht.

Aidan und ich tauschten einen Blick aus, bevor wir anfingen zu kichern. Ja, der große Mann kicherte. Es war mir egal, ob er das bestreiten würde.

»Du hattest kein Recht dazu«, zischte sie, bevor sie ihre Hand ausschüttelte.

Striker nickte, sein Gesicht war trotz seiner blutigen Lippe ein Abbild des Glücks. »Du siehst das völlig richtig. Niemand hat das Recht, dich dorthin zu bringen, wo du nicht hinwillst. Ich habe keine Verteidigung, aber ich werde alles tun, was in meiner Macht steht, um es wiedergutzumachen.«

»Er hat sehr wohl eine Verteidigung. Er hat nur zu viel Angst, dass du ihm nicht glaubst, um sie zu benutzen. Verena hat seine Gedanken kontrolliert, genau so wie sie es bei dir getan hat. Zugegeben, vielleicht hätte er es so oder so gemacht, aber ...« Ich setzte mich für Striker ein und hoffte, dass er wenigstens ein kleines bisschen Freude erleben würde.

»Wirklich?«, fragte sie ihn, ohne mich zu beachten.

Als er leicht nickte, stürzte sie sich auf ihn und küsste ihm mitten in einem verdammten Kerker die Seele aus dem Leib. Jetzt wusste ich, wie sich andere Leute fühlten, wenn Alistair und ich uns an unpassenden Orten küssten. Ich schnaubte vor mich hin und drückte Ronan fester an mich.

»Hideyo, bringst du bitte unser Gepäck her?«, fragte ich ihn, als ich Ronan an seine Mutter übergab.

Er warf sie in die Mitte des Kerkerbodens und ihr Schädel schlug mit einem befriedigenden *Knack* auf. Warrick schloss die Tür ab, und ich nahm den Schlüssel an mich. Verena würde nirgendwo hingehen, und ich würde das sicherstellen.

Ich rief all meine Magie, alle Elemente und alles, was ich hatte, um Verenas Zelle so stark zu verzaubern, dass niemand außer mir sie öffnen konnte. Es gab kein Entkommen, kein Herausschwindeln, und niemand konnte sie töten, bevor ich sie würde verhören können.

Ich wollte nicht, dass sich die Geschichte wiederholte.

So ziemlich der gesamte Hof war erleichtert, dass Verena die neueste Bewohnerin des Kerkers war.

Aber es mussten Reden gehalten werden, und ich wollte nicht an einem Ort leben, an dem man mein Essen vergiftete oder mich im Schlaf erstach. Ich hielt es einfach und ließ die Seelies wissen, dass Verena nicht zurückkommen würde, außer zur Abrechnung, und wenn sie ihre Unterstützer waren, hatten sie fünf Minuten Zeit, sich zu verpissen.

»Wenn ihr glaubt, dass ich nicht die rechtmäßige Königin von Faerie bin, dann schlage ich vor, dass ihr dieses Schloss und den Seelie-Hof schnellstmöglich verlasst. Denn wenn ihr euch entscheidet, euch gegen mich oder die Meinen zu erheben, wird es das Letzte sein, was ihr jemals tun werdet.« Ich sagte es mit einem Lächeln, aber ich hatte das Gefühl, dass sie wussten, dass ich nicht herumalberte.

»Warrick hier wird euch in eure neuen Aufgaben einweisen. Dazu gehört nicht, dass ihr euch abrackert, hungert oder euch um die Sicherheit eurer Familie sorgt. Wenn ihr Familie habt, die gerade aus den Kerkern befreit wurde, geht bitte nach Hause und heißt sie willkommen. Nehmt euch so viel Zeit, wie ihr braucht, um zurückzukommen – aber nur, wenn ihr es wollt. Für den heutigen Tag sind alle entlassen. Bitte geht nach Hause und entspannt euch. Morgen ist ein neuer Tag.«

Am Ende meiner Rede sank mein Magen nach

unten, und ich wusste, warum. Königin. Ich benahm mich wie eine Königin. So eine Verantwortung hatte ich nie gewollt. Ich hatte immer etwas Kleines gewollt. Meinen Tattoo-Laden, mein Gewächshaus. Meine kleine Familie, die ich mir selbst geschaffen hatte.

Aber ein Königreich? Niemals.

Ich wollte Alistairs Hand halten, aber er war ganz auf der anderen Seite des Thronsaals, zu weit weg, um seine Hand zu ergreifen.

»Warrick, wenn du ein Zimmer für uns findest und uns den Weg zur Küche zeigst, wäre das alles für heute. Wenn du morgen wiederkommen willst, würde ich mich freuen, aber das liegt ganz bei dir.«

Warrick sah aus, als hätte ich ihm gerade das größte Weihnachtsgeschenk gemacht und es mit bunten Streuseln garniert.

»Natürlich, Majes... ähm ... Max. Ich werde morgen früh wiederkommen.« Ich nickte und entließ ihn damit. Fast alle folgten dem Fae in die Halle, um etwas zu futtern und sich ausruhen zu können.

Ich ließ mich auf den Thron plumpsen – den Platz, bei dem Warrick darauf bestanden hatte, dass wir von dort aus die Ansprache an das Hauspersonal hielten. Er war kalt und einsam, und ich wünschte, Alistair würde mit mir reden.

Seit der Sache in der Felsspalte war er seltsam, und ich hoffte, dass das alles nicht zu viel für ihn gewesen war. Ich hatte schon vorher mit ihm darüber reden wollen, darüber, dass ich diese Rolle annahm – über alles –, aber nichts hatte sich so entwickelt, wie ich es gewollt hatte. Es schien alles so schnell zu gehen.

»Bist du sauer? Dass ich den Thron übernommen habe? Ich weiß, wir wollten eigentlich nur Melody zurückholen, aber ich konnte sie doch nicht einfach so hierlassen.«

»Das weiß ich. Ich glaube nicht, dass du etwas Falsches getan hast. Ich glaube, ich bin einfach nur müde.«

Ich stand auf, ging zu Alistair und ergriff seine Hand, wie ich es die ganze Zeit schon gewollt hatte. Ich war bereit für eine angenehme Nachtruhe in etwas anderem als einem Feldbett. Hoffentlich in einem Zimmer mit einer anständigen Dusche und vielleicht einer Badewanne.

Eine Badewanne wäre wunderbar.

»Komm schon, Ritter.« Ich zog ihn zu mir. »Lass uns etwas zu essen und ein Bett finden.«

Ich drückte meine Lippen für einen kurzen Moment auf seine.

Sofort wurde mir am ganzen Körper kalt.

Instinktiv griff ich nach einem meiner Athamen. In der nächsten Sekunde hatte ich ihn gegen die nächstgelegene Wand geschleudert und meine Klinge küsste seine Kehle.

Mein ganzer Körper zitterte, als Angst, Wut und Entsetzen mich erfüllten.

»Du bist *nicht* Alistair«, sagte ich mit zusammengebissenen Zähnen, und Tränen stiegen mir in die Augen. »Wer zum Teufel bist du, und was hast du mit meinem Ehemann gemacht?«

Die Geschichte von Max geht weiter mit ...
Queen of Fate & Fire
Abtrünnige des Empyreums – Buch Sechs

QUEEN of FATE & FIRE

Abtrünnige des Empyreums Buch Sechs

Wenn es eine Lektion gibt, die ich in meinem Leben wirklich gelernt habe, dann die, dass Feen das absolut Letzte sind.

Einen jungen Sukkubus in Faerie zu finden, ist wie die Suche nach einer Nadel in einem Heuhaufen von der Größe eines Königreichs. Mit einem Fremdenführer, dem ich nicht trauen kann, und einem Ziel, das flüchtiger ist als Rauch, sind meine Erfolgsaussichten bestenfalls dürftig. Ganz zu schweigen davon, dass ich als letzte existierende

Elementarin eine riesige Zielscheibe auf meinem Rücken habe.

Denn die eine Hälfte von Faerie will mich tot sehen und die andere Hälfte will mich als Opfergabe benutzen, um die Tore zur Erde zu öffnen. Aber ich habe geschworen, meine Beute zu finden, und das werde ich auch. Selbst wenn ich dafür das ganze Reich in Schutt und Asche legen muss.

Ein Sturm bricht über Faerie herein. Und dieser Sturm bin ich.

Jetzt auf Amazon vorbestellen

BÜCHER VON ANNIE ANDERSON

ENTZWEITE FLAMMEN

Ruined Wings

Stolen Embers

Broken Fates

ABTRÜNNIGE DES EMPYREUMS

Woman of Blood & Bone

Daughter of Souls & Silence

Lady of Madness & Moonlight

Sister of Embers & Echoes

Priestess of Storms & Stone

Queen of Fate & Fire

UNVERGÄNGLICHE TRIEBE UND TUGENDEN

Begrabe mich

DIE WELT DER ARKANEN SEELEN

GRABFLÜSTERER-SERIE

Dead to Me

Dead & Gone

Dead Calm

Dead Shift

Dead Ahead

Dead Wrong

Dead & Buried

SEELENLESER-SERIE

Night Watch

Death Watch

Grave Watch

ENGLISCHE BÜCHER

THE WRONG WITCH SERIES

Spells & Slip-ups

Magic & Mayhem

Errors & Exorcisms

THE LOST WITCH SERIES

Curses & Chaos

Hexes & Hijinx

THE ETHEREAL WORLD

Phoenix Rising Series

Flame Kissed

Death Kissed

Fate Kissed

Shade Kissed

Sight Kissed

ÜBER DEN AUTOR

Annie Anderson ist die Autorin der internationalen Bestseller-Reihe *Grabflüsterer-Serie*. Als Veteranin der United States Air Force schreibt Annie Anderson tempogeladene paranormale Romanzen und Urban-Fantasy-Romane mit starken, vorlauten Heldinnen und einer geballten Ladung Magie. Wenn sie sich eine Pause vom Schreiben gönnt, kann man sie dabei erwischen, wie sie *The Magicians* durchsuchtet, mit ihrem Mann flirtet, mit den Kindern ringt oder wie sie versucht, ihre zänkischen Hunde zu einem Spaziergang zu bestechen.

Um mehr über Annie und ihre Bücher zu erfahren, besuche
www.annieande.com

facebook.com/AuthorAnnieAnderson

instagram.com/AnnieAnde

amazon.com/author/annieande

bookbub.com/authors/annie-anderson

goodreads.com/AnnieAnde

pinterest.com/annieande

tiktok.com/@authorannieanderson

patreon.com/annieanderson

www.ingramcontent.com/pod-product-compliance
Lightning Source LLC
Chambersburg PA
CBHW022308310726
48973CB00001B/261